마왕령

노툰
용기사
왕국

라스타니아
왕국

동방 제국(諸國) 연합

그란 케이오스 제국
(현 선은 속국을 포함한 영토)

성룡 산맥

프리도니아
왕국

용병 국가
제므

톨기스
공화국

구두룡
제도 연

항모 [히류]
도크
✕

프리도니아
왕국

쌍둥이 섬

구두룡 섬

가족 섬

이카츠루 섬

야에즈 섬

구두룡
제도 연합

현실주의 용사의
왕국 재건기

Re:CONSTRUCTION
THE ELFRIEDEN KINGDOM
TALES OF
REALISTIC BRAVE

도조마루
일러스트 ✣ 후유유키

키 슌
Ki Shun
구두룡 제도 연합의 도주 중 하나. 샤 본의 호위로서 프리도니아 왕국까지 동행한다.

샤 본
Sha Bon
구두룡 제도 연합의 왕 샤나의 딸. 고국을 구하기 위해 몸을 바칠 각오로 소마와 알현한다.

카스토르
Castor
전 엘프리덴 왕국 공군대장. 현재는 섬 형태 항모 [히류]의 함장으로서 국방해군에 소속.

엑셀 월터
Excel Walter
프리도니아 왕국 국방군 총대장. 긴 수명의 교룡족 여걸이자 마도사로서도 일류.

루비 마그나
Ruby Magna
성룡 산맥 출신의 레드 드래곤 소녀. 할과 용기사 계약을 맺고 두 번째 부인이 된다.

할버트 마그나
Halbert Magna
프리도니아 왕국 국방군 유일의 용기사이자, 정예 부대 [드라트루퍼]의 대장. 통칭 할.

유리가 한
Yuriga Haan
말름키탄의 왕 후우가의 동생. 후우가의 제안으로 프리도니아 왕국으로 유학을 온다.

토모에 이누이
Tomoe Inui
요랑족 소녀. 동물의 말을 알아듣는 재능으로 발탁되어 리시아의 의동생이 된다.

마리아 유포리아
Maria Euphoria
그란 케이오스 제국의 황제. [성녀]라고도 불린다. 프리도니아 왕국과 비밀 동맹을 맺는다.

이치하 치마
Ichiha Chima
치마 공국을 통치하는 치마 가문의 막내. 몬스터 연구의 재능이 있어서 프리도니아 왕국으로 초대받는다.

아이샤 U 엘프리덴
Aisha U. Elfrieden

다크 엘프 여전사. 왕국 제일의 무용을 자랑하는 소마의 제2정실 겸 호위.

주나 소마
Juna Souma

프리도니아 왕국에서 으뜸가는 노랫소리를 가진 [프리마 로렐라이]. 소마의 제1측실.

소마 카즈야
Souma A. Elfrieden

이세계에서 소환된 청년. 갑작스럽게 왕위를 물려받아 프리도니아 왕국을 통치한다.

로로아 아미도니아
Roroa Amidonia

전 아미도니아 공국 공녀. 희대의 경제 센스로 소마를 재정적으로 돕는 제3정실.

리시아 엘프리덴
Liscia Elfrieden

전 엘프리덴 왕국 공주. 소마의 자질을 깨닫고 제1정실로서 함께할 것을 결의.

나덴 데랄 소마
Naden Delal Souma

성룡 산맥 출신의 흑룡 소녀. 소마와 용기사 계약을 맺고 제2측실이 된다.

Contents

Re:CONSTRUCTION
THE ELFRIEDEN KINGDOM
TALES OF
REALISTIC BRAVE

XIII

♟ 프롤로그 ✦ 폭풍 -enemy attack-

그날 밤, 구두룡 제도의 섬 하나를 강렬한 폭풍우가 덮쳤다.

태풍급은 아닐지라도 퍼붓듯이 격렬한 비바람이 몰아쳤다.

섬 주민들은 나무로 지은 집에 틀어박히고, 집이 바람에 삐걱대는 소리나 문짝에 퍼붓는 빗소리를 들으며 부서지지 않을까 하는 공포 속에서 잠들지 못하는 밤을 보내고 있었다.

"아빠, 무서워……."

이 섬에서 부부 둘, 아이 둘이 사는 이 가족도 몸을 맞대고 있었다.

무서워하는 작은 아이를 끌어안으며 일가의 가장인 남자가 말했다.

"이 정도 바람에 집이 날아갈 일은 없습메."

"자, 무서워하지 말고 이만 자자꾸나."

아내가 아이를 재우려던 그때였다.

휘이이이이…… 콰광!! 으직으직!

무언가가 바람을 가르는 소리, 이어서 무언가가 어딘가에 격돌한 듯한 소리가 섬을 뒤흔들었다.

마치 전함의 대포라도 맞은 것 같은 충격이었다.

"뭐, 뭐시여. 지금 소리는?"

역시나 남자도 지금 소리와 충격에는 깜짝 놀랐다.

"자연의 소리가 아니여."

"여보, 설마 '그것'이 나온 건."

"…………."

아내의 물음에 핏기가 가신 남자는 아무런 대답도 못 하고, 아이를 끌어안은 손에 힘을 줬다. 이 가족은 하룻밤 내내 공포와 싸우게 되었다.

그리고 날이 밝았다.

새벽녘이 다가오자 비바람도 그치고, 소리가 조용해지자 긴장의 끈이 풀린 남자는 가족과 함께 잠이 들었다. 그리고 비치는 빛에 눈을 뜬 남자가 밖으로 나가봤더니, 어제의 폭풍우가 거짓말이었던 것처럼 맑게 갠 하늘이 있었다.

무사히 아침을 맞이할 수 있었음에 안도하다가, 어쩐지 해안가 쪽이 소란스럽다는 사실을 깨달았다. 남자가 서둘러서 사람들이 모여 있는 해변으로 달려가자, 이미 깨어 있던 같은 섬사람들이 무언가를 둘러싸고서 대화를 나누는 모양이었다.

"무슨 일 있었습네까?"

남자가 달려가자 먼저 와 있던 다른 남자 하나가 돌아봤다.

"그냥 무슨 일 정도가 아닙네다. 이걸 보이소."

남자가 가리킨 곳에 있던 것은 커다란 돌덩어리였다. 덩치 큰 남자가 둘이 나란히 서도 부족할 만큼 거대한 돌덩어리가 해변에 푹 박혀 있던 것이다.

남자는 그 돌을 보며 고개를 갸웃거렸다.

"이런 거 어제까지는 없었지?"

"그려그려. 사방에 파편이 흩어져 있습메."

살펴봤더니 확실히 주변의 모래 위에, 눈앞의 덩어리와 비슷한 돌이 굴러다니고 있었다. 게다가 그냥 돌덩어리가 아니라는 사실은, 표면에 새긴 듯한 장식이 있다는 것에서도 분명했다. 명백하게 인공물이라는 증거였다.

남자는 그 돌덩어리는 어쩐지 본 적이 있는 것 같았다.

"이거…… 혹시 돌다린가?"

방향은 다르지만 아무래도 그것은 돌다리 같았다. 살짝 남은 아치형 교각 부분에서 흔적을 볼 수 있었다. 상대 남자도 수긍했다.

"그려. 다른 사람도 돌다리 같다고 합데다."

"하지만, 이 섬에 돌다리가 있었던가?"

"없습메. 이 작은 섬에는 훌륭한 돌다리는 필요 없습메. 널빤지 다리로 충분혀."

"그라면, 이 돌다리는 대체 뭐임메?"

"그걸 모르니까 다들 이야길 하는 중임메."

가령 이것이 그냥 바위라면 어제 폭풍이 부는 마당에 파도에 떠밀려 왔다든지 산의 바위가 무너져서 굴러왔다고 생각할 수 있겠지만, 이 섬에는 존재하지 않을 터인 돌다리가, 그것도 모래밭에

깊숙이 박혀 있다니 대체 어떻게 된 것인가.

섬사람들이 다들 고개를 갸웃거리던 그때였다.

"큰일임메, 큰일임메!"

젊은 남자가 그렇게 외치며 달려왔다.

"오, 어쩐 일이오? 그렇게 새파랗게 질려서."

남자가 묻자 그 젊은 남자는 차오른 호흡을 가라앉히며 말했다.

"'그것'이…… 어젯밤…… '그것'이 옆 섬에 나왑데다."

"""엇?!"""

사람들 사이로 긴장감이 퍼졌다. '그것'. 그것만으로 무엇이 나타났는지 알 정도로, 구두룡 제도에 사는 사람들에게는 그 존재에 대한 공포가 뿌리박혀 있었다. 옆 섬이라고 했나. 그 섬이란 바다를 사이에 두고 맞은편에서 보이는, 이 섬보다 조금 큰 섬 말일까.

어제 폭풍 속에서, 녀석은 이 섬 근처에 나타난 것이다. 혹시 무언가가 살짝 틀어졌다면 습격당한 것은 저 섬이 아니라 이 섬이었을지도 모른다. 그 사실에 생각이 미치자 섬 주민들은 얼굴이 새파래졌다. 젊은 남자는 말했다.

"섬의 절반은 궤멸당해서 엉망진창이래."

"세상에……."

"어쩌면 좋아……."

낙담하는 섬 주민들.

"저, 저기……."

그러자 돌다리를 계속 보고 있던 남자가 말을 꺼냈다. 다들 일제히 그쪽을 봤다.

남자는 돌다리를 가리키며 말했다.

"이 돌다리, 혹시 옆 섬에 있던 거 아닙네까?"

""".............""

세상에, 설마……. 누구도 그렇게 말할 수는 없었다. 확실히 듣고 보니 옆 섬에서 본 적이 있는 것 같았으니까. 하지만 말이다. 그야말로 코앞에 있는 섬이라고는 해도, 바다를 사이에 두고 건너편에 있는 섬의 다리가 어째서 이 섬의 해변에 박혀 있는가.

"그러고 보니 어제, 바람을 가르는 소리랑 무언가가 부딪히는 소리랑 진동이 있었습메."

남자가 어젯밤에 벌어진 일을 떠올리며 말했다.

다들 그 증언이 의미하는 바를 생각하고…… 등줄기가 오싹해졌다.

"설마, 녀석이 던진겨?"

"이 커다란 걸, 바다를 넘어서?"

"설마설마…… 설마……."

그러나 누구도 끝내 부정할 수가 없었다.

　한편 그 무렵, 프리도니아 왕국에서는 귀가 물고기 지느러미처럼 생긴 어여쁜 인어공주 느낌의 소녀와 하얀 여우 수인족의 무사 느낌의 청년이 소마 앞에서 절을 올리고 있었다.

　소녀는 프리도니아 왕국에 적대적인 국가인 구두룡 제도 연합의 왕 샤 나의 외동딸 샤 본, 하얀 여우 귀 청년은 그 호위인 키 슌이라고 했다.

　소마는 샤 본의 말에 귀를 의심했다.

　——부디 저를, 당신의 도구로 써 주세요.

　'뭐? 도구?'

　한순간 무슨 소리를 하는 것인지 알 수 없었다.

　어떻게든 얼굴에 드러나지 않도록 했지만, 속으로는 혼란스러웠다.

　도구로 써 달라니, 평범한 여자 입에서는 나오지 않을 말이겠지. 엄청난 마조히스트도 아니고, 설령 마조히스트라고 해도 저런 생기 없는 눈으로 말하지는 않을 것이다.

구두룡왕의 딸이라는 성가신 신분인 인물이 건넨 성가신 말.

이것은 어떻게 판단해야 할까.

하쿠야를 흘끗 봤더니 진지한 표정으로 이쪽을 보고 있었다.

(마음은 이해합니다만 지금은 참아 주시길.)

눈이 그렇게 말하는 것 같았다. 나는 일단 숨을 쉬어 마음을 가라앉히고, 어떻게든 위압적으로 보이도록 옥좌 팔걸이에 뺨을 괴며 샤 본에게 물었다.

"그건, 무슨 뜻이지?"

"말 그대로의 뜻이에요. 저를 마음대로 이용하셔도 상관없어요."

샤 본은 손을 자기 심장 부근에 대며 그렇게 말했다.

"저라는 존재는, 이제부터 아버님과…… 구두룡왕과 싸우려는 소마 님에게 이용 가치가 있을 테죠. 전쟁을 선언할 때도, 정복하는 때도, 전후에 구두룡 제도를 통치할 때도 저라는 존재는 대의명분이 되겠죠. 저는 소마 님이 원하는 대로 행동하겠어요. 침략자가 되고 싶지 않으시다면 저를 기수로 써 주세요. 제가 구두룡왕과 싸우기 위해 소마 님에게 원군을 청했다는 것으로 하셔도 괜찮아요."

"…………."

"혹시 구두룡왕의 왕위를 바란다면 저는 소마 님에게 시집을 가겠어요. 그때는 이 몸을…… 당신에게 바칠게요. 정략결혼이 되겠지만, 저는…… 첩으로라도 다루어 주신다면……."

"무슨 허튼소리를."

아니 그게 정말이지…… 이 사람은 무슨 소리를 하는 거냐.

자기 나라와 일전을 벌이려는 이 나라로 갑자기 뛰어들었다 싶더니, 도구가 되겠다느니 대의명분이 되겠다느니 정략결혼이라느니 첩이 되겠다느니, 그런 소리를 꺼냈다. 영문을 모르겠다……. 아니, 이전에도 비슷한 소리를 한 여자는 있었나.

로로아와 루나리아 정교황국의 성녀 메어리다.

하지만 로로아는 이렇게 비장미를 띤 표정은 짓지 않았고, 인형 같았던 메어리조차 자신이 믿는 교리나 주어진 사명을 위한 일이라는 의사를 가지고 있었다.

지금 샤 본처럼 모든 것을 포기한 듯한 얼굴은 아니었다.

"조금 전부터 듣자니, 샤 본 양은 우리 나라가 귀국으로 쳐들어가는 것을 긍정하나? 나는 전쟁을 피하도록 직접 교섭하러 왔다고 생각했는데?"

내가 그렇게 말하자 샤 본은 슬픈 얼굴로 고개를 가로저었다.

"이미 전쟁을 피할 수는 없음을 잘 알아요. 여러분은 다가올 전쟁에 맞서 상당히 준비했을 테니까요."

"어째서 그렇게 생각하지?"

"그란 케이오스 제국의 움직임이에요."

샤 본은 슬픈 눈빛으로 그렇게 단언했다.

"최근에 제국의 사자가 빈번하게 우리 나라를 방문하고 있어요. 그리고 도주들과 만나서는 '머지않아 왕국이 이 섬으로 함대를 파견할 것이다.'라고 호소하고, [인류 선언] 가맹을 권하고 있어요. 그것도 섬의 크기는 개의치 않고, 도주가 있는 섬(너무 작은 섬은 다른 섬 주인이 통치한다고 한다)에는 모두 사자를 파견하는 모양이에요."

"…………."

알고 있다. 그건 우리 나라가 의뢰한 일이니까.

마리아는 약속을 완수해 준 모양이다. 하지만 나는 그걸 내색하지 않고, 내 턱에 손을 대고는 생각하는 모습을 내비쳤다.

"제국이…… 그래서? 응하는 섬은 있나?"

"아뇨. 도주들은 기질이 거칠고 독립심이 강해서, 누군가에게 종속하는 것을 달가워하지 않아요. 제국이 왕국의 위험성을 호소할수록, 도주들은 제국에 의지하지 않고 자기들 손으로 왕국에 저항하고자 단결하여 구두룡왕에게 함대를 보내고 있어요."

계획대로인가. 여기까지는 순조……롭다고 생각했는데,

"하지만 저는 이 움직임에 작위적인 것이 있다고 생각해요."

샤 본은 눈을 내리깔며 고개를 가로저었다.

"제국은 도주가 있을 법한 섬이라면, 섬 크기를 가리지 않고 사자를 파견하고 있어요. 섬의 크기는 각 도주가 다스리는 사람의 숫자, 나아가 군사력에 직결되죠. 혹시라도 작은 섬의 도주가 [인류 선언]에 가맹하고자 해도, 반대하는 더 큰 섬이 근처에 있으면 불가능해요. 적대하는 섬이라며 공격당할 우려가 있으니까요. 다시 말해서 큰 섬을 설득하지 못한 상태로 작은 섬을 설득하려고 해 봤자 실패할 것은 뻔해요."

"…………."

"그런데도 제국은 모든 도주에게 동시에 사자를 파견하고 있죠. 왜 헛수고일 게 뻔한 일을 하는가…… 저는 제국의 목적이 [인류 선언] 가맹이 아니라 왕국에 대한 위기감을 부추겨 구두룡 제도의 군함을 구두룡왕 휘하로 집결시키려는 것으로 생각했어요. 하지만 그런 일을 하더라도 제국에 이익은 없죠. 혹시 이익이 있다면 전력을 손에 넣은 구두룡왕이나, 혹은…… 소마 님. 당신의 왕국이에요."

샤 본은 나를 쳐다보며 말했다.

"구두룡 제도는 작은 섬이나 굽어진 해안이 많아서 병사나 군함을 숨길 장소는 풍부해요. 한 번의 해전에서 구두룡왕에게 승리할지라도, 패잔병이 숨어든다면 평정에 시간이 걸리겠죠."

"그렇군……. 그래서?"

"여러분은 한 번의 해전에서 구두룡 제도의 병사와 군함을 최대한 끌어들여서 격파하고 싶겠죠. 그렇기에 제국에 협력받아 왕국에 대한 위기감을 부추겨, 구두룡왕 휘하로 병사와 군함을 최대한 모은 게 아닌가요? 왕국은 그렇게 모인 군대를 한꺼번에 격파할 자신이 있으니까요. 제 말이 틀렸나요?"

"호오……."

나는 솔직히 감탄했다. 아무래도 이 공주님은 '전쟁할 나라에 뻔뻔스레 찾아온 멍청이'가 아닌 모양이다.

만점과는 거리가 멀지만, 우리 의도를 어느 정도는 파악했나 보다.

하지만…… 그렇다면 더더욱 모르겠는데.

"귀공의 예상이 옳다고 친다면, 나는 구두룡 제도를 책략에 빠뜨리려고 하는 악인일 터. 어째서 귀공은 그런 남자에게, 자신을 도구로 이용하라고 하는 거지?"

"저로서는 이제 사람들을 지킬 방법이…… 이것밖에 떠오르질 않아요. 이제까지…… 괴로워하는 구두룡 제도의 사람들을 보았죠."

샤 본은 마치 기도하듯 손을 가슴 앞으로 맞잡았다.

"흉어로 배를 띄우지 못하는 현실, 구두룡왕이 세금을 올린 일, 그리고 다가오는 왕국과의 전쟁…… 이런 일들이 구두룡 제도의 사람들을 암울하게 만들고 있어요. 특히 흉어로 배를 띄우지 못하는 것이. 구두룡 제도의 사람들은 바다와 함께 살고, 죽으면 영혼은 바다로 돌아간다고 할 만큼 바다와 밀접하게 살아왔어요. 그런 사람들이 바다에서 떨어져 나가고 있어요. 사람들은 대부분 분노도 슬픔도 없이, 공허한 눈빛으로 하루하루를 지내고 있죠."

"…………."

"제게는 아무런 힘도 없어요. 딸로서 아버지인 구두룡왕에게, 적어도 왕국과의 전쟁은 피하도록 몇 번이나 간언했지만, 전혀 귀를 기울여 주시지 않았어요."

샤 본은 무언가를 꾹 참듯이 맞잡은 손에 힘을 싣고 있었다.

"제게는 아버지가…… 구두룡왕이 점점 나쁜 쪽으로 가는 것처럼 여겨져요. 하지만 제게는 아버지를 막을 힘도, 사람들을 괴로움에서 구할 힘도 없어요."

"그래서, 나한테 왔다고?"

"예."

그렇구나……. 이쪽이 파악한 구두룡 제도의 현재 상황과 지금 샤 본의 언동을 비교해 보면, 뭘 하고 싶은지 어찌어찌 상상할 수 있었다.

아마도 샤 본 본인에게는 아무런 꿍꿍이도 없을 것이다. 이야기 한 것이 전부다.

구원을…… 자신이 아니라 자기 나라 사람들의 구원을 원하여 이곳으로 왔다. 그걸 위해서라면 내게 도구처럼 취급당해도 상관없다고. 자신을 희생할 각오로.

'정말로…… 성가시네.'

그런 생각을 하는 사이에도 샤 본은 계속 호소했다.

"소마 님의 반려 중에는 전 아미도니아 공국의 공녀 로로아 님도 계신다죠."

응? 갑자기 어째서 로로아의 이름이 나왔지?

"소마 님은 로로아 님을 약혼자로 받아서, 아미도니아 공국 사람들의 삶을 안정시켰다고 들었어요. 제 몸 하나로 구두룡 제도 연합을 향한 당신의 분노가 가라앉는다면…… '저도 로로아 님 처럼, 이 몸을 당신께 바치겠어요'."

"뭐……?"

"그러니까, 부디…… 저는 어떻게 되어도 상관없으니까, 구두 룡 제도에 사는 사람들이 안심하고 살 수 있게 해 주시길……."

"…………."

이 사람은, 지금 무슨 소리야? 로로아처럼, 이라고?

"내 아내를 모욕하는 것도 정도껏 해라."

"윽?!"

샤 본의 어깨가 움찔 떨렸다.

스스로도 놀랄 정도로 노기를 머금은 목소리가 나왔다고 생각한다.

노기…… 그렇다, 나는 지금 몹시 화가 났다.

원래라면 알현 중에 이런 감정을 드러내어서는 안 되겠지만, 기습적이었기에 제대로 감정을 처리할 수가 없었다. 하쿠야, 아이샤, 키 슌도 눈을 번쩍 뜨고서 나를 보고 있었다. 다들 입을 다물고, 알현실이 무거운 분위기로 뒤덮였다.

"죄, 죄송합니다! 기분이 상하실 소리를 했다면 사죄할게요!"

그러자 그런 침묵을 더는 못 견디고, 샤 본이 무릎을 꿇고 머리를 숙였다.

키 슌도 주군을 따라 황급히 무릎을 꿇고 머리를 숙였다.

아아…… 젠장, 이건 더 이상 제대로 대화를 나눌 수 있는 분위기가 아니네.

내 분노도 아직 완전히 가라앉지는 않았으니까.

"샤 본 양"

"아, 예."

"나라로 돌아가라."

나는 옥좌에서 일어서는 샤 본을 향해 말했다. 고개를 든 샤 본은 발밑이 무너진 것 같은 절망적인 표정이었다.

"세, 세상에…… 소마 님!"

"귀하와 더 이야기할 건 없다. 나라로 돌아가도록 해라."

더 강하게 이야기하려는 샤 본의 말을 가로막듯이 말하고, 이야기는 끝이라는 듯이 나는 발길을 돌려 알현실에서 나갔다.

정신을 차린 아이샤가 황급히 나를 따르고.

"손님들을 성 밖까지 안내해라."

위사들에게 그렇게 명령한 뒤, 하쿠야도 내 뒤를 따라왔다.

복도에서 우리를 따라잡은 하쿠야는 곧바로 진언을 올렸다.

"폐하, 타국의 요인과 알현 도중에 흥분하시면 안 됩니다."

"미안해. 로로아를 무시당한 기분이라 머리에 피가 올랐어."

나는 걸음을 멈추고 두 사람에게 사죄했다. 조금 전에는 내가 생각해도 쉽게 울컥했다.

연일 이어진 피로와 샤 본에게 나쁜 의도가 없었던 것이 원인이겠지. 그것이 우리에게 악의가 있는 사람의 발언이었다면 속이 뒤틀렸을지라도 겉으로 드러내지는 않았을 것이다. 설령 마음속으로는 '나중에 반드시 후회하게 해주마.' 라고 생각해도.

하지만 샤 본에게는 악의가 없이, 단순히 그렇게 믿을 뿐이었다.

그것이 몹시 화가 났다.

그러자 하쿠야는 한숨을 쉬며 어깨를 으쓱였다.

"다만, 폐하께서 화내시지 않았어도 결과는 달라지지 않았을 겁니다."

"뭐, 도저히 받아들일 수 있는 제안이 아니었으니까."

"그렇다고 해도 적절한 표현이라는 게 있었을 테죠."

"내가 잘못했다니까. 그래서, 어떻게 생각해?"

나는 하쿠야에게 물었다.

"두 사람은 얌전히 자기 나라로 돌아갈까?"

"돌아가는 게 덜 귀찮기는 하겠지만…… 무리겠죠."

"그렇겠지……. 표정을 보기에는 상당히 막다른 곳에 몰린 느낌이었고, 이번 일로 더더욱 몰려서 이상한 짓을 하지 않는다면 좋겠는데……."

정신적으로 피폐해져 자살한다든지, 혹은 주군의 불상사를 사죄하겠다며 키 슌이라고 하는 하얀 여우 귀 수인족이 배를 가른다든지…… 그런 일이 벌어진다면 앞으로 있을 계획에 지장이 생길 수도 있다.

"하쿠야, 두 사람에게 검은 고양이 부대 감시는 붙어 있겠지?"

"상시 두 명이 붙어 있습니다. 섣불리 엉뚱한 생각을 하더라도 그들이 막아 주겠죠. 폐하께서 화내신 일에 대해서는 제 쪽에서 수습해 두겠습니다."

"미안해."

"폐하를 돕는 게 재상의 일이니까요. 폐하께서도 연일 준비하시느라 피곤하시겠죠. 오늘은 이만 쉬시는 게 어떻습니까?"

"그러네…… 그러도록 할까."

나는 그때 간신히 웃을 수 있었다.

"오늘 밤은 로로아 차례였던가. 로로아가 모멸당해서 생긴 이 답답한 기분은, 로로아를 실컷 귀여워해 주는 걸로 발산할까."

"좋겠다…… 폐하, 내일은 제 차례니까요! 그때는 저한테도!"

나와 아이샤가 그런 대화를 나누자,

"뜻대로 하시길……."

하쿠야는 어이없다는 듯 말하고, 못 어울려 주겠다는 듯이 떠났다.

참고로 내가 로로아 때문에 화를 냈다는 사실이 본인에게도 전해져서, 이날 밤의 로로아는 기쁜 듯 '고맙다, 달링♪'이라며 잔뜩 애교를 부렸다.

"저는…… 어쩜 이렇게 어리석을까요……."

파르남 성 아래에 있는 고급 여관의 한 방에서, 샤 본은 침대에 상반신을 누이고서 울고 있었다. 옆으로 돌린 얼굴에 눈물이 흐르며 청결한 시트를 적셨다.

위사의 재촉에 떠밀리듯이 성 아래로 나온 샤 본과 키 슌은, 어깨를 축 늘어뜨리며 자신들이 머무는 이 여관으로 돌아왔다.

이 고급 여관은 왕국 측이 준비한 곳이었다.

두 사람은 구두룡왕에게 알려지지 않도록 몰래 이 나라를 방문하고, 소마와의 면회를 원하여 수도까지 찾아왔다. 두 사람이 이 나라에 있다는 사실이 외부에 알려졌다가는 여러모로 위험한 일이 벌어질 터이기에, 기밀 유지가 철저한 이 여관에서 머무르도록 조치했다.

"반드시…… 교섭에 성공해야 했는데…… 최악을 피하기 위해서…… 그러려고 이 나라에 왔는데…… 부주의한 말로 소마 님을 화나게 하다니…… 정말이지, 어쩜 이렇게 어리석고 무력한가요…… 저는……."

자신의 무력함이 너무나도 원망스럽고 분했던 것이리라.

샤 본은 울면서 주먹으로 침대를 탁탁 내리쳤다.

키 슌은 그런 샤 본 공주를 애통하게 보고 있었다.

"샤 본 님…… 힘드시면, 구두룡 제도로 돌아가시겠습니까?"

"아니, 그럴 수는 없어요."

자신을 걱정하는 키 슌의 말에, 샤 본은 눈물로 부은 얼굴을 들었다.

"더는 일각의 유예도 없어요. 저희는 최악을 피하고자 왔으니까요."

"그렇다면 다시 한번, 소마 왕과 만나서 대화할 수밖에 없겠죠."

"과연, 만나 주실까요."

"소마 왕의 분노가 어느 정도인지에 따라 다르겠죠. 샤 본 님께서는 소마 왕이 어째서 화가 났는지, 그 이유를 아십니까?"

키 슌이 묻자 샤 본은 힘없이 고개를 가로저었다.

"부끄럽게도, 어째서 화가 났는지도 모르겠어요. 지금 아는 사실은 제가 실언했다는 것, 그것이 로로아 님과 관련된 이야기라는 것뿐이에요."

"로로아 왕비라면 아미도니아 공국의 패전 후, 나라와 함께 소마 왕에게 시집을 가서 자국민을 지켰다고 들었습니다. 또한 소문이기는 하지만, 소마 왕은 호색가라서 로로아 공녀를 원해 공국으로 쳐들어갔다는 이야기도 있었습니다. 다만 소마 왕의 반응을 보기에, 이건 어디까지나 소문일 테지만요."

"아마도 저희는 소마 님의 실정을 너무나도 몰랐던 거겠죠. 구두룡 제도는 폐쇄된 나라예요. 소문에 휘둘린 모양이에요. 그리고 소마 님을 화나게 만들고 말았죠……. 정말로…… 어리석어요."

그렇게 말하고 나서, 샤 본은 고개를 숙였다. 침대 시트를 꽉 움켜쥐고 있었다.

그렇듯 힘없는 샤 본의 모습을 보고 키 슌은 어떻게든 해 주고 싶다고, 어떻게든 해야만 한다는 생각에 사로잡혔다.

"다시 한번 소마 왕에게 면회를 청하죠. 샤 본 님께서는 여기서 기다리시길. 제가 지금 일단 파르남 성을 방문해서, 어떻게든 다시 한번 알현을 잡고 오겠습니다."

"?! 키 슌!"

각오를 마친 듯한 키 슌의 목소리에, 샤 본은 펄쩍 뛰듯이 일어나 필사적으로 옷을 붙잡았다.

"설마 당신, 목숨을 걸 생각인가요. 절 위해서 죽으면 안 돼요!"

"죽음으로 사죄하여 샤 본 님의 바람이 이루어진다면 그렇게 하죠. 하지만, 그런 짓을 해도 소마 왕의 분노는 풀리지 않겠지요. 오히려 샤 본 님의 처지를 한층 나쁘게 만들 겁니다. 성심성의껏 부탁할 뿐입니다."

"키 슌……."

"저는…… 샤 본 님의 각오를 알고 있습니다."

키 슌은 불안해서 떨리는 샤 본의 손에 자기 손을 포개며 말했다.

"그리고 그런 샤 본 님을 지키겠노라 맹세했습니다. 반드시, 다시 한번, 당신을 소마 왕 앞에 세우겠습니다."

그러더니 키 슌은 샤 본의 방을 나갔다.

샤 본은 두 손을 가슴 앞에서 맞잡고 기도할 수밖에 없었다.

키 슌은 여관을 나와서 다시 한번 파르남 성으로 향했지만, 몰래 방문한 샤 본의 종자라는 입장으로는 왕국에 연줄이 있을 리도 없었다. 그렇다면 이제 키 슌에게 남은 방법은, 소마와 신하들의 인정에 매달리는 것뿐이었다.

키 슌은 파르남 성의 정문으로 이어지는 길가에 털썩 앉더니, 땅바닥에 손을 짚고 파르남 성을 향해 깊이 머리를 숙였다.

그 자세 그대로 굳어 버린 것처럼 더는 움직이지 않았다.

성을 드나드는 사람들이 흘끗흘끗 봐도 키 슌은 미동도 하지 않았다.

그런 수상쩍은 인물이 문 근처에 있으면, 당연히 문을 지키는 위사도 내버려 둘 수는 없다. 우선은 원만하게 말을 거는 것부터 시작하지만, 끝까지 해결이 안 되면 실력을 써서 배제하게 된다. 위사들은 키 슌에게 다가가더니 우선은 퇴거하라고 말했다.

"성에 용건이 있다면 신청하고, 오늘은 돌아가. 상부에서 허가가 내려오고 다시 등성하면 되잖아.”

하지만 키 슌은 듣지 않았다.

“소마 폐하께 사죄드릴 것이 있소! 부디, 부디 다시 한 번만이라도 배알을 바라오! 용서해 주시는 그날까지, 본인은 이 자리를 떠나지 않을 각오이외다!”

그런 소리를 해 봐야 위사의 역할은 문을 지키는 것이다.

평소라면 이런 녀석은 다짜고짜 끌어낼 참이지만, 위사들에게는 사전에 위에서 내려온 명령이 있었던 모양이라, 정보 확인을 위해서 위사 하나가 성으로 달려가더니 잠시 후 인물 하나를 데리고 돌아왔다.

그 인물은 머리를 숙인 키 슌에게 말을 건넸다.

“그런 행동을 해 봐야 인상이 나아질 일은 없습니다.”

“재상님.”

키 슌이 고개를 들자, 검은 옷의 재상 하쿠야가 보였다.

그러자 키 슌은 땅바닥에 손을 턱 짚고 이마가 땅에 닿을 만큼 머리를 숙였다.

“샤 본 님의 말씀에 무례가 있었던 것, 부디, 용서해 주시길! 샤 본 님도 본인의 경솔함을 부끄러워하십니다! 책임을 지라고 하신다면 이 목을 내어 드리죠! 그러니까 부디…… 부디 다시 한번, 샤 본 님께 소마 님과 대화할 기회를 주십시오!”

“귀공의 목을 받아도 아무런 이익이 없을 텐데.”

필사적으로 호소하는 키 슌에게 하쿠야는 한숨과 함께 말했다.

“애당초 당신은 폐하께서 화가 나신 이유를 제대로 이해하고 있습니까?"

"그건……."

"형태뿐인 사과 따윈 무의미합니다."

하쿠야는 조용히 말했다. 하지만 키 슌도 물러나지 않았다.

"그래도, 샤 본 님의 각오는 진짜입니다. 정말로, 그 몸을 소마 님과 이 나라에 바칠지라도, 구두룡 제도의 사람들을 지키고자 하시는 겁니다."

흙을 움켜쥐며 키 슌은 절실하게 호소했다.

아마도 사실일 것이다. 하쿠야는 고개를 절레절레 내저었다.

"'자기희생'의 정신…… 그건 아름다운 것일지도 모릅니다. 하지만 위에 서는 자의 '자기희생'은 '책임 포기'와 마찬가지라고 저는 생각합니다. 그것이 로로아 왕비 전하와 샤 본 양의 결정적인 차이라고 보죠."

"?! 그 차이란 대체……."

무릎을 꿇은 채로 다가와서 가르침을 청하는 키 슌에게 하쿠야는 조용한 말투로 말했다.

"여기는 사람들 눈이 있습니다. 일단 제 방으로 와 주시죠."

"예, 감사합니다."

두 사람은 하쿠야의 개인실로 이동하기로 했다.

◇　◇　◇

"드시죠."

"아, 이건 감사히…… 잘 마시겠습니다."

하쿠야가 차를 내자 키 슌은 황송한 듯 받았다. 하쿠야도 자리에 앉고 한숨 돌린 참에 "조금 전의 이야기 말입니다만……." 하고 이야기를 꺼냈다.

"나라를 위해서 목숨을 건다는 점에서는 같다고 해도 되겠죠. 하지만 샤 본 양은 스스로는 어떻게 할 수도 없는 상황을, 폐하께 매달려서 어떻게든 해결해 달라는 것으로밖에 안 보입니다. 간단히 말하자면 스스로 문제를 해결하길 포기해 버렸죠. 구두룡왕의 딸이라는 자신의 책임에서 도망쳤다고 할 수는 없을까요?"

"윽……."

키 슌은 아니라고 말하고 싶었지만, 그 말이 나오지 않았다.

관점을 달리한다면 확실히 그런 측면도 있겠다고, 키 슌도 생각하고 말았으니까. 힘없이 고개를 숙이고 컵에서 흔들리는 차를 바라봤다.

그런 키 슌에게 하쿠야는 타이르듯이 말했다.

"한편으로, 로로아 왕비 전하는 굉장했습니다. 왕국은 아미도니아 공국과의 전쟁에 승리하고, 압도적으로 유리한 상황에 있었습니다. 하지만 로로아 왕비 전하는 가진 인맥을 구사하여 정적이었던 오빠 율리우스 공자를 추방하고, 공국 전체에서 왕국과의 병합을 희망하도록 만들었습니다."

"그건…… 굉장한 통솔력이군요. 마치 군을 지휘하는 것 같습니다."

"예. 당시 [인류 선언]에 저촉되지 않는 형태로, 공국 수도 반에서 왕국에 대한 자발적 병합 희망을 얻어낸 왕국은 그 요청을 거절할 수 없었습니다. 받아들이지 않는다면 앞선 반 병합과 대응에 차이가 있다며 규탄당하게 될 테니까요."

"…………."

"로로아 왕비 전하께서 소마 폐하 앞에 나타나신 건, 공국 전역의 왕국 병합이 끝난 직후입니다. 자신을 소마 폐하의 왕비로 삼아 달라고 그러셨죠."

하쿠야는 그때를 떠올리고 쓴웃음을 지으며 차를 홀짝였다.

"제대로 당했죠. 혹시 이 단계에서 거부한다면 막 병합한 공국의 분위기가 험악해지는 건 불 보듯 뻔했습니다. 형세는 멋지게 뒤집혀서, 왕국은 이익을 빼앗을 터였던 공국을 도리어 보호해야 하는 처지가 된 겁니다. 폐하께서는 '공국에 이겼다고 생각했더니, 가장 마지막 순간에 로로아 하나에게 졌다.' 라며 쓴웃음을 지으셨죠."

하쿠야는 컵을 놓고는 키 슌의 눈을 바라보고 말했다.

"이것이 로로아 왕비 폐하와 샤 본 양의 차이점입니다. 샤 본 양은 모든 것을 포기했죠. 반대로 로로아 왕비 전하께서는 이기기 위해 자기 목숨을 걸었습니다. 그런데도 샤 본 양은 '저도 로로아 님처럼' 이라고 말씀하셨죠. 폐하께서는 가족을 특히 소중하게 생각하시는 분입니다. 샤 본 양의 말씀은, 혼자서 왕국에 승리한 로로아 왕비 전하에 대한 모욕으로 느껴서, 그렇듯이 화를 내신 겁니다."

"…………."

하쿠야의 이야기를 모두 듣고 키 슌은 컵을 든 손에 힘이 들어 갔다.

'내 아내를 모욕하는 것도 정도껏 해라.'

소마가 그렇듯이 화난 이유를 알게 되었으니까.

확실히 샤 본과 로로아는 각오가 달랐다.

그것을 멋대로 동일시했으니까 화내는 것도 당연했다.

완전히 풀이 죽은 키 슌에게, 하쿠야는 말했다.

"폐하께서는 이렇게 말씀하셨습니다. '혹시 샤 본이 구두룡 제도로 돌아가지 않는다면, 내일 한 번만 다시 만날 용의가 있다.' 라고."

"?!"

퍼뜩 고개를 든 키 슌의 눈을 하쿠야는 똑바로 바라봤다.

"'혹시 여전히 각오 없이 다시금 회담에 임할 것 같다면, 이번에는 무조건 강제로 귀국시키겠다.' 라고. 조금 전의 이야기를 샤 본 양께도 전해 주십시오."

"예! 정말 감사합니다!"

키 슌은 몇 번이고 머리를 숙이고 나서 위사의 안내에 따라 돌아갔다.

개인실 앞에서 키 슌을 보낸 하쿠야는 휴, 하고 한숨을 쉬었다.

'얌전히 자기 나라로 돌아갈 것 같진 않군요. 성가시지만 저들도 고려해서 계획을 수정해야 할까요……'

무척 주의를 기울여야 할 것 같았다.

하쿠야는 그저 곤란할 따름이었다.

　다음 날, 샤 본과 다시 회담하게 되면서 그때와 거의 같은 멤버들이 파르남 성 알현실에 모여 있었다.

　다른 점이라면 이번에는 리시아가 옥좌 옆 왕비의 자리에 앉아 있다는 것이었다.

　지난번 회담에서는 상대의 의도를 알 수 없었기에 참석시키지 않았지만, 샤 본이나 키 슌에게 악의가 없다는 사실은 분명했기에 이번에는 동석한 것이었다.

　아이들은 카를라가 보고 있었다.

　리시아가 동석하면서 샤 본은 이전보다도 더욱 위축된 모양이었다.

　어제 면회 당시에 '당신의 도구로 써 주세요.' 나 '구두룡왕의 왕위를 바란다면 시집을 가겠어요.' 같은 소리를 했기에 그럴 것이다.

　리시아의 기분이 상할 수 있는 발언이고, 집안일을 도맡는 제1 정실의 기분이 상한다면 설령 내게 시집을 오더라도 괴롭고 힘겨운 나날이 될 것은 상상하기 어렵지 않았다.

　그런 샤 본에게, 리시아는 싱긋 미소를 지었다.

아마도 '무서워할 것 없어.' 라며 기분을 풀어 주려는 행동일 테지만, 그 미소를 보고 샤 본은 더더욱 위축된 듯했다. 거참……

어쨌든 사람이 다 모이고 회담이 시작되자, 우선은 샤 본이 머리를 숙였다.

"키 슌을 통해 재상의 말을 듣고, 제 발언이 어찌나 부적절했고 소마 님을 불쾌하게 했는지 알았어요. 제 미천한 견식이 부끄러워요. 정말 죄송합니다."

"아니, 나도 화가 난 나머지 샤 본 양에게 심하게 대하고 말았어. 미안하다."

내게도 성급한 부분이 있었다는 건 분명하니까 사죄의 말을 입에 담았다. 샤 본과 내가 둘이서 서로에게 사과한 뒤, 어제 중단된 대화를 재개하기로 했다.

"그래서…… 샤 본 양은 내 도구가 될 각오라고 그랬는데, 지금도 그 마음에 변함은 없을까?"

"예. 저는 그러려고 이곳까지 왔어요."

변심은 없다, 인가. 요전의 일은 역시나 없던 걸로…… 같이 간단히 뒤집을 수 있을 이야기도 아니고, 이들도 다 각오하고 바다를 건넜으니까 당연한가.

자…… 그렇다면 어떻게 다루면 좋을지가 문제겠네.

"소마…… 폐하께 이야기는 들었지만, 당신은 정말로 그래도 괜찮은가요?"

리시아가 걱정스레 샤 본에게 물었다.

갑작스러운 질문에 샤 본은 한순간 깜짝 놀란 모양이지만, 리시아를 계단 아래에서 쭈뼛쭈뼛 올려다보며 고개를 끄덕였다.

"예. 제게는 이제, 백성을 구할 길은 이 방법밖에 없으니까요."

"왕족인 이상, 자기 마음보다 나라나 백성을 우선시하는 건 저도 이해해요. 제가 폐하께…… 남편에게 흥미를 느낀 것도, 타고난 왕족이었던 저나 아버지보다도 통치자 자격이 있고, 이 나라를 위한 일이라고 생각했기 때문이에요. 그리고 함께 고난을 헤쳐 나가는 사이에 빠져들었죠. 정략결혼을 우선했지만, 저는 소마와는 연애결혼이라고 생각해요. 다른 왕비들도 그렇게 생각할 테죠."

리시아가 아이샤에게 시선을 보내자 크게 고개를 끄덕였다.

어쩐지 연애 자랑(그것도 내 이야기)을 듣는 것 같아서 부끄러웠다.

그러자 샤 본은 조금 곤혹스러운 모양이었다.

"그런……가요?"

"예. 하지만 당신의 지금 얼굴을 보기에는, 저희 같은 관계를 구축할 수 있다고 보기 어려워요."

"?!"

거절이 담긴 리시아의 말에, 나를 포함하여 그 자리에 있던 모두가 눈을 동그랗게 떴다.

놀란 우리를 제쳐놓고 리시아는 계속 이야기했다.

"왕족의 정략결혼은 지극히 당연한 일이에요. 하지만 샤 본 양. 지금 당신의 얼굴엔 비장한 심정이 있어요. 당신이 현재 어지간히도 곤경에 처한 건 알겠지만, 그런 얼굴로 폐하께 시집을 간다면 왕국의 백성도 구두룡 제도의 백성도 불안하게 여길 거예요.

연애 감정을 도외시한 정략결혼이기에, 이것은 '행복한 결혼' 임을 알 수 있도록 당사자는 미소를 지어야 하겠죠."

"…………."

"지금 당신은 그런 한때의 미소조차 지을 수 없을 만큼 비장감이 넘쳐요. 그런 얼굴로 결혼한다고 해서, 대체 누가 행복해진다는 건가요. 도저히 행복해질 수 없어요. 폐하도, 사랑이 없는 두 사람 사이에서 태어날 아이도, 양국의 백성도…… 그리고 무엇보다 당신 자신도."

"윽…… 그래도."

샤 본은 옷 앞깃을 꽉 움켜쥐며 외치듯이 말했다.

"그래도, 제게는 이제 이 길밖에 없어요! 구두룡 제도에 사는 사람들을 구하기 위해서, 제가 바칠 대가는 저 자신밖에 없으니까요! 구두룡왕의 딸이라고 해도, 아버님을 거스르면서까지 낼 수 있는 건…… 이 몸 하나밖에…….'"

끝내는 목소리를 쥐어짜듯 말했다.

샤 본도 막다른 곳에 몰리고, 결심하고, 생각해서 내린 결론이었을 것이다.

하지만 그 방법에는, 리시아가 말했다시피 슬퍼하는 사람이 너무나도 많다.

"저기, 샤 본 양?"

"예, 무엇인가요?"

"당신에게는 아직 이야기하지 않은 게 있을 테지. 그것도 가장 중요한 사실을."

내가 그렇게 말하자 샤 본은 어깨를 움찔 떨었다.

"어제 회견 당시, 당신은 몇 번인가 이런 말을 입에 담았어. 구두룡 제도의 사람들을 괴롭히는 것은 '흉어로 배를 띄우지 못하는 것'이라고. 흉어를 이유로 배를 띄우지 못한다는 식으로 들리지만…… 그런 일은 있을 수 없겠지."

전에 있던 세계의 어부라면 고기가 잡히지 않는 탓에 연료비를 낼 수가 없어서 배를 못 띄우는 일은 있다. 하지만 이 세계의 어선은 배를 해양 생물이 끌던지 노를 저어서 바다로 나간다. 다시 말해서 흉어라는 사실이 배를 띄우지 못하는 것으로 직결되지는 않는다.

고기를 잡든 못 잡든, 마음만 먹으면 배를 띄울 수 있다.

반대로 배를 띄우지 못하는데도 흉어라는 것도 이상하다.

흉어란 어업을 못 하는 것이 아니라, 일해도 고기를 잡지 못하는 것을 말한다. 배를 띄우지 못한다면 어업 자체를 못 할 테니까 흉어라 말할 수는 없는 것이다.

그렇다고 샤 본이 잘못 말한 것이냐면…… 그렇지는 않겠지.

"당신이 진실을 말하는 거라면 이렇게 되겠지. '흉어'와 '배를 띄우지 못하는 상황'이 동시에 발생한다는 의미야."

"…………."

"하쿠야, 어제 회담 기록을 보여줘."

"예."

하쿠야는 인사를 하고는 종이 한 장을 건넸다.

그것은 어제 나와 샤 본의 대화를 기록한 것이었다. 비공식 회담이지만, 기록은 남았다. 나는 하쿠야에게서 종이를 받고 훑어봤다.

"당신은 이렇게 말했지. 흉어로 배를 띄우지 못하는 현실, 구두룡왕이 세금을 올린 일, 그리고 다가오는 왕국과의 전쟁의 그림자…… 이런 일들이 구두룡 제도의 사람들을 암울하게 만들고 있어요……라고. 듣기에 따라서는, 구두룡왕의 폭정을 막기 위해 왕국의 힘을 빌리길 원한다는 식으로 들리지. 하지만 '흉어'나 '배를 띄우지 못하는' 것의 원인이 구두룡왕에게 있다고 생각하기는 힘들어. 흉어는 자연 현상이고, 구두룡 제도 전역에서 배를 띄우지 못하도록 단속하는 건 불가능해."

"…………."

"당신이 이야기하듯이 구두룡 제도의 사람들이 바다와 밀접하게 살고 바다에서 떨어지는 것을 꺼린다면, 배를 못 띄우도록 단속하려고 들면 반발하겠지. 원래 각 섬의 자치권이 강하니까 도주들이 따를 리가 없어. 게다가 왕국 근해로는 배를 띄우는 상황이기도 하고. 군함을 호위로 붙이는 모양이지만."

나는 숨을 훅 내쉬고는 뺨을 괴며 샤 본에게 결론을 말했다.

"이런 일들을 미루어 생각해보면, '구두룡 제도에서 일반인이 배를 띄울 수 없는' 무언가 이유가 있으니까…… 아닌가?"

그러자 샤 본은 깊이 머리를 숙였다.

"혜안이 대단하시네요. 소마 님의 말씀이 맞아요."

샤 본이 진심으로 감탄한 듯 말했다. 혜안이라.

나를 추어올리지만, 진실은 달랐다. 마치 말에서 추측한 것처럼 꾸몄지만, 실제로는 구두룡 제도가 처한 상황을 이미 알기 때문이었다.

하지만 그 사실을 이야기하면 정보원은 어디인지 탐색할 가능성이 있고 그랬다가는 이쪽의 계획에도 영향이 미칠 테니까, 지금 알아차린 듯한 느낌으로 이야기한 것이었다.

이 사실은 왕국 측 인원과도 논의를 마쳤다.

그런 속마음을 겉으로는 드러내지 않도록 샤 본에게 말했다.

"샤 본 양, 슬슬 이야기해 주지 않겠나? 당신의 진정한 바람을."

"알겠어요……"

샤 본은 고개를 들더니 내 눈을 똑바로 바라보며 말했다.

"저희가 소마 님에게 말씀드리지 않은 것이 있지만, 결코 숨기려던 건 아니에요. 저는 받아들여 주신다면 반드시 이야기할 생각이었어요. 다만 이 사실을 이해하기 전에, 저희는 이 나라가 구두룡 제도와 전쟁을 벌일 생각이 어느 정도인지를 알아야만 했어요. 이 이야기를 듣고서 계획을 변경해 버린다면…… 전부 허사가 되고 마니까요."

"듣도록 하지."

구두룡 제도가 처한 대략적인 상황은 안다.

그러니까 그 말이 옳다는 사실도 이해할 수 있었다. 샤 본은 "감사합니다."라며 머리를 꾸벅이더니 조용한 목소리로 그 이름을 입에 담았다.

"오오야미즈치."

그 순간, 샤 본의 눈빛에서 명확한 적의가 보였다.

"가칭이지만, 그것이 구두룡 제도의 사람들을 괴롭게 만드는 원흉이에요."

◇ ◇ ◇

시작은 소마 님께서 왕위를 물려받기 전으로 거슬러 올라가요.

최초의 변화는 바다에 나타났죠. 어느 날을 경계로, 구두룡 제도의 근해에서 대형 해양 생물들의 숫자가 줄어든 거예요.

군함을 견인하기에 중시되는 시 드래곤 같은 비교적 얌전한 생물부터, 바다에서 고기를 잡는 어부들에게는 천적인 메갈로돈(초거대 상어)이나 대형 문어 같은 흉포한 대형 육식 생물에 이르기까지 구별 없이, 점점 모습을 볼 수가 없게 되었죠.

특정 생물이 폭발적으로 늘어나며, 그 포식 대상이 급격하게 줄어드는 건 자주 있는 일이에요. 하지만 이 현상에서 증가한 생물은 확인되지 않았죠.

그야말로 그저 대형 해양 생물이 줄어든 것뿐이에요.

또한 다른 원인으로 여겨지는 적조나 해저 화산 분출 같은 자연 현상도 확인되지 않아서, 그 이유는 전혀 알 수가 없었어요.

그리고 반년도 채 안 되어 구두룡 제도의 바다에서는 대형 해양 생물이 사라졌죠. 다만 이 시점에서는 구두룡 제도의 사람들은 사태를 낙관적으로 봤어요.

모두가 먹는 생선은 잡을 수 있었으니까요.

오래 어부 일을 하다 보면 풍어도 있고 흉어도 있죠.

아무리 고기가 잡히지 않을 때가 와도, 조용히 기다리면 반드시 고기는 다시 돌아온다. 대형 해양 생물의 소실도 한때의 일이겠지…… 그렇게 생각했던 거예요.

오히려 어부 중에는 위험한 육식 해양 생물이 사라져서 안심하고 고기를 잡을 수 있다며 이 사태를 환영하는 사람조차 있었죠. 대형 해양 생물을 덮친 그 위협이, 이윽고 자신들도 습격하게 된다는 사실도 모르고서.

다음 변화는 물고기에 나타났어요.

큰 고기가 잡히지 않게 되었죠. 그물을 끌어 올려도 잡히는 것은 작은 물고기뿐, 어부들은 고개를 갸웃거렸죠.

그 무렵부터 바다에서 조업하던 어선의 행방이 묘연해지는 사건이 발생했어요. 처음에는 사고가 났거나, 혹은 소속이 다른 섬의 '세력'에 들어가서 나포된 것은 아니냐고 여겼죠. 하지만 폭풍 다음 날, 어느 배의 잔해가 흘러들며 낙관적으로 보면 분위기는 완전히 사라졌어요.

그 배는 대형 교역선이었는데, 그 배가 한복판에서 정확하게 둘로 '꺾여' 있었으니까요. 보는 것만으로도 사고나 전투에 따른 파손이 아니라는 걸 알 수 있었어요.

그 배의 상흔은 무언가에 부딪혀서 받은 충격도 아니고, 포격당한 것도 아니고, 무언가가 터무니없는 힘으로 으스러뜨린 것 같은 모양이었어요.

인류에겐 불가능한 배의 상흔을 보고, 구두룡 제도 사람들은 이때 처음으로 바다에 숨은 무언가의 존재를 느낀 거예요.

  그 후로, 구두룡 제도에서는 어선을 띄우더라도 작은 물고기 정도밖에 안 잡히고, 또한 그 후로도 배가 사라지는 사건이 이어 졌기에 어부들은 바다에 배를 띄울 수 없게 되었어요.

  제가 '흉어'와 '배를 띄우지 못하는 현실'을 나누어서 이야기 한 것은 이 때문이에요.

  그리고 수십 번째의 배 소실 사건 때, 생존자가 한 사람 나타났어요.

  이 남성은 교역선의 물건을 훔치려고 잠입한 도적이라, 커다란 통 안에 숨어서 배에 타고 있었죠.

  그가 숨어 있던 교역선이 파괴되었을 때도 그는 통 안에 있었어요. 아비규환에 빠진 선원들의 목소리와 배가 부서지는 소리를 들으며 통 안에서 떨던 그 남자가, 통이 바닷물에 빠진 것을 깨닫고 닫혀 있던 뚜껑을 열어 얼굴을 내밀자, 그곳에는…….

  ──섬처럼 거대한 무언가가 선원들을 잡아먹고 있었어요.

  "이것이 구두룡 제도의 백성이 처음으로 조우한 오오야미즈치의 기록이에요."

샤 본은 슬픈 듯 눈을 내리깔며 그렇게 말했다.

"그 이후, 오오야미즈치 목격담은 늘어났어요. 이 '오오야미즈치'라는 호칭은 구두룡 제도에 전해지는 오래된 괴물의 이름에서 따온 것이에요. '거대한 어둠의 신', 혹은 '거대한 머리 여덟을 가진 물뱀'이라는 의미가 있다고 하는데…….

그렇구나…… 한자로 쓰면 '대암신(大闇神)'이나 '대팔수사(大八水蛇)'일까.

나는 턱에 손을 대며 샤 본에게 물었다.

"머리 여덟을 가진 뱀이라고 그랬는데, 정말로 그 오오야미즈치라는 녀석이 그런 형상을 하고 있었나?"

"그런 보고도 있어요. 하지만 대부분 안개 속 윤곽만을 보았고, 게다가 가까이서는 전체 모습을 파악할 수 없을 정도로 몸집이 크다고 해서, 아직 그 전모를 명확하게 인식할 수 있었다는 보고는 없어요. '목이 긴 시 드래곤 같았다.'라는 이야기도 있고 '목이 엄청나게 긴, 머리가 여럿 달린 뱀'이라는 이야기도 있어요. 분명한 것은 '섬으로 여겨질 만큼 거대했다.'라는 사실뿐이에요."

"섬처럼 거대한 생물……인가."

전에 있던 세계에서라면 '괴수'라고 해야 할까.

우리가 이미 보유한 정보도 비슷한 내용이었다.

구두룡 제도에 거대한 무언가 정체 모를 것이 존재한다는 사실은 파악했지만, 구체적인 형상에 관해서는 억측의 영역을 벗어나지 않았다.

일단 소문을 바탕으로 한 스케치를 괴물 전문가인 이치하가 몇 패턴 작성하고, 그 스케치를 몬스터 식별법으로 분류하고는 있지만…….

"대형 해양 생물이나 물고기가 사라진 것도 그 오오야미즈치 탓이라고?"

그렇게 묻자 샤 본은 고개를 끄덕였다.

"예. 배를 힘으로 부러뜨릴 만큼 덩치가 커죠. 오오야미즈치에게는 대형 해양 생물은 공복을 채울 수 있는 먹잇감이었을 테죠. 대부분은 포획당했거나, 혹은 오오야미즈치의 세력권에서 도망쳤다고 생각해요. 그러니까 구두룡 제도에서 대형 해양 생물의 모습을 볼 수가 없게 된 것은 아니냐고."

"그렇군…… 그리고 대형 해양 생물이 없어졌으니까 물고기를 먹게 되었고, 어부들도 습격하게 되었다는 건가……."

이야기를 듣기로는 드래곤 형태의 나덴이나 루비보다도 아득히 큰 듯했다. 어쩌면 성룡 산맥에 있던 티아마트에 필적할 정도로 클지도 모른다.

그렇다면 대형 해양 생물을 모조리 먹어치우는 것도 이해할 수 있었다.

그러자 샤 본은 괴로워하는 표정으로 말했다.

"그런 존재가 바다에 있어서는, 구두룡 제도의 사람들은 바다에 배를 띄울 수가 없고 물고기를 잡지도 못해요. 이 사실은 우리나라에…… 아마도 왕국 여러분이 생각하시는 것보다도 훨씬 힘겨운 일이에요."

"물고기를 잡을 수 없기에 식량난이 벌어졌다, 그런 의미인가요?"

리시아가 그렇게 묻자 샤 본은 고개를 가로저었다.

"아뇨. 식량은 풍부하다고 할 정도는 아니더라도 현재는 어떻게든 굶주리지 않아요. 뭍에서 재배할 수 있는 곡물이나 채소가 있고, 새고기나 알도 있어요. 그리고 작은 물고기나 조개 같은 건 해변에서도 잡을 수 있으니까요."

"? 그렇다면 무엇이 그렇게나 힘겨운 거죠?"

"마음이에요."

샤 본은 심장 위 언저리 위치에 양손을 포개고 말했다.

"구두룽 제도에 사는 사람들은 바다의 은혜로 자라고, 바다에서 놀고, 죽은 뒤에 영혼은 바다로 돌아간다고 할 만큼 바다와 밀접하게 살아왔어요. 구두룽 제도에서는 사람들이 대부분 아침에 일어나 집을 나오면 먼저 보는 것이 바다예요. 아이들은 철이 들 무렵에 집 앞의 바다에서 놀고 헤엄치는 법을 배우죠. 조금 자라면 바다에 작은 배를 띄워서 다른 섬까지 놀러 가고요. 구두룽 제도에서는 맞은편의 섬이 가까워서, 두 섬 사이의 바다가 강처럼 보이는 장소도 있거든요."

샤 본이 이야기하는 고향의 풍경. 평온한 바다와 섬들. 옛날에 할머니가 흥얼거리던 '*세토의 신부' 같은 정경이 머리에 떠올랐다.

---

* 세토의 신부 : 일본의 가수 코야나기 루미코가 1972년 발표한 가요. 시집을 가는 여성이 고향 바다의 풍경을 그리는 내용의 노래이다.

"경사스러운 결혼식에도, 슬픈 장례식에도, 구두룡 제도에서는 배를 띄워요. 신랑 신부를 태운 배는 호화롭게 꾸미고, 아침부터 낮에 절이 있는 섬을 오른쪽으로 한 바퀴 돌죠. 반대로 망자를 태운 배는 밤에 화톳불을 밝힌 항로를 왼쪽으로 한 바퀴 돌아요. 삶과 죽음이 바다와 배와 함께하는 곳. 그것이 구두룡 제도예요."

"호오……."

다른 나라의 풍속 이야기는 무척 흥미롭네. 나한테 떠오르는 것은 없지만, 전에 있던 세계의 어딘가에는 비슷한 풍속이 있던 것도 같고.

그러자 샤 본은 슬픈 듯 눈을 내리깔았다.

"그러나…… 오오야미즈치 탓에 지금 구두룡 제도에서는 편한 마음으로 배를 띄우거나 물고기를 잡을 수가 없게 되고 말았어요. 배를 띄우려면 군함이 호위로 붙거나, 혹은 습격당하지 않기를 기도할 수밖에 없죠. 저희는 바다를 빼앗긴 거예요. 구두룡 제도의 사람들에게 가벼운 마음으로 배를 띄울 수 없는 지금의 상황은……."

"숨이 멎은 것만 같은가?"

그렇게 묻자 샤 본은 조용히 고개를 가로저었다.

"아뇨, 그 정도까지는 아니에요. 하지만 비유한다면…… 비가 계속 내려서 해를 보지 못하는 느낌일까요. 흐린 하늘을 올려다보며 '아, 오늘도 해를 보지는 못하겠군요…….' 해서 어깨가 축 처지는 느낌이겠네요. 그것이 이미 몇 년이나 계속되고 있어요."

"그건…… 확실히 우울해지겠네."

비가 내리지 않는 것보다는 나을지도 모르고, 햇살이 강하다면 그것대로 답답하게 여길지도 모르겠지만, 하늘에서 구름이 걷히지 않아서 언제까지고 해를 볼 수 없다면 우울한 기분이 들 것이다. 그렇구나…… 구두룡 제도의 사람들에게 바다로 나갈 수 없다는 건 그렇게나 큰일이었구나.

"그래서 구두룡 제도의 어민들은 이 나라 근처까지 와서 고기를 잡고 있나."

어째서 구두룡 제도의 어민들이 대형 해양 생물이 사는 위험한 먼바다를 건너면서까지 왕국 근해에서 고기를 잡는지 알 수 없었는데, 구두룡 제도에서 '배를 띄우는 것'과 '고기를 잡는 것'이 가진 의미를 듣고서 간신히 납득이 갔다.

왕국 측에서 그 오오야미즈치라는 녀석과 마주쳤다는 보고는 아직 없다. 마리아와 이야기해 본 느낌으로는 제국 측에도 올라온 보고가 없는 모양이다.

즉, 오오야미즈치는 구두룡 제도를 세력권으로 삼고 밖으로 나가지 않는 거겠지. 그래서 구두룡 제도의 어민들은 안전하게 조업할 수 있는 왕국 근해까지 찾아온 것이다.

먼바다로 나가면 오오야미즈치와 마주치지 않더라도 대형 생물에게 습격당할지도 모른다.

또한 왕국 근처에서 조업하면 무단 조업으로 걸려서 국방해군에게 나포당할지도 모른다.

그런 위험을 무릅쓰고서, 고기를 잡는 것을 선택했을 테지.

구두룡 제도의 사람들에게 고기잡이란 그만큼 의미가 큰 일인 것이다. 그리고…….

"구두룡왕도 그것을 알고 있기에, 무장선 호위를 붙여서 원조하고 있다."

"그렇다, 고 생각해요."

"그렇군……."

구두룡왕이 무단 조업을 시켜서라도 배를 띄우는 데는 그런 의미가 있었나.

"뭐, 그렇다고 해서 현재 상황을 달게 여길 수는 없지만……."

"…………."

"그래서, '도구로 써 달라'는 당신의 앞선 발언도, 오오야미즈치에게 대항하기 위해서 그렇다고 이해하면 될까?"

"예."

내가 묻는 말에 샤 본은 고개를 끄덕였다.

"왕국이 구두룡 제도의 섬들을 지배하에 둔다면 오오야미즈치 문제는 피할 수 없겠죠. 소마 님도 머지않아 대처해야 하실 거예요. 그런데 아버님은 이럴 때도 완강하게 왕국과의 대결 태세를 무너뜨리지 않아요. 전쟁을 피할 수 없다면 적어도 소마 님에게 협력해서 싸움을 조기에 종결시키고, 민심을 안정시키고, 그리고 왕국의 힘으로 오오야미즈치를 토벌하고 싶어요. 그렇게 생각했어요."

"조금 지나치게 자기 형편에만 맞는 이야기 아닌가? 내가 당신을 이용해서 구두룡 제도는 계속 지배하에 두고, 오오야미즈치를 방치한다고 생각하지는 않았나?"

"로로아 님과 전 아미도니아 공국에 사는 사람들을 소중히 대한다는 이야기는 구두룡 제도에서도 들었으니까, 점령지에 가혹한 정치를 펼칠 분은 아니라고 생각했어요."

"높이 평가받는 걸 기뻐해야 할까."

"다만 확증이 없을지라도 왕국군이 움직이기를 원한다면, 제가 선택할 수 있는 길은 이것 정도밖에 없기도 했지만요⋯⋯."

"샤 본 양은 소마와 왕국 함대를 무척 기대하는 모양이군요."

이번에는 리시아가 샤 본에게 물었다.

"구두룡 제도의 군대만으로는 대처할 수 없나요? 구두룡 제도 연합은 해전에서는 상당한 강국이라고 들었는데요."

"모든 힘을 다하여 도전할 수 있다면⋯⋯ 그럴지도 모르죠. 하지만 구두룡 제도는 일이 이 지경에 이르러서도 한데 뭉치질 못하고 있어요."

샤 본은 가슴께에 손을 대며 호소했다.

"독립심 강한 섬들은 기본적으로, 자기 섬의 문제는 자기들의 문제, 다른 섬의 문제는 다른 섬의 문제라며 개입당하는 것도, 하는 것도 싫어해요. 오오야미즈치는 엄청난 위협이지만, 섬의 독립을 위협할 법한 침략자는 아니죠. 그러니까 구두룡왕도 모든 섬을 통솔할 수가 없는 거예요."

그렇기에 샤 본은 구두룡 제도의 대응을 포기하고, 내게 자신과 나라를 바칠 각오로 왕국군에 오오야미즈치 토벌을 맡기려고 했나.

최소한 구두룡 제도의 민초만큼은 지킬 수 있도록.

소극적이며 비장한 심정을 품고 있지만, 본인 또한 마음을 굳게 먹고 바다를 건넜을 것이다.

나는 머리를 긁적이며 샤 본에게 이야기했다.

"샤 본 양."

"예."

"단언컨대, 당신의 선택 앞에는 큰 후회가 기다릴 거야."

"처음부터, 각오한 바예요."

그러면서 샤 본은 깊이 머리를 숙였다.

정말 성가시다. 나는 리시아와 하쿠야를 흘끗 봤다. 두 사람은 고개만 끄덕였다. 내 판단에 맡기겠다는 의미겠지.

"알았다. 그렇게까지 말한다면 협력받도록 하지."

"아! 가, 감사합니다!"

"다만, 당신을 이용하는 건 어디까지나 정치적인 의미에서만. 아내나 첩으로 삼지는 않겠어."

"! 그건."

샤 본은 곤혹스러운 표정이었다.

내가 가족이라는 것에 강한 집착이 있다는 사실은 알고 있을 터. 그래서 샤 본은 첩으로서라도 내 가족이라는 틀에 들어오고 싶었던 거겠지.

사랑이 없는 상대에게 몸을 바치게 될지라도. 그것으로 자신과 구두룡 제도의 사람들을 지킨다는 보증이 되니까. 하지만 나는 그것을 허락하지 않았다.

나는 애써 말하려는 샤 본을, 손을 들어 제지했다.

　"최종적으로는 오오야미즈치와 싸울 것은 약속하지. 하지만 그때까지는 이쪽의 지시에 전면적으로 따라 주어야겠어. 그래도 괜찮겠나?"

　"알겠어요……."

　샤 본은 머리를 숙였다. 나는 고개를 끄덕인 뒤, 이번에는 키 슌 쪽을 봤다.

　"그리고 키 슌이라고 했나. 샤 본 양과 동행했다면, 귀공이나 귀공의 섬을 이용해도 상관없겠나?"

　그렇게 묻자 키 슌은 무릎을 꿇고, 손을 앞으로 맞잡고서 머리를 숙였다.

　"처음부터 이 목숨, 샤 본 님께 바치기로 결심했습니다. 샤 본 님이 당신을 따르겠다면 이 몸과 제 영지, 어떻게든 사용하셔도 괜찮습니다."

　처음부터 각오했다는 건가. 이리하여 나는 적대 국가의 공주와 그 종자라는, 미묘하게 다루기 어려운 말을 손에 넣었다.

샤 본과 키 슌을 일단 여관으로 돌려보낸 뒤.

나와 리시아와 하쿠야는 성에 있는 작전회의실로 갔다.

방으로 들어가자 국방군 총대장 엑셀, 부총대장 루드윈, 국방 육군 대장이자 할의 아버지인 그레이브, 그리고 항모섬 [히류] 함 장인 카스토르가 있었다. 현재 왕국 국방군 안에서 지위가 높은 이들이 모인 모양새였다.

서서 맞이하려는 네 사람을 손으로 제지하며 우리는 자리에 앉 았다.

"미안해. 기다리게 했나."

내가 그렇게 말하자 엑셀이 부채를 만지작거리며 "아뇨아뇨." 라고 고개를 가로저었다.

" '예상 밖의 손님' 이 있었으니 어쩔 수 없는 일이겠죠. 충분히 이해해요."

"아하하…… 확실히 샤 본 공주의 방문은 예상 밖이었네."

나는 힘없이 웃을 수밖에 없었다.

"최선을 다해서, 어떠한 고난도 물리치려고 계획을 철저히 짰 다고 생각했는데 말이야. 어째서 이렇게나 예상 밖의 성가신 일만 찾아오는지……."

"그것이 사람이라는 것이에요. 모두가 예상대로 움직여 줄 리도 없겠죠. 다들 정이든 이익이든 사상이든, 가장 중시하는 건 다르니까, 기대와 다르게 움직이는 사람은 당연히 나타나요. 그렇죠, 카스토르?"

"나한테 그 이야길 돌리지는 말라고, 월터 공."

엑셀이 짓궂게 미소를 지어 보이자, 카스토르는 벌레 씹은 표정을 지었다.

카스토르는 게오르그 카마인의 가짜 모반극 당시에는 나와 엑셀이 설득했는데도 게오르그와의 우의에 따르는 각오로 적이 되었으니까 말이지. 뭐, 우리가 지나치게 비밀리에 일을 진행한 탓도 있으니까 카스토르만 잘못한 건 아니지만.

그러더니 엑셀은 부채를 착 접었다.

"그래서 폐하, 앞으로의 계획은 어떻게 되는 걸까요?"

"세세한 부분은 수정할 필요가 있겠지. 하지만 계획의 큰 틀은 변함없어."

그리고 나는 엑셀과 카스토르 쪽을 보고 말했다.

"엑셀은 예정대로 구두룡 제도 파견부대의 총사령관으로서, 나와 함께 기함인 [알베르토Ⅱ](붉은 용 성읍 전투에서 사용한 전함 [알베르토]의 동형함)를 탄다. 예상되는 해전의 지휘도 일임하는 걸로 부탁하지."

"알겠어요."

"카스토르 함장에게는 항모섬 [히류]의 운용을 맡기지."

"오, 마침내 히류를 실전에 투입하나."

흥분한 기색으로 말하는 카스토르에게, 나는 고개를 끄덕여 답했다.

"전력을 아낄 상황이 아닐 테니까. 항모 2번함 [소류], 3번함 [운류]는 시기를 맞출 수 없었지만, 히류는 이용하겠어."

"이건 좀이 쑤시는데. 그렇다면, 탑재하는 와이번 기병대의 장비는 어떻게 합니까?"

"[스스무 군 마크 V 라이트](맥스웰식 추진기)도 싣고 가기는 하지만, 아마도 공대공 전투는 벌어지지 않겠지. 필요하지 않으면 되도록 사용하지 않는 게 나아."

"알겠습니다!"

두 사람에게 고개를 끄덕이고, 이번에는 그레이브를 봤다.

그레이브는 육군 부문의 수장이니까, 해상이 주전장인 이번 작전에는 관여하지 않는다. 그런데도 이 자리에 부른 것은, 다른 임무를 주기 위해서였다.

"그레이브. 아들 할버트와 루비는 히류에 탑승하지만, 귀공은 군을 이끌고 북쪽으로 가서 동방 제국 연합과 국경선의 경비를 맡기고 싶다."

"동방 제국 연합으로…… 말씀이십니까? 구두룡 제도 방면이 아니라?"

의아해하는 그레이브에게 나는 고개를 크게 끄덕였다.

"검은 고양이 부대와 율리우스의 보고에 있었던 내용인데, 아무래도 동방 제국 연합의 분위기가 수상쩍은 것 같아. 주로 말름키탄의 왕 후우가 한 관련으로."

"후우가 한이라면, 마왕령에서 일부 영지를 탈환했다는 그 사람입니까?"

"그래. 그런 위업도 있어서 그런지, 동방 제국 연합 내에서 후우가의 명성이 엄청나게 커지고 있는 모양이야……."

동방 제국 연합은 중소 국가의 집합체이고, 게다가 각국의 왕가 사이에 혈연이나 동맹이 난잡하게 얽혀 있어서 옴짝달싹 못하는 상태다. 이제까지는 어느 나라도 크게 성장할 수 없었지만…… 그곳에 후우가가 이끄는 말름키탄이 나타났다.

후우가는 마왕령에서 탈환한 토지에 과거 거주자인 난민을 들였다.

난민들은 자신들의 마을을, 도시를, 나라를 다시 부흥시키고자 했지만, 자신들만으로 마왕령의 위협에 대항하는 것은 불가능하다. 그런 상황에서는 자치 독립을 내세우지도 못하고, 탈환의 공로자인 후우가가 이끄는 말름키탄의 비호 아래로 들어올 수밖에 없었다.

그러니까 후우가는 탈환한 토지의 나라와 백성을 동시에 손에 넣은 것이다.

그래서 이제 말름키탄은 동방 제국 연합 안에서 가장 큰 나라가 되었다.

이제까지 성장할 수 없으리라 여겨지던 동방 제국 연합의 나라들 사이에서 판도를 넓힌 말름키탄을 보고, 동방 제국 연합의 사람들은 열광했다. 말름키탄이라는 나라라면 이제까지 수세였던

마왕령의 위협에 대항할 수 있지 않을까. 동방 제국 연합도 남쪽 왕국이나 서쪽 제국과 어깨를 나란히 할 수 있지 않을까.

그렇게 생각하는 사람이 동방 제국 연합에서 늘어나고 있다나.

"동방 제국 연합의 사람들은 후우가라는 존재에게서 희망을 본 거야. 이러지도 저러지도 못하는 지금의 상황을 타파하고 새로운 세계를 개척해 주지는 않을까, 하는 거지."

"그건…… 어떨까?"

리시아가 그렇게 물었지만 나는 그저 어깨를 으쓱일 수밖에 없었다.

"좋은지 나쁜지, 그런 의미라면…… 알 수 없어. 외부에 있는 우리가 본다면 그저 누군가에게 자신의 이상을 투영해 보는 것으로 느끼겠지만, 당사자들에게는 다를지도 모르지. 후우가 자신도 그것을 싫다고 여기진 않을 거야. 모두가 후우가의 영달을 바랄 테니까. 사람들이 추어올리고, 시대가 자신을 밀어주는 것 같은 기분이 들고, 이윽고 자기 행동은 하늘이 내린 운명이라고 생각하게 된다. 그야말로 영웅의 탄생이야."

"그러고 보니 언제였던가, 루나리아 정교의 성녀도 그랬지. '타인이 바라는 형태로 살아가는 건, 무척 자랑스럽고 훌륭한 삶의 방식이다.' ……라고 했던가."

"아…… 그랬지. 무척 예전 일인데 잘도 기억하네."

"그게 말이지, 그날은, 그게…… 그날이었고……."

리시아는 마지막 부분에서 말을 흐렸다.

아, 그러고 보니 성녀 메어리와 면회한 날이라면, 나와 리시아가 처음으로 맺어진 날이었던가. 리시아와 일선을 넘겠다는 결심이 선 것도, 어디까지나 성녀라는 시스템으로 행동하려는 메어리를 보고 나는 사람이고 싶다고, 사람으로서 사람에게 사랑받고 싶다고 생각했으니까. 하지만 후우가는 그런 생각을 하진 않겠지.

"그렇다면 수상쩍다는 건 그 후우가라는 남자입니까?"

그러자 그레이브는 진지한 표정을 지으며 물었다.

그 질문에 나는 "어…… 아니, 아니야."라며 손을 팔랑팔랑 흔들었다.

"수상쩍은 건 후우가 주위를 둘러싼 환경이야. 하쿠야, 설명을 부탁하지."

"알겠습니다. 검은 고양이 부대를 통솔하는 카게토라 경과 라스타니아 왕국 율리우스 경의 보고에 따르면, 동방 제국 연합 내에 후우가 공을 위험시하는 목소리가 커지고 있는 모양입니다. 반 후우가 세력이라고 표현하면 될까요."

"응? 조금 전에는 영웅시되고 있다는 이야기가 아니었나?"

그레이브의 의문에 하쿠야는 긍정했다.

"예. 확실히 후우가 공은 제국 연합의 사람들에게 영웅시되고 있습니다. 하지만 그 사실이 도리어 제국 연합에 속한 왕과 제후의 반발을 부르는 모양입니다. 마왕령에 점령당한 영토 탈환은 위업이고, 그 공적은 모두 후우가 공에게 모이고 있습니다. 자신들이 통치하는 백성이 자신들보다도 후우가를 사랑하고, 경외하고, 숭상하게 되었으니 못마땅할 테죠."

"그야말로 '모난 돌이 정 맞는다' 는 그거네. 어느 세계든 마찬 가지인가……."

"폐하께서 계시던 세계의 속담입니까? 참으로 절묘한 표현이 군요."

하쿠야는 납득한 듯 그러더니 계속 설명했다.

"아마도 앞으로 동방 제국 연합은 후우가 공을 지지하는 세력과 후우가 공에게 적대하는 세력으로 양분되겠죠. 반 후우가 세력은 역사적으로 구축된 여러 나라와의 관계를 이용하여, 다수의 국가를 끌어들이며 후우가 공을 제압하려고 들 겁니다."

"후우가에게는 이것이 중요한 고비인가……."

"예. 반대로 후우가 공도 패권을 장악하고자 한다면, 혈연관계나 이권으로 옴짝달싹 못 하는 현재 동방 제국 연합의 상황은 답답하게 느낄 터입니다. 양쪽은 머지않아 격돌할 운명이라고 할 수 있겠죠."

"어느 쪽이 우세하지?"

리시아가 물어보지만, 하쿠야는 고개를 가로저었다.

"파악할 수 없습니다. 반반 정도겠죠. 숫자라면 다수의 왕후귀족을 끌어들일 수 있는 반 후우가 세력이 유리하겠지만, 지금 후우가 공에게는 그런 불리함을 뒤집을 만큼의 명성과 기세가 있습니다."

"누가 이기더라도 이상하지 않겠네. 소마도 같은 생각이야?"

"그러네…… 누가 이기든 지든 성가시다는 것에 변함은 없지만, 내가 싸우고 싶지 않은 건 후우가야. 논리나 도리를 날려버릴 수 있을 만큼의 기세가 있어. 그러니까 우리에게 최악을 상정한 다면, 후우가가 이긴다는 인식으로 대비할 필요가 있겠지."

"그렇다면 폐하, 반 후우가 세력에 개입하는 겁니까?"

"아니. 안 해."

엑셀이 그렇게 물었지만 나는 단호하게 부정했다.

"후우가와 적대하는 건 그를 영웅시하는 사람들과 적대한다는 의미야. 영웅시란 신앙 같은 것이지. 루나리아 정교황국과 맞선 다면 국내 정교도의 반란을 경계해야만 하듯이, 후우가와 적대 한다면 후우가를 신봉하는 사람들을 경계해야 하는 상황이 생겨. 후우가의 나라에서 쳐들어온다면 모를까, 아직 적대 행동을 보이지 않은 후우가에게 무언가 하려고 들다간 영웅의 길을 막고 인류의 희망을 꺾으려고 한다는 식으로 규탄당할 거야. 그랬다간 국내 통치도 변변히 할 수 없어."

"그건…… 확실히 성가시겠네요. 국력 차이가 있더라도 도움이 안 되겠어요."

"그렇지? 그러니까 후우가가 이 나라에 위협이 된다고 사람들이 명확하게 인식할 수 있을 때까지는 우리가 먼저 적대하는 행동을 취하지는 않고, 취할 수도 없어. 우리한테는 후우가의 동생 유리가도 있으니까. 경계하면서도 우호적으로 행동할 수밖에 없겠지."

그러자 리시아의 얼굴이 어두워졌다.

"소마. 제국 연합이 혼란스러워진다면 라스타니아 왕국은 괜 찮을까?"

제국 연합에 있는 로로아의 오빠 율리우스를 걱정하는 거겠지.

"율리우스는 후우가와 적대하는 위험을 인식하고 있어. 반 후우가 세력에 가담하지는 않을 거야. 혹시라도 위험해지면 티아 공주랑 일행을 데리고 왕국으로 도망치라고는 말해 뒀어."

"저로서는, 율리우스 경이 왕국으로 돌아오면 불안합니다만."

하쿠야가 그런 쓴소리를 했다. 지당한 의견이지만, 이번 일에서는 내 뜻을 관철하자.

"티아 공주를 정중하게 보호하는 한, 율리우스가 야심을 품을 일은 없어."

"알겠습니다. 폐하께서 정 그렇게 말씀하신다면."

"미안해. 뭐, 이야기가 꽤 벗어났네. 그러니까 그레이브, 북쪽 국경선 경비를 맡아 줘."

"예, 알겠습니다."

그레이브는 두 손을 모으고 머리를 숙였다. 대부분의 지시는 마쳤다.

이제 함대가 출격하는 그때까지, 내가 어떻게 하는지에 달렸다.

"함대보다 먼저 구두룡 제도에 간다고?!"

로로아가 목청을 높였다.

집무실에 아내 다섯과 토모에, 이치하를 모으고 내 뜻을 전하자 가장 먼저 돌아온 반응이 이랬다.

다른 사람들도 로로아와 같은 의견이겠지. 걱정스러운 표정이었다.

"소마니까 이상한 짓을 하려는 건 아닐 테지만, 이유를 설명해줄 거지?"

리시아의 그런 물음에 나는 "물론이야."라며 끄덕였다.

"여기 있는 멤버는 구두룡 제도의 현재 상황을 이해하고 있겠지."

모두를 둘러보며 그렇게 묻자 다들 수긍했다.

여기 있는 멤버는 이미 구두룡 제도를 덮친 정체불명의 거대 생물과 어째서 구두룡 제도의 어민이 왕국 근해에서 무단 조업을 하게 되었는지를 안다.

계획을 비밀리에 진행하고자 정보를 제한하기도 해서, 이 사실을 아는 것은 내 아내들과 하쿠야, 토모에, 이치하, 군 상층부, 그리고 구두룡 제도의 무단 조업선을 단속하는 국방해군의 일부 장병뿐이었다.

아마도 항모섬 [히류]에 탑승할 예정인 할과 루비에게도 알려지지 않았을 테지. 루드윈의 부관인 카에데도 임신 휴가 중이어서 이번에는 먼저 알게 되는 바람에 할이 인지하는 일도 없었으니까. 이번에 출격하는 함대의 대다수 장병은, 구두룡 제도 연합의 함대만 상대한다고 생각하겠지.

"솔직히 말해서, 제도 연합의 함대보다도 정체불명의 거대 생물…… 듣기론 [오오야미즈치]라는 호칭이 있는 모양인데, 그 오오야미즈치가 더 성가셔. 함대가 출격하는 건 대략 일주일 뒤겠지. 그때까지 이 생물의 정보를 최대한 수집하고 싶어."

"그래서 소마가 구두룡 제도로 가는 거야?"

"응. 구두룡 제도와는 중간에 바다가 있어서 정보가 좀처럼 들어오지 않아. 샤 본의 행동을 보면 상대도 우리 정보를 쉽게 얻지 못하는 모양이지만. 지도를 봐."

나는 집무용 책상 위에 구두룡 제도의 대략적인 지도를 펼쳤다.

"히류를 건조한 도크가 있는 섬에서 가장 가까운 두 섬이, 샤 본의 호위로 동행한 키 슌이 다스리는 섬이라고 해. 국방해군 본부가 있는 라군 시티에서 가장 가까운 섬이기도 하지. 이번 교섭으로 이 섬을 쓸 수 있게 되었어."

키 슌이 다스리는 섬은 크고 작은 두 개의 섬으로 이루지어는데, 둘을 합쳐 '쌍둥이 섬', 각각을 '큰 섬', '작은 섬'(섬 외부 사람은 '대쌍자도', '소쌍자도')으로 부른다나. 두 섬은 사람이 헤엄쳐서 건널 수 있을 만큼 가깝고, 키 슌의 저택은 그중에서 큰 섬에 있다고 한다.

"두 사람이 타고 온 배에 함께 타고 비밀리에 큰 섬으로 갈 거야. 왕국의 배나 나덴을 탄다면 누군가에게 들킬 우려가 있으니까. 내가 머무르는 걸 알리고 싶지 않아. 그리고 키 슌의 저택을 거점으로 해서 오오야미즈치의 정보를 수집할 생각이야. 그걸 위해서라도 토모에와 이치하는 나랑 같이 갔으면 해."

"저희도, 말씀이세요?"

"며, 명령하신다면 따를게요⋯⋯."

둘 다 곤혹스러운 모양이었다.

갑자기 관계가 나빠진 나라로 따라가 달라고 하니까 당연한 반응이다.

나로서도 어린 두 사람을 굳이 위험한 곳으로 데려가고 싶지는 않지만, 오오야미즈치 조사에는 두 사람의 힘이 꼭 필요했다.

토모에의 능력이라면 오오야미즈치의 사고를 알 수 있을지도 모른다.

이치하라면 몬스터 식별법으로 오오야미즈치의 신체 부위를 식별하여 유효한 공격 수단을 알아낼 수 있을지도 모른다. 이치하는 이미 오오야미즈치의 예상되는 형상을 몇 패턴 식별했지만, 저쪽에서 정보를 얻을 수 있다면 정밀도가 더욱 올라가겠지.

지금은 그 결과를 바탕으로 엑셀 등등이 작전 계획을 세우고 있었다.

"하지만 관계가 나빠진 나라로 들어가는 거죠? 게다가 오오야미즈치라는 존재도 있다고 그러니까, 위험하진 않을까요?"

아이샤가 걱정스러운 표정을 짓지만, 지금은 내 생각대로 진행하자.

"위험하다 싶으면 나덴을 타고 돌아올게. 도망칠 때라면 들켜도 딱히 상관없으니까. 나덴이라면 히류가 없어도 바다를 건널 수 있잖아?"

"응. 그건 맡겨 둬."

나덴이 가슴을 펴고 턱 두드렸다. 나도 고개를 끄덕였다.

"바로 그러니까, 유사시에 나덴이 옮기기 편하도록 소수로 갈 생각이야. 나, 나덴, 토모에, 이치하에 호위로 아이샤와 바다를 잘 아는 주나 씨가 함께했으면 해."

"예, 알겠어요."

"저도, 말인가요."

아이샤는 즉각 승낙했지만, 주나 씨는 대답할 때까지 조금 공백이 있었다.

"응? 뭔가 걱정되는 일이라도 있어?"

"어, 아뇨, 괜찮아요. 호위군요. 잘 알겠어요."

"좋겠다, 다들. 내는 이럴 때 집만 지키는데."

로로아가 토라진 듯 입술을 삐죽였지만, 그녀는 따로 해 주었으면 하는 일이 있었다.

"로로아는 수도에 남아서, 라스타니아 왕국에 있는 율리우스와의 연락을 맡아 줬으면 해."

"오빠랑?"

"아무래도 동방 제국 연합 내부 분위기가 수상쩍은 모양이야. 후우가 파와 반 후우가 파 사이에 충돌이 벌어질 것 같은 분위기라고 해. 일단 그레이브한테 국방육군의 일부를 맡기고 국경 근처에 배치해서 경계하게 시키기는 했는데, 상황에 따라서는 이걸 움직일 필요가 생길지도 몰라."

"오빠랑 언니도 위험해질지도 모른다는 기가?"

"위험해진다면 라스타니아 왕실 사람들을 데리고 이쪽으로 도망치라고 말해 뒀어. 만에 하나 그런 사태가 벌어진다면 로로아가 대응하는 게 확실할 테니까."

특히 율리우스는 우리 나라에서 다루기 어려우니까.

율리우스가 국내로 들어오는 것을 경계하는 사람도 있겠지. 그런 목소리를 억누르기 위해서라도, 제3정실인 로로아의 중재가 있는 편이 낫다.

로로아도 그것을 이해하는지 "알았다."라고 수긍했다.

"귀여운 언니를 위한 일이이까, 오빠랑 긴밀하이 연락을 취할게."

"부탁해. 무슨 일이 있다면 알려 줘. 상황에 따라선 바로 돌아올게."

"맡기 둬라."

"그거 내 거, 아니, 다들 내 대사를 너무 많이 쓰는 거 아냐?!"

나덴이 분개했지만 써먹기 편하단 말이지.

"하지만 소마가 수도를 벗어나면 나도 할 일이 없어지겠네."

리시아가 입가에 손가락을 대며 그렇게 말했다.

최근의 리시아는 카를라 같은 시녀들이나 가끔 도우러 와 주는 엘리샤 님 등등이 시안과 카즈하를 대신 돌봐주는 동안에는, 내 일을 보좌해 주고 있었다. 내가 왕성을 비운다면 보좌 역할이 없어지니까 따분한 시간이 생길 것이다.

나로서는 마음껏 기를 펼 시간으로 삼더라도 괜찮을 것 같은데, 엄격한 리시아는 비는 시간이 지나치게 많아지면 도리어 버겁다나. 그렇다고 해서 리시아를 데려갈 수도 없다.

아직 시안과 카즈하는 한 살이니까 눈을 뗄 수 없다.

아무리 그래도 며칠이나 아이들 곁에서 나랑 리시아가 둘 다 떨어지는 것은 무리고, 위험한 구두룡 제도로 아이들을 데려가는 건 말도 안 된다.

"아이들을 데리고 아버님 영지에라도 가 있을래?"

"그것도 좋지만…… 히류의 도크가 있는 섬으로 가는 건 안 돼? 아이들 데리고."

"어, 그 섬에?"

"그 아이들한테 큰 바다나 파도 소리를 체험시켜 주는 것도 괜찮을까 해서."

"아니, 해수욕 철은 아니라고 생각하는데."

아직 1월이고, 뭐, 갓난아기니까 애당초 해수욕은 못 하나. 애당초 대형 생물이 있는 이 세계에서 해수욕은 일반적이지 않다. 고작해야 해변에 살면서 바다에 익숙한 사람들이 멋대로 헤엄을 치는 정도겠지.

'확실히 파르남은 내륙이니까, 갓난아기 때부터 큰 바다를 체험시켜 주는 것도 괜찮을지도 몰라. 하지만 말이지……'

"쌍둥이 섬에 가장 가까운 섬이라는 건, 오오야미즈치가 활동하는 장소에 왕국에서는 가장 가까운 장소란 의미인데? 아무리 바다가 사이에 있다고는 해도 왕국 해안가로 올 가능성도 전혀 없지는 않은데, 그런 곳에 리시아랑 아이들을 보내면 걱정돼."

그렇게 말했지만, 리시아는 어이없다는 듯 한숨을 쉬었다.

"무슨 소리야. 그 섬에는 지금 구두룡 제도로 갈 함대가 집결 중이잖아? 만약의 사태가 벌어져서 오오야미즈치가 오더라도 국방해군이 대응해 주겠지."

"그건…… 뭐, 그렇지만……."

"위험해지면 와이번 곤돌라로 도망치면 되니까. 게다가 소마, 구두룡 제도로 갈 때는 함대와의 연락용으로 국왕 방송의 보옥을 가져갈 생각이잖아? 모은 정보를 보내야 하니까."

"잘도 아시는군요."

"아내인걸. 게다가 우리가 섬에 있다면, 정시 연락을 할 때 아이들의 얼굴을 볼 수 있는걸?"

"으윽…… 아, 정말이지. 항복이야 항복."

나는 양손을 위로 들어 항복 자세를 취하며 말했다.

"섬으로 가는 건 괜찮아. 하지만, 모쪼록 조심해."

"나도 알아. 소마도 반드시 무사히 돌아와야 해. 아이들이랑 같이 기다릴 테니까."

"물론이야."

자, 이것으로 방침은 정해졌다.

이제 구두룡 제도로 뛰어들어 볼까.

제4장 ✦ 선행 -leading force-

한 척의 배가 외해를 건너간다. 우리를 태운 키 슌의 배다.

"응, 바닷바람이 기분 좋아……. 뭐, 여름이라면 그렇게 말했을 테지만."

"춥네요. 아직 1월이니까요."

갑판에 나온 나와 주나 씨는 난간 근처에서, 서로 밀착하듯 서서 바다를 바라보고 있었다. 이것 참~ 춥다, 추워. 무척 맑은 날인데도 바닷바람은 거세고 차가웠다.

추위에 약한 나덴은 계속 선실에 틀어박혀서 이불을 뒤집어쓰고 있었다. 톨기스 공화국과 비교하면 그나마 나은 추위이지만, 그래도 힘겨운지 걱정스러워서 상태를 보러 온 토모에를 이불 안으로 끌어들여서는 탕파 대용으로 삼았다.

어쩔 수 없으니까 아이샤한테 구출을 부탁하려고 했더니, 이쪽은 멀미로 뻗은 상태였다. 오랫동안 신호의 숲에서 산 아이샤는 이렇게 파도에 흔들리는 배를 탄 경험이 없었다나. 지금은 이치하가 간호하고 있었다.

그건 그렇고…… 춥다. 진짜 탕파를 가져와야 했을지도 모르겠다. 나덴 정도는 아니더라도, 이런 차가운 바닷바람 안에서 불필요하게 갑판으로 나오는 사람은 드물겠지.

나와 주나 씨도 계속 선실에 있는 건 지루하니까 잠깐 밖을 보러 가자며 나왔을 뿐이었다. 조금 뒤에는 다시 선실로 돌아갈 생각이다.

나는 추위로 굳은 몸을 풀듯이 크게 기지개를 켰다.

"으~응…… 이렇게 배를 타는 것도 오랜만인 것 같네요."

"히류에는 몇 번인가 가시지 않았던가요?"

"그건 섬이나 기지라는 느낌이라 배를 탄다는 느낌이 들지 않으니까요. 주나 씨는 이런 배 여행은 익숙한 느낌인가요? 항구 마을 출신이었죠?"

"그렇기는 하지만…… 당신, 지금은 단둘이 있다고요?"

주나 씨가 그렇게 속삭이자 두근두근했다.

그러고 보니 사적인 자리에서는 존댓말을 그만두라고 했던가.

"미안해. 주나."

"후후후. 그러면 돼요, 당신."

주나 씨는 만족스럽게 웃더니 찰싹 달라붙었다. 조금 부끄럽다.

"그런데 뭐, 키 슌의 배가 서양식이었던 건 의외였네."

"서양, 인가요?"

"아, 내가 있던 세계의 이야기야."

복장은 일본 분위기인 키 슌의 배이기도 해서 안택선(安宅船)이나 그걸 개조한 철갑선을 상상했는데, 의외로 겉모습은 카락(스페인, 포르투갈의 무장상선)을 닮았다.

해양 생물이 끄는 것을 전제로 한 구조인지 갤리온만큼 선두(충각?) 부분은 뾰족하지 않다. 또한 화기 대책을 위해서인지 선체 표면의 요소요소에 철판이 붙어 있었다. 이것도 어떤 의미로 철갑선이라 부를 수 있을까.

뭐, 안택선은 외해 진출에 맞지 않는다고 들은 적이 있으니까 이런 형상이 되는 것은 필연일지도 모르겠다. 보고에 따르면 소조선(小早船. 작은 정찰선) 같은 것은 있는 모양이니까 적재적소에 사용하는 거겠지.

이 배에는 카락과 닮은 만큼 돛대도 있지만, 지금은 시 드래곤이 끌고 있으니까 돛은 접혀 있었다. 범선이 돛을 올리지 않고 수장룡 같은 생물에게 마치 마차처럼 끌려가는 광경은 무척 기괴했다.

"애당초 시 드래곤이 끄는데도 어째서 돛이 달려 있을까?"

"견인하는 해양 생물에게 문제가 생겼을 때를 대비한 거예요."

의문을 입에 담았더니 주나 씨가 설명해 주었다.

"사고나 전투 등으로 해양 생물이 배를 끌 수 없게 된 경우, 돛도 노도 없어서는 그대로 움직이지 못하게 되어 버려요. 그런 사태를 피하려고 돛을 다는 거죠. 그리고 해양 생물 사육에 유지비도 드니까, 바람이나 조류를 이용해서 항해하기도 해요."

"그렇구나…… 하지만, 그런 논리로 말한다면 전함 알베르토 같은 철제 군함은 어떻게 하지? 해전이 벌어지면 해양 생물이 다칠 때도 있을 거잖아? [스스무 군 마크 V] 같은 추진력이 없는 군함은 그 자리에서 오도 가도 못 하는 거 아냐?"

"예? 알베르토 같은 군함에도 돛을 펴는 장비는 있는데요?"

"어라? 그랬던가?"

카스토르와의 전투에서 사용한 전함 알베르토는, 운반용이나 육상 포격용으로 개조했으니까 전체상을 파악할 수 없었다. 주나 씨는 "어디까지나 긴급용이니까 거의 쓰지 않지만요."라며 쓴웃음을 지었다.

"속력이 빠른 것도 아니고, 바람 부는 대로 움직이는 표류용이니까요. 군함은 기본적으로 단독으로 항해하진 않으니까, 해전 종료 후에는 무사한 함선으로 인양하게 되겠죠. 그것이 아군의 함선인지 적의 함선인지는 그 해전의 결과에 달렸을까요."

전자라면 구조, 후자라면 나포라는 건가. 그런 생각을 했을 때.

"여기 계셨군요. 소마 님."

갑자기 나를 부르는 목소리에 돌아봤더니 샤 본과 키 슌이 걸어왔다.

"그 복장…… 굉장히 어울리네요. 어디를 어떻게 봐도 '야에다 섬' 사람이에요."

"본토 사람이 그렇게 말하니 나쁜 기분은 아니네."

나는 지금 잠행을 위해서, 오랜만에 삿갓을 쓰고 여행용 두루마기를 입었다. 내 머리 색이나 생김새는 구두룡 제도 사람과 닮았다고 그랬으니까 가끔 사용한 잠행용 패션인데, 조금 더 말하면 흑발 인간족은 구두룡 제도 안에서 두 번째인가 세 번째로 크고 인간족이 많은 야에다 섬에 많다고 한다.

하쿠야도 흑발인데, 그의 뿌리도 이곳 야에다 섬이었던 걸까.

그런 생각을 하는데 샤 본이 머뭇머뭇 물었다.

"저기…… 무언가 불편하신 점은 없으신가요?"

"아니, 쾌적하게 잘 지내고 있어. 가끔은 배편으로 여행하는 것도 괜찮네."

걱정스럽게 말하는 샤 본에게 나는 웃음을 건넸다.

샤 본은 안도한 듯 가슴을 쓸어내렸다.

"그건 다행이네요."

"뭐, 하나 신경 쓰이는 건 배를 끄는 해양 생물일까. 두 사람이 왔을 때 사용한 해양 생물('뿔 도르돈'이라고 하는 오징어와 닮은 생물)은 도망쳤다고 그러니까 왕국산 시 드래곤을 사용하고 있는데, 구두룡 제도의 사람들은 수상쩍게 여기진 않을까?"

"그건 괜찮겠죠. 구두룡 제도에서도 대형선에는 시 드래곤을 사용하니까."

키 슌이 그렇게 설명해 주었다. 그렇다면 괜찮을까.

"그래서, 키 슌의 섬까지는 앞으로 얼마나 더 걸리지?"

"쌍둥이 섬보다도 안쪽에 있는 '구두룡 섬(구두룡 제도에서는 면적이 가장 큰 섬이자 구두룡왕이 통치하는 섬)'의 산들은 보이니까, 이제 곧 보일 겁니다. 아, 마침 보이는군요."

키 슌이 가리킨 곳을 보자 무언가 바다에 튀어나온 것이 보였다.

그것이 배가 나아가면서 점점 삐죽삐죽 자라나고, 이윽고 두 섬의 형태가 되었다.

저게 쌍둥이 섬인가.

"이렇게 보니 구두룡왕이 있는 섬과 무척 가까운 거리에 있는 것처럼 느껴지네."

"예. 구두룡 섬의 산들이 크니까 그렇게 보이지만, 겉으로 보는 것보다는 거리가 있습니다. 배로도 한 시간 넘게 걸리겠죠."

"섬과 섬의 거리는 정말로 쉽게 알 수가 없어요. 헤엄을 잘 치는 어느 종족의 젊은이가 '저 섬까지라면 헤엄쳐서 건널 수 있다' 며 호언장담하고 섬에서 섬으로 헤엄쳐 건너가려고 했지만, 의외로 거리가 멀어서 힘이 다해 익사했다……는 옛날이야기도 있어요."

키 슌의 이야기에 샤 본이 그렇게 보충했다. 호오~ 재미있는 이야기네.

우르프 영감이 이야기한 해일 전설처럼, 이어져 내려오는 민화나 옛날이야기에는 금기나 교훈이 포함되는 경우가 많다.

그 옛날이야기의 경우에는 아마도 실화겠지. 실제로 그렇게 물에 빠져 죽은 사람이 있었으니까, 같은 잘못을 되풀이하지 않도록 전해지는 게 아닐까.

그런 생각을 하는데 키 슌이 "앗." 하고 말했다.

"왜 그래?"

"섬이 보인다는 건, 주의하십시오."

"어? 어어, 으헉."

배가 크게 상하로 흔들렸다. 대체 무슨 일이냐고 생각하는데,

──퍽!

선저에 무언가가 부딪히는 것 같은 소리가 났다.

"뭐야?! 바위에 부딪히기라도 했나?!"

"괜찮습니다. 이 부근은 조류가 험해서 파도를 가르며 나아가다 보면 파도의 고저 차이로 선저가 해수면에 닿아 부딪히는 듯한 소리가 나는 겁니다. 실제로 바닥에 부딪힌 건 아닙니다."

"그런가요?"

무심코 주나 씨에게 확인하자 그녀도 고개를 끄덕였다.

"예. 물의 흐름이 빠른 장소에서, 흐름을 무시하고 일정한 속도 이상으로 나아갈 때 벌어지는 현상이에요."

"그, 그렇군요. 그걸 들으니 안심……."

——퍽! ——퍽!

"……하고 싶지만, 이 소리를 들으면 불안해지네요."

"그러네요……."

널빤지 하나 아래는 지옥. 바다가 내포한 힘과 두려움을 온몸으로 맛본 기분이었다.

"자, 이 조류를 탔다면 섬에 도착하는 것도 금방입니다."

키 슌이 분위기를 바꾸듯이 말했다. 지금은 이상하게 땅이 사랑스러워서, 정말로 그러기를 바랄 뿐이었다.

"오오, 키 슌 님이야!"

"여보게들, 키 슌 님께서 돌아오셨다고!"

"샤 본 공주님도 함께 오셨어!"

배가 항구에 닿자 섬 주민들이 열렬히 환영하는 분위기로 맞이했다.

배가 도착한 것을 본 사람이 사람을 부르고, 순식간에 항구는 사람으로 넘쳐났다. 아무래도 키 슌이나 샤 본 공주는 이 섬의 사람들에게 사랑받는 모양이다.

나는 살며시 키 슌에게 다가가서 작은 목소리로 물었다.

(섬 주민들은 키 슌과 샤 본 공주가 우리 휘하로 들어왔다는 걸 모르겠지?)

(예. 이 섬은 자유롭게 이용하셔도 상관없지만, 그건 어디까지나 저 개인의 뜻입니다. 섬 주민들은 아무것도 모르고 그저 도주를 따를 뿐입니다.)

그러니까 앞으로 왕국에 붙은 것으로 비난당하는 사태가 벌어지더라도 책임은 전부 키 슌이 진다는 의미다. 여차할 때는 자기 목만으로 사태를 수습하고, 섬 주민에게까지 누가 미치지는 않도록 하겠다는 배려였다. 그 각오는 이해한다.

그리고 배에 사다리가 걸리고, 우리는 오랜만에 땅으로 내려섰다.

"아아…… 땅에 서 있는데도 아직 흔들리는 느낌이 들어요."

"빨리 집 안으로 들어가고 싶어."

멀미하는 아이샤와 추워하는 나덴은 눈에 보이게 기운이 빠진 모양이었다.

최강 전력들이 이런 상태여서야 호위는 괜찮을지 걱정되지만 뭐, 여차할 때는 실수하지 않는 두 사람이다. 제대로 역할을 완수해 주겠지.

한편으로 토모에와 이치하의 꼬마팀은 팔팔해 보였다.

"봐봐, 이치하 군. 집이 빼곡하게 서 있어."

"정말이네요. 길도 무척 좁아요."

"이런 건축 방식은, 섬에서는 자주 볼 수 있는 광경이에요."

의아해하는 두 사람에게 주나 언니(교육 방송 모드)가 다정하게 설명했다.

"섬에서는 건물을 지을 수 있는 장소도 한정되니까, 아무래도 이런 식으로 빽빽하게 채우는 건축 방식이 되는 거예요. 좁은 길도 미로처럼 뒤얽혀 있으니까 탐험하는 것도 재미있겠네요."

"""헤에~."""

아이들과 함께 그만 감탄해 버렸다.

톨기스 공화국에 갔을 때도 생각했는데, 특정 지역의 독자적인 문화나 생활양식은 해당 지역의 삶과 밀접하게 이어져 있어서 재미있구나.

그리고 짐승 귀가 달린 머리에 띠를 두르고, 일본풍 겉옷을 걸치고, 통이 좁은 바지를 입은 우락부락한 아저씨가 키 슌에게 다가왔다. 꼬리의 느낌을 봐서는 너구리 수인족일까. 너구리 아저씨는 키 슌에게 물었다.

"그래서 도주님, 상황은 좀 어떻습니까?"

"어. 무사히 왕국에서 고기를 받아올 수 있었어."

키 슌은 그렇게 대답했다. 키 슌은 왕국 해안에 영지를 보유한 기사, 귀족과 교섭해서 물고기를 얻으려고 왕국에 간 것으로 되어 있었다. 그래서 키 슌의 배에는 왕국에서 잡은 생선이 채워져 있었다. 그 비린내도 아이샤의 멀미가 심해지는 원인이 되었지만.

그러자 너구리 아저씨는 불끈불끈한 근육을 찰싹 때렸다.

"그건 참으로 잘됐군요."

"그래. 바로 하역을 부탁하고 싶은데. 그리고 시 드래곤은 만 쪽으로 돌려줘. 오오야미즈치한테 들키고 싶지는 않으니까."

"맡겨주십쇼. 자, 애들아! 하역이다!"

"""예이!"""

그러자 똑같은 복장을 한 남자들이 배로 뛰어올랐다.

놀란 것은 그 남자들이 겉옷 말고는 훈도시와 버선만 걸친 차림이란 사실이었다. 이런 한겨울 추위에 반라로 일하는 것이다.

"춥지도 않나……."

"당연히 춥지. 그래서 이걸 입고 있잖아?"

내 혼잣말에 너구리 아저씨는 호쾌하게 웃으며 대답했다.

아니, 그 겉옷도 앞을 활짝 열고 있어서야 방한 대책이 될 리가 없다고 생각하는데…… 그보다도, 아저씨의 말을 듣자니 춥지 않으면 저것조차 안 입는다는 소리일까. 근육 빵빵 마초맨 알몸 집단인가.

'여름에 봤다가는 참으로 후텁지근하겠네…….'

그런 생각을 하며 하역 작업을 바라보고 있었더니, 마초맨 중 하나가 너구리 아저씨를 불렀다.

"이봐, 감독! 이상한 짐이 하나 있다고?"

"오, 뭐냐—?"

남자들은 나무상자 하나를 들고 내려왔다.

우리 앞에 어른이 들어가기에는 빡빡한 크기의 나무상자가 턱 놓였다.

"꼬리표도 없고, 들어본 감촉도 이상한 느낌이라서 말이야."

"흠…… 도주님은 아십니까?"

"아니, 이런 짐은 기억이 없는데……."

그러면서 키 슌은 우리 쪽을 봤다. 왕국 측 인원의 짐이냐고 묻는 거겠지. 우리는 일제히 고개를 가로저었다. 이런 나무상자를 실은 기억은 없다.

"뭐, 어쨌든 열어 보면 알 수 있겠지."

너구리 아저씨가 그 나무상자의 뚜껑을 떼어내자…….

""허어?!""

우리는 일제히 놀라서 소리를 높이게 되었다.

나무상자 안에는 학 같은 날개가 달린 트윈테일 소녀가 있었다.

""어째서 유리가?!""

"으……우웩……."

나와 토모에가 입을 모아 말했지만, 유리가는 새파래진 얼굴로 구역질만 했다.

"그래서, 왜 있는 거야?"

유리가가 회복하길 기다린 뒤, 나는 다시금 물었다.

그러자 유리가는 입술을 삐죽이며 말했다.

"토모에랑 이치하가 한동안 아카데미를 쉰다고 그러니까, 어디로 가는 걸까 궁금했어. 두 사람한테 물어도 안 가르쳐 주고. 그러니까 곤돌라 짐 안에 숨어서 따라가려고 한 거야. 설마 배에 실을 줄은 몰랐어. 좁고 비린내 나는 화물실 안에서 장시간 흔들리느라…… 우웁……."

유리가는 또다시 기분이 나빠졌는지 토하고, 토모에는 그 등을 쓰다듬었다.

"먹을 거나 마실 건 어떻게 했어?"

"화물실에 있던 물이랑 과일을 조금 빌렸어. 나중에 갚을 생각이야."

"정말이지, 그렇게나 힘들면 그냥 나오지 그랬어?"

"무리야! 정신을 차렸더니 갑자기 배였다고?! 나, 완전히 밀항자잖아! 밀항자를 발견하면 대형 해양 생물의 먹이로 삼는다고 들은 적 있어. 아마 당신들도 이 배에 탔다고는 생각했지만 확실하진 않았으니까, 안전을 확인할 때까지는 나올 수 없었던 거야. 결과적으로 멀미로 반쯤 의식을 잃었지만."

그때를 떠올렸는지 유리가는 몸을 떨었다.

뭐, 좁고 비린내 나는 방 안에서 들킬지도 모른다는 공포와 싸우며 멀미와도 사투를 벌였으니까 몸 상태가 나쁜 것도 당연하겠지.

그리고 너구리 아저씨가 그런 유리가를 내려다보고 있었다.

"이것 참, 확실히 멋대로 배에 타는 불한당은 메갈로돈의 먹이가 되어도 어쩔 수 없지."

위협하듯 그렇게 말하자 유리가의 얼굴이 더욱 새파랗게 질린 것은 단순히 멀미 탓만은 아니겠지. 어…… 하지만, 그 아이는 그래도 일단 다른 나라의 공주니까 너무 위협하진 않았으면 좋겠는데. 유리가한테 무슨 일이 있다면 후우가와의 관계가 삐걱댈 테니까.

그리고 그런 아저씨의 머리를 키 슌이 칼집으로 딱 때렸다.

"다 큰 어른이 어린애를 겁주지 마세요."

"아야야…… 아니, 대장. 이런 꼬맹이는 한 번 제대로 혼내야 한다고요."

"제 배니까 당신이 화낼 일은 아니잖아요. 제 손님의 일행이니까 더더욱 타박할 일은 아니에요."

"소, 손님이십니까?"

너구리 아저씨가 내 쪽을 봤다. 나는 삿갓을 벗고 인사했다.

"프리도니아 왕국의 항구 마을에서 장사하는 사람입니다. 생선 매입에 협력한 인연으로, 그 답례라며 키 슌 공 섬에 초대받았지요."

"프리도니아 왕국? 야에다 섬 사람이 아니었나?"

"피는 흐릅니다. 증조부 대에 왕국으로 이주했다더군요."

물론 거짓말이다. 하지만 정체를 밝힐 수는 없으니까 이런 설정으로 지내야겠지. 나는 유리가의 머리를 붙잡아 억지로 숙이게 하고, 나도 머리를 숙였다.

"죄송합니다. 제 감독이 부족했군요. '동생'은 제가 잘 타이르 겠습니다."

"잠깐, 동생이라니……."

"유리가! 사과할 때는 제대로 사과해!"

"죄, 죄송해요."

둘이서 사죄하자 너구리 아저씨는 겸연쩍은 듯 뺨을 긁적였다.

"어, 아니, 반성하면 됐어. 나도 어른스럽지 못했으니까."

"그렇게 말해 주신다면 다행입니다."

"하지만 남매치고는 안 닮았는데? 당신은 날개가 없잖아."

"천인족과의 혼혈이라서요. 동생은 어머니를 닮아서."

"복잡한 가정이네. 남매라면 동생을 똑바로 간수하라고."

"예. 알겠습니다."

휴, 어떻게든 원만하게 수습한 모양이다. 너구리 아저씨가 작업 하러 돌아가는 것을 확인한 뒤, 나는 유리가 앞에 몸을 숙여서 시선 높이를 맞추었다.

(유리가.)

이름을 부르자 유리가는 어깨를 움츠렸다. 변명하려는 모양인 데 말은 잘 나오지 않고, 끝내는 시든 이파리처럼 시무룩해졌다.

(저기…… 죄송해요.)

사과하는 유리가를 보고 나는 한숨을 쉬었다. 딱히 잘하는 건 아니지만, 제대로 타일러야겠지.

(이번 일, 자칫 잘못하면 큰 문제가 될 뻔했다고. 국가 간의 문 제도 그렇지만, 유리가 너도 위험했어. 바다 남자 중에는 거친 사

람이 많다고 그러니까. 우리가 없는 곳에서 들켰다면, 상자가 다른 배에 실렸다면…… 지금쯤 어떻게 되었을지 알 수 없다고.)

(…………)

유리가는 제대로 혼쭐이 난 듯 고개를 숙였다.

너구리 아저씨한테 위협당해서 무서웠던 것도 있겠지. 허세를 부리긴 해도 아직 열네 살이니까. 저쪽 세계에서는 중학교 2학년, 한창 민감할 시기다.

나는 완전히 의기소침한 유리가의 머리에 탁 손을 얹었다.

(뭐, 제대로 반성한 모양이니까 이 이상 말하지는 않겠지만, 두 번 다시 이런 짓은 하지 마. 그리고 이번 일, 후우가한테는 제대로 직접 보고해.)

(예……)

순순히 고개를 끄덕이는 유리가의 머리를 가볍게 토닥이고, 나는 키 슌에게 말했다.

"시간을 지체했네. 저택으로 안내해 줘."

"알겠습니다."

그리고 우리는 키 슌을 따라서 걸어갔다.

"와, 정말 길이 좁아. 이치하 군."

일행을 뒤따라 쌍둥이 섬의 길을 걷던 토모에와 이치하는 이 섬에 있는 민가와 민가 사이의 좁은 폭에 깜짝 놀랐다. 너무 밀집한 탓에 골목은 낮 시간인데도 조금 어두운 느낌이 들 정도였다.

"어른 둘이 나란히 걸을 수 없을 정도의 폭이에요. 이런 광경, 치마 공국에서도 프리도니아 왕국에서도 본 적 없어요."

이 광경에는 이치하도 숨을 삼키는 모습이었다.

"불이 나면 큰일이겠네. 벽 같은 것도 나무로 된 모양이니까."

"오히려 불이 나도 금세 다시 지을 수 있도록 나무로 만든 건 아닐까요. 무척 간소한 구조인 것 같고…… 하지만 그렇다면 이번에는 도둑이 들지는 않을까 걱정이네요. 문까지 나무니까."

"작은 섬이니까 괜찮지 않을까? 섬사람들은 다들 얼굴을 아는 모양이고."

"그렇군요. 이만큼 밀집해 있다면 옆집에서 뭔 일이 생겨도 쉽게 알 수 있겠어요."

섬의 가옥 구조를 보며 토모에와 이치하는 이곳 섬사람들의 생활에 관해서 이야기를 나누었다. 이것은 두 사람의 스승인 재상 하쿠야에게 배운 것이었다.

[다른 나라의 풍경을 보면 그 나라의 생활양식 등이 보이는 법입니다. 사물도 문화도 모두 사람들의 '필요'에서 생겨나는 것. 예를 들어 가옥의 건축 방식 하나로도 그 나라의 생활양식이 여실하게 드러나죠. 바깥 세계에서 견문을 넓히길 원한다면, 그런 부분을 주의 깊게 관찰해 보는 것도 좋겠죠.]

그런 하쿠야의 가르침 그대로, 두 사람은 보이는 풍경에서 이 나라 사람들의 삶을 상상하고 대화를 나누는 것이었다. 실제 풍경과 상상의 삶이 딱 맞으면 토모에와 이치하는 어쩐지 수수께끼를 푼 것 같은 기분이 들어서 기뻤다.

"이런 건 그림 맞추기 같아서 즐겁네, 이치하 군."

"그러네요. 역할이 있어서 왔는데도 이렇게 즐기는 게 괜찮은
지는 의문이지만."

"있지, 유리가는 어떻게 생각해?"

토모에는 조금 전부터 조용히 걷고 있는 유리가에게 이야기를
돌렸다.

"…………."

"유리가?"

하지만 유리가는 마음이 딴 곳에 가 있는 느낌으로, 머―엉한
모습이었다.

'오라버님이나 너구리 아저씨한테 혼이 난 게 계속 마음에 걸
리는 걸까?'

걱정이 된 토모에는 유리가의 얼굴을 들여다봤다.

"괜찮아, 유리가?"

"어?! 어, 뭐가?"

유리가는 퍼뜩 고개를 들었다. 아무래도 이야기를 안 듣고 있었
나 보다.

토모에는 걱정스럽게 유리가의 안색을 살폈다.

"계속 조용히 있으니까 걱정이 되어서. 혹시 아까 일이 신경 쓰
여?"

"딱히 그렇게까지 신경이 쓰일 일은 아니야…… 생각은 했지
만."

"생각을 했어?"

"그게…… 너희 오빠는, 혼낼 때는 항상 저런 느낌이야?"

유리가는 어쩐지 애매모호한 느낌으로 토모에에게 물었다.

"말로 타이르고, 폐를 끼친 상대에게 함께 머리를 숙인다든지, 그런 느낌."

"으~음…… 말로 혼난 적이라면 있어. 같이 머리를 숙인 적은 없지만, 아마도 내가 유리가랑 똑같이 했더라도 오라버니는 마찬가지로 같이 머리 숙여 사과했을 거야."

"그래……."

유리가는 또다시 무언가 생각에 잠긴 모양이라 토모에는 고개를 갸웃거렸다.

"후우가 씨한테는 혼난 적 없어?"

"그럴 리가 없잖아. 그보다도, 너희는 오라버님이 꿀밤을 먹이는 걸 봤잖아?"

"그러고 보니……."

토모에는 동방 제국 연합에서 그런 광경을 본 기억이 있었다.

그러더니 유리가는 한숨을 쉬며 말했다.

"오라버님이었다면 나한테 꿀밤을 날렸을 테지. 그리고 아마도 일개 노동자를 상대로 함께 머리를 숙이려고 하지는 않아. 나는 꿀밤이라는 벌을 받았다, 그러니까 상대도 이걸로 용서해 다오……라는 느낌이 되겠네."

"아……."

확실히 그렇겠다고 토모에는 생각했다. 후우가라면 틀림없이 그렇게 할 것이다. 벌은 주었으니까 용서하라고. 상대도 그것으로 납득하게 되는 것이다. 유리가는 머리의 통증과 맞바꾸어 상대에게 용서받을 수 있는 것이다. 유리가는 작게 한숨을 쉬었다.

"오라버님한테 혼나고 꿀밤을 맞으면 머리가 아파. 하지만 소마 님한테 혼나고, 같이 머리를 숙였더니…… 육체적인 고통은 전혀 없지만……."

말하기 어렵다는 듯이 말하는 유리가의 모습을 보고 토모에는 딱 와 닿았다.

"마음이 아프다?"

"그런 느낌. 나한테는 이쪽이 더 힘들어."

자신이 저지른 일로 자신과는 관계없는 사람이 함께 사죄한다.

이것은 무척 와 닿는다. 주눅 드는 기색이 없었던 사람조차도 죄책감을 느끼거나 면목 없다는 기분이 드는 것이다. 유리가는 근본적으로 성실한 구석이 있으니까 더더욱 와 닿았을 것이다.

"이것이, 소마 님이 말한 가치관의 차이라는 녀석일까."

그러면서 유리가는 자기 머리를 문질렀다.

그곳은 소마가 함께 머리를 숙일 때 건드린 부분이었다.

"으음……."

토모에는 조금 불쾌한 듯, 유리가의 뺨을 꾹 꼬집었다.

"하하…… 잠깐만! 갑자기 뭘 하는 거야."

유리가는 토모에의 손을 뿌리치고, 토모에는 흥 하고 콧김을 뿜었다.

"오라버님은 우리 오라버님이니까. 유리가한테는 안 줘."

"너희는 진짜 남매도 아니잖아! 게다가 딱히 오라버니가 되어 달라고 생각하지도 않으니까! 우리 오라버님은 역시 강하고 멋있는 후우가 오라버님뿐이니까!"

"오라버님도 멋있는걸."

서로 노려보는 두 사람. 이치하는 쩔쩔매면서도 두 사람 사이로 끼어들었다.

"잠깐만, 둘 다 이런 곳에서 싸우면 안 돼. 게다가 다른 분들한테서 떨어졌다가 미아가 되면 또 혼날걸?"

""앗.""

소마에게 혼난다는 말에 토모에도 유리가도 정신을 차렸다.

"이런, 조금 떨어져 버렸잖아."

"유리가가 느릿느릿하니까."

"내 탓으로 돌리지 말라고, 이 꼬맹이가! 대화에 정신이 팔린 건 마찬가지잖아!"

"그러니까 둘 다, 싸울 때가 아니라니까!"

"아아, 그랬지. 어쨌든 뛰자!"

유리가는 토모에와 이치하의 얼굴을 보고 말했다.

""그래.""

토모에와 이치하는 경례와 함께 대답하고, 그리고 세 사람은 달려갔다.

열심히 달린 덕분에, 세 사람이 떨어진 사실을 어른들이 알아차리기 전에 따라잡을 수 있었다. 소마는 지친 아이들의 얼굴을 보고 의아해하는 표정을 지었다.

"응? 다들 무슨 일 있어? 숨을 헐떡이고 말이야."

"아, 아무것도 아니에요, 오라버님."

"???"

고개를 갸웃거리면서도 앞을 보는 소마. 세 사람은 안도하여 가슴을 쓸어내렸다.

"후우…… 어떻게든 늦지 않아서 다행이에요."

"어, 언덕길이라서 힘들었어. 겨울인데도 땀이 다 나네."

"정말이지, 유리가 탓이잖아."

"토모에 탓도 있어."

"헤엑…… 헤엑……."

이치하는 숨이 차서 두 사람을 중재할 기운도 없는 모양이었다.

토모에는 쓴웃음을 지으며 유리가를 흘끗 봤다.

'쌍둥이 섬에 도착하자마자 어쩐지 어수선한 분위기가 되어 버렸지만…….'

"뭐야? 빤히 쳐다보고."

"딱히 아무것도, 예요."

'유리가도 평상시 분위기로 돌아온 것 같으니까, 뭐, 됐나…… 예요.'

토모에는 그런 생각을 하며 쿡쿡 웃었다.

좁은 길을 빠져나와서 높은 곳으로 이어지는 길을 올라가자, 돌담 위로 건설된 하얀 벽이 보였다. 이곳이 키 슌의 저택이겠지. 이렇게 보면 일본식 성처럼도 보였다. 천수각이 없는 15세기 말 ~16세기 초의 성 같은 느낌이다.

그런 저택을 보고 토모에가 눈을 끔벅거렸다.

"왕국에 있는 성벽과 비교하면 무척 낮은 것 같아요."

"왕국처럼 시가지를 보호하는 벽이 아니니까요. 높은 곳에 건설되어 있으니까 포탄이 쉽사리 닿지도 않을 테니 이 정도 높이면 충분하겠죠."

이치하가 설명하자 유리가가 고개를 갸웃거렸다.

"하지만 와이번 기병 같은 공군이 쳐들어오면 어떻게 하지? 보아하니 대공 연노포도 없는 모양인데……."

"그것도 괜찮아요. 구두룡 제도에는 와이번은 서식하지 않으니까요."

이치하는 그렇게 말하며 바다 쪽을 가리켰다.

"와이번은 육지가 보이지 않는 바다를 싫어해요. 이건 비행시간이 길지 않아서, 착지할 수 있는 장소가 없는 바다에서는 이윽고 지쳐 추락하고 말기 때문이에요. 높은 산 덕분에 구두룡 섬 같은 곳은 가까이 있는 것처럼 보이지만, 실제로는 무척 멀리 있죠. 섬에서 섬으로 와이번을 타고 건너는 건 어려우니까, 구두룡 제도의 섬들에서도 굳이 대륙에서 와이번을 수입하여 번식시키면서까지 공군으로 운용할 의미도 없고요."

"그렇구나……."

"역시 이치하 군, 정말 이해하기 쉬웠어요."

이치하의 설명을 듣고 유리가는 감탄한 목소리를 흘리고, 토모에는 "굉장해요."라고 손뼉을 치며 기뻐했다. 두 사람이 감탄하자 이치하는 수줍은 듯 웃었다.

역시나 꼬마들은 한창 성장할 때인 만큼 학습 의욕이 왕성했다. 이런 이국의 풍경에서도 착실하게 지식을 흡수하고 있는 모양이었다. 좋은 경향이라고 생각한다.

그런 생각을 하며 걷는 사이, 긴 돌계단 끝에 있는 문을 지났다.

앞장선 키 슌을 따라 저택으로 들어선 우리가 걸어가자, 스쳐 지나가는 이 저택의 고용인 같은 사람들이 우리를 향해 머리를 숙였다. 키 슌의 부하에게는 우리를 손님이라고 제대로 설명했나 보다.

"자, 이쪽으로."

키 슌은 우리를 다다미가 깔린 큰 방으로 안내했다.

일본 주택식 미닫이에 장지문도 있어서 정말로 일본 느낌이 나는 공간이었다. 정원이 가깝기도 해서 여관의 연회장이라기보다는 무언가 무술 도장 같은 분위기의 방이었다.

"이 방이 넓어서 사용하기 편하겠죠. 이쪽에서 모은 자료도 이미 방에 준비해 두었습니다. 이 저택에 있는 것은 물건부터 사람까지 자유로이 사용해 주십시오."

"저, 저한테도 뭐든 명령해 주세요."

키 슌이 머리를 숙이자 샤 본 공주도 옆에 서서 머리를 숙였다. 참으로 극진한 대접이란 느낌이네. 그만큼 키 슌도 샤 본도 진심이라는 의미겠지.

방을 둘러보니 책상 위에 대량의 종이 다발이 있는데, 저게 자료일까?

나는 고개를 끄덕이고 곧바로 모두에게 지시를 내렸다.

"좋아. 그럼 얼른 작업을 시작하자. 나와 이치하가 오오야미즈치의 정보를 자세히 조사할게. 주나 씨는 제 보좌를 부탁할게요. 다들 잘 부탁해."

"예, 알겠어요."

"아, 알겠습니다!"

주나 씨와 이치하가 머리를 숙였다. 다른 멤버에게도 지시를 내렸다.

"샤 본 공주와 키 슌은 모은 자료의 분류를 도와줘. 고용인을 써도 된다고 했지만, 불특정 다수의 사람이 중요한 정보를 건드리지 않았으면 좋겠어. 두 사람의 도움을 받고 싶은데 어떨까?"

"알겠어요. 뭐든지 말씀하세요."

"예. 알겠습니다."

"좋아. 아이샤는…… 회복했어?"

물어봤더니 아이샤는 조금 컨디션이 나빠 보이기는 하지만 가슴을 턱 두드렸다.

"예. 아직 흔들리는 느낌이 들지만, 문제없어요."

"무리하진 않았으면 좋겠는데…… 괜찮은 것 같다면 이 방 주위를 경계해 줘."

"예. 알겠습니다."

"토모에와 유리가는 자유롭게 지내도 돼. 모처럼 왔으니까 이 섬을 이곳저곳 견학해도 괜찮겠지. 나덴, 두 사람의 호위를 부탁할게."

"맡겨 둬."

"저기, 오라버님. 저도 뭐든 돕고 싶은데요?"

토모에가 그렇게 말하니까 나는 손짓으로 가까이 불렀다.

그리고 그녀의 머리에 뾰족하게 솟은 늑대 귀에 속삭였다.

(토모에의 능력은 언젠가 필요할 거야. 하지만 지금은 아직 차례가 아니라고 생각해. 그때까지는, 유리가가 엉뚱한 행동을 하지 않게 지켜봐 줘.)

(유리가를 말인가요?)

(그래. 이번 밀항도 그렇고, 그야말로 행동력의 화신 같은 녀석이니까. 대화 상대도 없어서 지루해지면 무슨 짓을 저지를지 몰라.)

(……그렇군요. 납득했어요.)

토모에가 맡겨 달라는 듯 척하고 경례했다.

토모에도 나름대로 가끔 제멋대로 굴 때가 있지만 말이지. 뭐,

나덴이 호위로 따라다니면 위험할 일도 없겠지.

토모에가 '무슨 이야기를 하는 걸까?' 하는 느낌으로 의아해 하는 얼굴인 유리가의 곁으로 돌아가는 것을 지켜본 뒤, 나는 손 뼉을 짝짝 치고 말했다.

"그러면 다들 잘 부탁할게."

"여기에 있는 자료는 저와 공주님이 뿌린 밀정을 통해 얻은, 오오야미즈치의 목격 정보와 구두룡왕이나 제도 연합 함대에 대한 자료입니다."

책상 위에 수북하게 쌓인 자료를 앞에 두고 나는 키 슌에게 그 런 설명을 들었다.

역시나 현지인만큼 모인 자료가 많았다.

우리 나라에서도 검은 고양이 부대를 파견하기는 했지만, 사이 에 바다가 있고 거리도 머니까 많이 보내지는 못했다. 따라서 모 인 자료는 분량이 적고 뒤처지는 느낌도 있었다.

"이건 고맙네. 조금 이르지만, 샤 본 공주와 키 슌은 이 자료를 분류해 줘. 오오야미즈치에 관한 정보와 기타 정보로 나누고, '오오야미즈치에 관한 자료만' 우리한테 가져다 줘."

내가 그렇게 말하자 샤 본은 눈을 동그랗게 떴다.

"그건…… 구두룡왕이나 함대의 정보는 아무래도 상관없다는 의미인가요."

샤 본은 충격을 받은 것 같은 표정이었다.

아…… 표현이 잘못되었나.

확실히 구두룡왕이나 구두룡 제도의 함대를 얕잡아보는 것처럼 들렸을지도 모르겠다.

구두룡왕과는 인연을 끊었다고는 해도, 그들은 구두룡 제도의 사람들을 생각해서 우리에게 왔으니까 당연히 이 나라에 정이 있다.

이 나라와 사람들을 얕잡아보는 것 같은 발언은 기분이 나빴을 테지.

"미안해. 그런 의미가 아니야. 나는 해군이나 해전에 대해서는 잘 모르니까, 오오야미즈치의 정보 수집에 주력하자고 생각한 것뿐이야. 구두룡왕과 함대 관련 자료는 아이샤한테 넘겨줘. 전서 쿠이로 왕국에 있는 전문가(엑셀)에게 보내면 그쪽에서 유효한 대책을 생각해 주겠지."

"그, 그랬나요…… 죄송해요."

샤 본은 미안하다는 듯 머리를 숙였다.

그렇게 납득한 참에, 우리는 곧바로 정보 조사를 시작하기로 했다.

샤 본과 키 슌이 분류한 오오야미즈치에 관한 정보를, 나와 주나 씨가 다시금 목격담이나 피해 정보 등으로 분류해서 이치하에게 넘긴다.

그리고 이치하는 그 정보를 분석하여 상대의 형상을 압축하는 것이다.

"이, 이건! 뭐라고 할까……"

그러자 분류 작업을 하던 샤 본 공주가 그렇게 소리 높였다.

무슨 일인가 싶어서 살펴봤더니 샤 본 공주는 이쪽으로 다가와서, 침통한 표정으로 서류 한 장을 내밀었다. 나는 그 자료를 받아서 훑어봤다.

"작은 섬 하나가 전멸인가……. 심각한데."

손에 든 자료를 봤더니 그만 그런 말이 나왔다.

그 자료는 며칠 전의 피해 보고서였다. 작은 섬 하나에서 수십 명의 주민과 가축이 하룻밤 사이에 사라졌다고 한다. 파괴의 흔적이나 '먹다 남은 찌꺼기'로 여겨지는 잔해에서 오오야미즈치가 저지른 짓으로 단정한 모양이었다. 이 날짜라면 두 사람은 왕국에 있었다.

그러니까 두 사람이 왕국에 가 있는 동안에도 피해는 확대되었다는 의미였다.

갑자기 라스타니아 왕국에서 본 성벽 너머의 지옥도가 뇌리를 스쳤다.

이 세계에서는 그런 일이 어디서나 벌어질 수 있는 것이다. 그 사실은 항상 염두에 둬야 하겠지. 우선은 오오야미즈치부터 대처한다.

"목격 증언을 바탕으로 오오야미즈치는 단독 개체인 생물로 인식하면 되겠지? 하룻밤 사이에 사람을 모조리 먹어치웠다면 상당히 크지 않을까?"

이치하에게 묻자 고개를 끄덕였다.

"예. 엇갈리는 증언도 보이긴 하지만, 크기는 작은 섬 정도는 되는 것 같아요. 아마도 체고는 30미터를 넘지 않을까 싶어요."

"30미터라면 용 상태인 나덴을 똑바로 펼친 정도인가."

"미안한 이야기지만, 그 광경을 상상하니 조금 재미있네요."

주나 씨가 그렇게 말하며 쓴웃음을 지었다. 자 대신으로 삼은 거니까 말이지.

"저기, 이치하. 체고가 30미터라면 전신은 좀 더 커다란 거 아니야?"

"그러네요. 거북이처럼 기어서 이동하는 걸 봤다는 보고가 있어요. 그렇게 생각하면 전체 크기는 작아도 두세 배는 되지 않을까요."

"그런 사이즈라면 그야말로 괴수네……."

아니 뭐, 나덴이나 루비 같은 드래곤이나 라이노사우루스, 시 드래곤처럼 괴수 같은 생물은 이제까지 봤지만 그것들과 비교하더라도 오오야미즈치라는 생물은 파격적으로 거대하다. 일대일로 비교해서 지지 않는 건 마더 드래곤 티아마트 정도일 테지만, 그분은 드래곤과 관련이 없는 인류권의 문제에는 간섭하지 않으니까 도움을 받을 수는 없겠지.

인류권의 문제는 이곳에 사는 우리가 스스로 해결해야만 한다.

"형상에 대해서는? 머리가 여럿 달린 뱀이라는 이야기도 있었는데?"

그렇게 묻자 이치하는 자료를 번갈아보며 고개를 갸웃거렸다.

"아무래도 분명하지가 않아요. 안개 때문에 멀리서는 구체적인 형상을 알 수 없었다는 증언이 많은 것 같은데요. 무언가 길고 뱀처럼 꿈틀대는 것을 봤다는 증언은 많지만요."

"멀리서…… 가까이서 봤다는 보고는 없나?"

자료를 뒤지며 그렇게 말하자 이치하는 "끙." 하고 신음했다.

"가까이서 본 인물이라면, 그건 이미 습격당한 피해자뿐이니까요. 중상을 입었든지 마음에 상처를 입었든지, 혹은……."

"이미 배 속에서 소화 끝, 인가."

"일반적인 생물의 소화 기관이 있는지도 불명이지만요."

이래서야 영 가망이 없을까, 그런 생각을 하는데,

"아, 폐하. 이건 어떨까요."

주나 씨가 종이 한 장을 내밀었다.

"오오야미즈치의 습격에서 홀로 살아남았다고 여겨지는 인물의 증언을 적은 것 같아요. 이 인물은 살아남았지만 크게 다쳐서, 치료를 위해 다른 섬으로 이송되었다고 해요. 정신적으로 상당히 불안정해진 모양이니까 이 증언이 정확한지는 알 수 없지만요."

"어디 볼까요?"

종이를 받아서 이치하와 함께 확인했다.

〈어느 섬 어부의 증언〉

[뱀이야. 뱀 머리야. 안개 속에서 그게 쭉 뻗어 나왔어.

우리는 선실에 숨었지만 커다란 뱀 대가리가 지붕을 뜯어내고, 라이시(보충: 증언자의 어부 동료) 녀석을 물어서 들어 올렸어.

우리는 무서워서, 무서워서…… 보고 있을 수밖에 없었어.

잠시 후, 위에서 툭 떨어지는 게 있어서, 겁이 나도 봤더니 몸통부터 둘로 갈라진 라이시의 '상반신' 과 '하반신' 이었어.

우리는 혼란에 빠져서 뿔뿔이 도망쳤지.

어디를 어떻게 달렸는지도 모르겠어…… 나는 뭔가에 걷어차여서 데굴데굴 구르고…… 아무래도 정신을 잃은 모양이라, 정신이 들었더니 날이 밝았어. 나는 아픈 머리를 부여잡고 몸을 질질 끌면서 동료를 찾았지만…… 보이지 않았지.

겁은 나지만 선실로 돌아왔더니, 라이시의 몸도 없었어. 피는 있는데…….

다들, 어디로 갔어! ……어디로…… 어디로…….]

"생생하네……."

청취한 내용을 그대로 남긴 만큼, 체험자의 감정이 전해지는 것 같았다. 이치하도 파랗게 질린 얼굴로 읽고 있었다. 그리고는,

"딱 하나, 신경 쓰이는 게 있어요."

잠시 후 이치하가 애써 짜내는 것 같은 목소리로 말했다.

"응? 어느 부분?"

"상반신과 하반신이 둘로 나뉘었다는 부분이에요. 증언자는 그 직전에 이 인물은 직전에 뱀에게 물려서 끌려갔다고 했어요."

"아. 그러네."

"지붕을 뜯어낼 수 있을 만큼 거대한 뱀이, 몸이 절단될 정도의 힘으로 물어뜯으면, 사람의 몸은 어떻게 될까요?"

"그건, 역시 이빨에 둘로 잘리는 거 아닐까?"

"폐하. 뱀의 식사 방법은 어떠한지 아시나요?"

"어떻기는…… 앗?! 통째로 삼키잖아!"

옛날에 생물을 다루는 방송 같은 것에서 뱀의 식사 장면을 본 적이 있는데, 사냥감을 통째로 삼키는 느낌이었다. 그렇다면 사냥감이 둘로 잘리는 것은 이상하다. 이치하는 고개를 끄덕였다.

"저는 뱀이라는 이 증언은 의심하고 있어요. 설령 이빨이 난 뱀이라고 해도, 머리부터 물어뜯는다면 둘로 쪼개질 때 상반신은 입 안에 남아요. 떨어지는 건 하반신뿐이겠죠. 그리고 몸통 부분을 물어뜯는다면 이런 크기예요. 몸통 부분을 잃은 팔다리나 목은 산산이 흩어져서 떨어지겠죠."

"이런 식으로 깔끔하게 둘로 쪼개지지는 않는다……인가."

그렇게 확인하자 이치하는 긍정했다.

"마치 예리한 날붙이로 찢어발긴 것 같아요. 물어뜯어서 가능한 게 아니에요."

"그럼 뱀이라는 이야기는 잘못 본 건가?"

"그렇게까지 말하지는 않겠지만요……. 어쩌면 뱀으로 보이는 무언가였을지도."

"그렇구나……."

나는 종이를 내려놓고 후우, 한숨을 쉬었다.

"하지만 가까이서 봐도 역시 전체 모습이 보이지는 않네. 발생한 안개가 어지간히도 진해 보여. 맑은 하늘 아래로 나오지는 않는 걸까?"

마치 옛날의 특수촬영 영화 같았다. 컴퓨터 그래픽 기술이 발전하지 않은 시절에는 야간 장면을 많이 활용하여 영상에서 조잡한 느낌이 나지 않도록 했다고 들은 적이 있다. 그런 느낌이다.

"안개…… 짙은 안개…… 항상 발생한다?"

그러자 이치하는 생각하는 표정을 지었다.

"이렇게나 안개 속에서 봤다는 증언이 많다면…… 어쩌면 이 안개는 자연적으로 발생한 게 아닐지도 모르겠네요. 오오야미즈치는 무언가의 방법으로 스스로 안개를 만드는 게 아닐까요."

"안개를? 혹시 자기 모습을 감추려고?"

"아뇨, 그건 아니겠죠. 조사한 내용으로는 오오야미즈치의 본격적인 교전 기록은 없는 것 같아요. 그렇죠, 샤 본 공주님?"

이치하가 묻자 샤 본은 고개를 끄덕였다.

"예. 오오야미즈치는 바닷속을 이동하고, 배로는 좀처럼 포착할 수가 없어요. 제대로 싸우는 것조차 불가능하죠. 이길 수 있을지 어떨지도 알 수 없지만요……."

샤 본은 분하다는 듯 입술을 깨물었다. 이치하는 계속해서 이야기한다.

"대규모 교전 기록이 없다는 건, 오오야미즈치에게 인류는 위협이 아니라는 의미예요. 아마도 지상을 기어다니는 먹이 정도로 인식하겠죠. 두렵지 않은 상대에게서 몸을 감출 필요는 없잖아요?"

"그러네. 그렇다면, 안개는 뭘 위해서 만드는 거지?"

"어쩌면 바다에 사는 생물이라 지상 활동에 제약이 있는 게 아닐까요? 예를 들면…… 자이언트 옥토퍼스(이 세계의 거대 문어)를 지상에 방치하면 언젠가는 바싹 말라 버리겠죠? 오오야미즈치도 마찬가지로 지상에서는 표피가 쉽게 말라서 활동이 둔해지는 게 아닐까요. 그걸 보충하려고 안개를 만들어서 몸의 습기를 유지한다……든지."

그렇구나. 해삼 같은 것도 건어물로 만들면 바싹 말라서 몇분의 일 정도로 줄어드니까. 물에 다시 넣으면 단숨에 커져서 깜짝 놀란단 말이지…….

"안개를 만드는 생물인가……. 고래가 물을 뿜는 느낌도 아닌 것 같은데…… 아, 그러고 보면 내가 원래 있던 세계에서는 '신기루는 【신】이라는, 괴물 같은 조개가 일으킨다.' 라는 전설이 있었던 것도 같은데……."

"안개를 뿜어내는 조개인가요…… 잠깐 그려볼게요."

그러더니 이치하는 가져온 화판과 목탄을 꺼내어 그림을 그리기 시작했다.

단편적인 목격 정보를 서로 연결해서 상정되는 오오야미즈치의 실상을 그려내려는 것이었다. 이치하는 몬스터 연구에서는 선두 주자 중 하나. 틀림없이 왕국에 있었을 때 그려낼 수 있었던 것보다도 더욱 정밀도가 높은 그림을 완성하겠지.

나와 주나 씨는 그런 이치하를 돕고자 분주히 자료를 모았다.

소마 일행이 오오야미즈치에 관한 정보를 조사하던 무렵.

샤 본과 키 슌은 난잡하게 쌓인 자료를 정리하고 있었다. 모인 정보를 분류하며 샤 본 공주는 작게 한숨을 쉬었다.

"샤 본 님?"

그것을 보고 키 슌이 걱정스럽게 묻자 샤 본은 절레절레 고개를 내저었다.

"죄송해요. 조금 생각에 잠겨 있었어요."

"무언가 마음에 걸리시는 일이라도?"

"아…… 예. 소마 님은 오오야미즈치에 관한 정보를 중요시하지만, 아버님이나 제도 연합 함대의 정보는 완전히 부하에게 방임하고 있어요. 해군에 관해서 잘 몰라서 그렇다고 했지만, 조금도 신경을 쓰지 않는다는 건……."

"구두룡왕을 지나치게 얕본다……."

키 슌의 물음에 샤 본은 조용히 고개를 끄덕였다.

"오오야미즈치를 위협으로 받아들이고 대책을 세워 주시는 건 고마운 일이에요. 하지만 아버님도 거친 사람이 많은 섬을 통치하고 있는 맹자. 다른 일에 집중하면서 도전한다고 이길 수 있는 상대라니, 저는 그렇게 여겨지지 않아요."

"소마 왕에게는 구두룡왕에게 이길 절대적인 자신감이 있다는 걸까요? 무언가 구두룡 제도에서는 생각도 못 할 법한 무기를 소지하고 있다든지."

"그럴지도 모르겠네요. 하지만 그렇다고 해서 방심했다가는 발목을 붙잡히게 될 것 같아서 불안해요. 아버님을 잘 알고 있기에, 그 사람의 강함도 적으로서 싸우는 두려움도 잘 아니까요."

그러더니 샤 본은 작업 중인 소마를 보고 한숨을 쉬었다.

"그래도 지금 제가 할 수 있는 일은 소마 님과 일행들을 믿는 것뿐이겠죠. 이미 아버님과는 갈라서고 말았으니까…… 제가 선택한 길이니까요……."

"샤 본 님……."

키 슌이 걱정스럽게 말을 건네자 샤 본은 자기 뺨을 찰싹 때렸다.

"저희도 열심히 일해야겠죠. 조금이라도 소마 님의 부하분들이 대책을 잘 세울 수 있도록."

"예. 아, 그러고 보니."

"? 무슨 일인가요, 키 슌."

"하나, 구두룡 제도의 정보를 분류하는 와중에 신경 쓰이던 일이 있습니다."

"신경 쓰이던 일?"

"예. 구두룡 섬의 군비에 대한 보고서입니다만."

그러면서 키 슌은 보고서 한 장을 샤 본 공주에게 건넸다.

샤 본이 훑어보니 그 보고서에 적혀 있던 것은 '구두룡왕이 왕국 함대와의 전투에 대비, 군비를 갖추기 위한 지출에 대해서'라는 내용이었다. 샤 본은 고개를 갸웃거렸다.

"아버님의 대결 태세는 여전한 거군요. 이게 어떻다는 거죠?"

"군비 지출액이 예상보다도 적습니다. 분명히 구두룡왕은 '왕국의 침공에 대비한다'는 명목으로 무거운 세금을 매겼을 터. 조금 더 큰 액수를 움직일 수 있을 터입니다."

"그런가요? 확실히 이상하네요."

키 슌의 지적이 사실이라면 '왕국의 침공에 대비한다' 는 명목으로 징세한 자금 대부분이 군비를 위해 사용되지 않았다는 의미다.

"샤 본 님. 구두룡왕은 돈을 낭비하실 분입니까?"

"아뇨! 아버님은 무력파라 군비에는 아낌없이 돈을 쓰셨지만, 다른 쓸데없는 지출은 하지 않는 분이에요. 사치를 부릴 바에는 한 척이라도 많은 군함을 준비하고자 하시는 분이에요."

"그렇다면, 백성에게 징세한 자금은 대체 어디로……."

"모르겠어요."

샤 본은 불안에 흔들리는 눈빛으로 구두룡 섬이 있는 방향을 봤다.

"저희가 전혀 모르는 곳에서, 이 나라에 무슨 일이 벌어지는 걸까요……."

"…………."

샤 본의 물음에 키 슌은 아무런 대답도 할 수가 없었다.

한편 그 무렵. 자유롭게 지내도 된다는 말을 들은 나덴, 토모에, 유리가는 키 슌의 저택 안을 둘러보고 있었다. 객실에 걸린 족자나 놓여 있는 이국의 가구를 발견하고는 흥미롭게 바라봤다.

"있지, 이거 봐. 여기 호랑이 장식, 머리가 까딱까딱 움직여."

"정말이야…… 어쩐지 재미있네."

유리가가 그렇게 말하자 토모에도 들여다보며 말했다.

그런 두 사람을 보며 나덴은 폭신폭신한 코트를 입고서 부들부들 떨고 있었다. 코트는 '은빛 사슴 가게'에서 산 일반 상품이었다. 평소에 나덴은 비늘을 변화시킨 옷만 입지만, 그래서는 따뜻해지지 않으니까 겉에 걸친 것이었다.

"으으…… 추워. 이 건물은 통풍이 지나치게 잘 된다고. 아아, 화로가 있던 소마네 방으로 돌아가고 싶어."

"괘, 괜찮아요? 나덴 씨."

토모에가 걱정스럽게 묻자 나덴이 덥석 끌어안았다.

"으힉?!"

"따듯해. 역시 아이는 체온이 높아서 좋아~."

"당신도 아이 같은 외모잖아."

토모에로 몸을 덥히는 나덴을 보고 유리가가 어이없다는 듯 말했다.

"잠깐, 유리가! 나덴 씨는 왕비님이니까!"

"딱히 뭐 어때. 왕비 중에서 내가 왕비님답지 않다는 건 알아. 파르남 사람들도 여전히 나는 마을 처녀처럼 대하니까."

토모에의 머리를 쓰다듬으며 나덴은 쓴웃음과 함께 말했다.

왕비가 된 뒤로도 나덴은 한가할 때는 거리로 나가서, 상점가 아줌마들에게 귀여움을 받으며 장을 보거나 아이를 돌보는 등등 심부름을 부탁받았다.

[나 이래 봬도 왕비인데!]

그렇게 불평하면서도, 나덴은 부탁을 잘 들어주니까 더더욱 부탁받게 되었다. 아마도 수도 파르남에서만 왕비의 인기투표를 한다면 귀족, 기사 계급은 리시아한테 갈 테지만, 그보다 압도적으로 많은 민중의 표는 나덴과 주나로 양분될 것이다. 여성 표만 본다면 확실하게 나덴에게 유리할 터.

심부름 보수는 그 가게에서 취급하는 식재료를 현물로 지급해서, 신선한 것으로 가져오면 가족에게 손수 만든 요리를 대접하고 싶은 소마가 기뻐했다.

"그러니까 불경하니 뭐니 할 생각은 없어. 그 대신."

"어? 꺄악?!"

나덴은 유리가의 등 뒤로 가더니 뒤에서 덥석 끌어안았다.

"네 날개로 날 좀 데워야겠어."

"으힉?! 잠깐, 날개를 막 만지지 마! 민감한 부분이니까."

"좋아라. 깃털 엄청 좋아라." (쓱싹쓱싹)

"햐으…… 그만…… 하읏!"

추위 탓인지 과도해진 나덴의 스킨십.

"어, 어쩐지 두근두근하는 광경이에요. 이치하 군이 없어서 다행일지도."

쩔쩔매는 유리가를 보고 토모에는 뺨을 붉히며 말했다.

그렇게 달라붙어서 장난을 치느라 열을 내는 효과가 있었는지, 조금 몸이 따듯해진 듯한 나덴이 유리가를 놓았다.

간신히 풀려난 유리가는 토모에를 원망스러운 눈빛으로 노려봤다.

"잠깐, 보고 있지만 말고 좀 도와줘!"

"그건 무리야~. 그게, 나한테는 날개는 없으니까."

"너한테는 폭신폭신 늑대 꼬리가 있잖아. 나덴 씨, 자, 이 아이 꼬리를 복슬복슬하면 따뜻할 것 같지 않아?"

"(물끄럼)……정말이네."

나덴이 사냥감을 보는 듯한 눈빛으로 바라보자 토모에는 순간적으로 자기 꼬리를 붙잡았다.

"그, 그보다도 그게, 다음 장소로 가죠. 창고에는 이것저것 신기한 게 있다고 고용인이 그랬으니까요."

자기 꼬리가 표적이 되지 않도록 얼버무리며, 토모에는 두 사람을 재촉했다.

세 사람이 간 정원 구석에 있던 것은 하얀 벽에 기와지붕인, 소마였다면 '사극이라면 탐관오리가 엽전을 쌓아 놓고, 의적이 훔칠 것 같아.' 같은 소리를 할 법한 창고였다.

키 슌에게는 사전에 봐도 된다는 허가를 받아서 그런지, 창고 문은 활짝 열려 있었다. 세 사람이 안으로 들어가자 조금 곰팡내나는 가운데, 이런저런 물건이 난잡하게 쌓여 있는 것이 보였다.

"이건…… 농기구? 무척 오래된 느낌이네."

"유리가, 이쪽에는 어업용 투망이 있어."

"자이언트 보어 박제…… 성룡 산맥에 사는 것보다 작은데, 뒷산에서 잡았을까? 그리고 이 턱뼈는 아마도 상어겠지?"

보아하니 이 창고는 사용하지 않게 된 물건을 수납하는 곳인 듯하다.

농사, 어업, 수렵에서 더는 사용하지 않는 도구, 잡은 사냥감을 장식품으로 만든 것(박제, 뼈) 따위가 들어 있는 듯했다.

"어라……?"

그리고 그런 물건 중 하나, 토모에의 눈길을 끄는 것이 있었다.

"와, 이거 뭘까. 귀여워요."

"뭔데 그래, 아니, 이거 뭐야?"

"개…… 아니, 늑대?"

유리가와 나덴도 다가와서 토모에가 보던 물건을 살펴봤다.

그것은 나무 받침대에 고정된, 앉은 늑대를 본뜬 것으로 여겨지는 길이 30센티미터 정도의 물체였다. 입 부분에는 원형으로 구멍이 뚫려 있고 속이 비어 있는 것을 알 수 있었다.

뭘까 싶어서 유리가 들어보려고 했더니,

"아! 무겁네."

아무래도 철로 만들었는지, 유리가의 가녀린 팔에는 묵직하게 느껴졌다. 토모에라면 들어 올리는 것도 고생했을 것이다.

토모에는 그런 철 늑대를 바라보며 "으~응." 하고 고개를 갸웃거렸다.

"모양으로 상상하자면 대포 같은데요……."

"하지만 대포는 조금 더 커다란 물건 아니야?"

"소형 대포라는 걸까요? 작은 건지 큰 건지 모르겠지만요."

토모에와 유리가 생각에 잠겨 있는데,

"그런 거, 알고 있는 사람한테 물어보면 빠르잖아?"

""아.""

나덴이 두 사람이 살펴보던 철 늑대를 한 손으로 훌쩍 들었다. 역시 용인만큼 사람의 모습이라도 파워가 있어서, 토모에와 유리가는 입을 떡 벌렸다.

그리고 세 사람은 철 늑대를 가지고 소마 일행이 있는 방으로 돌아왔다.

마침 그들은 이치하가 정리한 정보를 바탕으로 그림을 그리는 동안에 한숨 돌리고 있던 모양이라, 샤 본이 탄 차를 마시는 참이었다.

"오라버님, 잠깐 괜찮을까요?"

"응? 무슨 일이야, 토모에."

"창고 안에서 이런 걸 발견했거든요."

세 사람은 그들에게 가져온 철 늑대를 보여 줬다.

"이건…… 대포인가요?"

주나가 신기한 듯 들여다봤다.

"해군에서는 대포를 사용하지만, 이건 무척 작네요. 구경은 60밀리미터…… 화약도 별로 안 들어갈 테니까, 이 포탄으로 철제 군함의 갑판을 뚫을 수는 없겠죠. 다만 구두룡 제도의 군함은 속도를 높이기 위해서 목조선에 철판을 붙인 걸 사용하니까, 나무 부분을 노리면 이걸로도 유효할 것 같아요."

해군 출신인 주나의 설명에 다들 "호오~."라며 감탄했다.

그런 분위기 가운데, 소마는 홀로 생각했다.

'겉모습은 그저 조각상 같지만, 어쩌면 이건 호준포(虎蹲炮, 명나라 시대의 소형 대포)인가?'

전에 있던 세계에서 플레이한 문명 육성 계열 시뮬레이션 게임에서, 아마도 중국 문명권의 유닛이 이런 무기를 사용하던 모습을 떠올린 것이었다. 호랑이가 앉은 모양을 닮은 받침대가 있으니까 이렇게 불렸다나.

　"그건 '박포(狛砲)' 로군요."

　이 철 늑대 통의 소유자인 키 슌이 말했다.

　"박포는 주나 경이 말씀하셨다시피, 해전에서 사용하는 화약 병기입니다. 적재 중량이 그다지 크지 않은 소조선 같은 배에도 실을 수 있어서, 빠른 속도로 적을 농락하며 군함의 약한 부분을 노려서 공격하는 겁니다."

　"그렇군…… 역시 해양 국가에는 재미있는 무기가 있네."

　소마는 팔짱을 끼며 신음했다.

　'대포와 소총의 중간 정도로 취급하는 무기인가. 소총은 탄환의 질량 문제로 부여 술식과 상성이 나쁘니까 채용할 수 없었지만, 이런 핸드 캐논 같은 무기라면 조건에 따라서는 이용 가치가 있을까……. 무거워서 다루기 어려울 테지만, 왕국으로 돌아가면 군부에 운용법 연구를 시켜 볼까.'

　소마가 그런 생각을 하던, 그때였다.

　"소마 씨……가 아니었지, 폐하! 다 그렸어요!"

　이치하가 다가와서 책상 위에 그림을 펼쳤다.

　어디 보자……. 다들 그렇게 그 그림을 들여다보고, 숨을 삼켰다.

　"이것이 오오야미즈치, 인가요."

토모에는 무심코 그렇게 중얼거렸다. 아직 어디까지나 상상도 단계였지만, 모두가 이것이 오오야미즈치의 모습이라고 납득할 만한 박력이 그 그림에는 있었다.

완전히 해가 져서 산 능선만 붉게 보이는 초저녁.

"자자, 손님, 잔뜩 드시게나."

화톳불을 피운 정원에 놓여 있는 커다란 냄비.

그런 큰 냄비 앞에 선 너구리 아저씨가 국자를 한 손에 들고서 그렇게 말하며 그릇을 건넸다. 듣자니 섬 주민들이, 왕국에서 가져온 생선을 보존용으로 가공할 때 나온 뼈와 지역산 채소로 국을 만들었는데 모처럼 만들었으니까 손님한테도 가져다줬다나. 우리는 툇마루에 앉아서 국을 먹고 있었다.

"아~…… 스며드네."

"후후, 그러네요. 어쩐지 안심이 되는 맛이에요."

나는 주나 씨와 둘이서 포근한 기분을 느끼며 국을 즐기고 있었다.

구두룡 제도의 식문화는 내 원래 세계의 식문화가 가까운지, 이 국은 된장 맛이었다. 생선 육수와 된장으로 푹 끓인 채소류가 참으로 맛있었다.

냄비 근처에서는 아이샤와 나덴이 무척 만족스럽게 먹고 있었다.

"폐하께서 만드시는 요리와 풍미가 비슷한 것 같아요. 아, 더 주세요!"

"서방님의 맛이라는 느낌이네. 나도 더!"

어머니의 손맛이 아니거든? 뭐, 나도 어머니의 기억은 없으니까 할머니의 손맛이라는 느낌이지만. 그런 두 대식가에게 지지 않을 기세로 토모에, 이치하, 유리가 꼬마 삼인조도 우물우물 먹고 있었다.

"친숙한 된장 맛이라서 맛있네요. 생선의 감칠맛과도 잘 어울려요."

"그러고 보니 너도 북쪽 출신이었던가? 비슷한 조미료라면 말름키탄에도 있었어."

"치마 공국에도 있었어요. 동방 제국 연합의 북쪽과 구두룡 제도에 비슷한 식문화가 있다는 것도 흥미롭네요. 어느 쪽에서 그 문화를 가진 종족이 다른 쪽으로 유입된 걸까요……."

생각에 잠긴 이치하의 뺨을, 토모에는 웃으며 쿡쿡 찔렀다.

"자, 이치하 군. 생각에 잠겨 있다간 저쪽에서 전부 먹을걸?"

"앗, 잘 먹겠습니다…… 앗뜨."

허둥지둥 먹으려던 탓에 뜨거웠나 보다. 이치하는 혀를 내밀고 손을 팔랑팔랑 부채질해서 식혔다. 그런 그를 토모에가 걱정스러운 표정으로 보고 있었다.

"괘, 괜찮아? 이치하 군. 미안해, 재촉해 버린 모양이네."

"아, 아뇨, 제가 부주의했을 뿐이니까요……."

"뭐 하는 거야, 정말. 자, 물."

"미, 미안해요……."

어이없다는 표정으로 유리가 물을 국자로 건네고, 이치하는 꿀꺽꿀꺽 마셨다.

괜찮은 모양이라 어른이 나설 차례는 없었다. 그런 흐뭇한 꼬마들을 바라보고 있었더니, 무언가 멀리서 사람들 목소리가 많이 들렸다.

무슨 일일까 싶어서 귀를 기울였더니, 아무래도 그것은 노래 같았다.

어머니 바다에 배를 띄우자♪

파도에 감싸여 물고기 떼로 달린다♪

바닷새 내려다보랴, 꿈틀대는 보물의 그림자 있으니♪

늦으면 바다짐승한테 빼앗긴다고♪

그물 올려라, 그물 올려라♪ 에—엔야—코라♪

항구에 알려라, 풍어 노래를♪

"이 노래는……."

"뱃노래입니다. 아마도 섬 주민들이 부르는 거겠죠."

내 혼잣말에 다가온 키 슌이 대답했다.

"항구에서도 오늘은 오랜만에 술잔치가 벌어졌을 테니까요."

그러는 키 슌의 손에는 술병이 들렸고, 잔을 손에 든 샤 본이 그를 뒤따르고 있었다. 키 슌은 내 옆으로 샤 본은 주나 씨 옆으로, 우리를 포위하듯이 앉더니 잔을 건넸다.

"구두룡 제도의 쌀로 빚은 용주(龍酒)입니다."

그러면서 키 슌은 내가 손에 든 잔에 용주를 따랐다. 냄새는 완전히 일본주인데.

"사모님도 드세요."

샤 본이 주나 씨에게 용주를 권한 참에,

"죄송해요. 저한테는 차를 주시겠어요?"

그렇게 살며시 거절했다. 주나 씨는 술을 잘 마시는 편이지만, 나와 둘이서 취하는 일이 없도록 배려해 준 걸까.

나는 키 슌과 건배하고 용주를 마셨다. 응, 역시 일본주 같아.

미림 같은 요리용 술이라면 모를까, 일본주를 마실 나이가 되기 전에 떠나고 말았으니까 진짜로 그런지는 말할 수 없겠지만, 같은 술처럼 느꼈다.

"어떻습니까? 우리 나라의 술은 입에 맞으실까요?"

키 슌의 물음에 나는 고개를 끄덕였다.

"그래, 맛있는 것 같아. 맛이 진한 생선국에 잘 어울려."

"그건 다행입니다."

그렇게 떠들썩한 동료들의 목소리와 항구 쪽에서 들리는 뱃노래를 들으며, 우리는 술을 즐겼다. 이 광경만 본다면 이 나라에 오오야미즈치라는 괴물이 있다는 사실이나, 앞으로 이 나라에서 전쟁이 벌어진다고 생각하지는 않겠지.

지금이 조금 더 평화로울 때였다면…… 샤 본이나 키 슌과도, 조금 더 즐겁게 술잔을 주고받을 수 있었을지도 모르겠다. 나라에 남겨 둔 리시아랑 로로아도 함께.

"정말로…… 맛있는 술이네."

나는 용주와 함께 그런 씁쓸한 생각을 삼키고 뱃속으로 가라앉혔다.

——땡, 땡, 땡!

그날 심야, 경종이 시끄럽게 울렸다.

"나왔다! 나왔다!"

"남자들은 도주님 곁으로! 여자들은 집에서 나오지 마라!"

사람들의 소란스러운 목소리가 들리고, 큰 방에서 잠을 자던 우리는 벌떡 일어났다.

"소마 님. 망루로. 그곳이라면 한눈에 볼 수 있습니다."

"알았다."

키 슌의 재촉에, 우리는 서둘러 키 슌의 저택에 있는 망루로 올라갔다. 시선을 집중해서 바다를 봤더니 쌍둥이 섬 근처를 유유히 나아가는 거대한 물체가 보였다.

"폐하, 이걸."

"그래."

아이샤가 건넨 망원경으로 그 모습을 확인했다.

달이 밝은 밤이었던 것이 다행인지, 달빛과 해수면의 반사광 덕분에 망원경을 쓰면 그 전모를 또렷하게 볼 수 있었다. 나는 망원경을 눈에서 떼고는 샤 본 공주에게 물었다.

"저게, 오오야미즈치인가?"

"아마도요. 저런 거대한 생물은 달리 없을 테니까요."

그렇게 말한 샤 본은 고개를 크게 끄덕였다. 나는 망원경을 이치하에게 건넸다.

"역시 그렇군. 이치하의 상상도 그대로인 형상이야."

구두룡 제도에서의 단편적인 목격 증언을 바탕으로 이치하가 그린 상상도.

그것은 머리에서 목 부분에 걸쳐서는 드래곤이나 시 드래곤, 등에는 조개를 지고, 팔 부분은 문어처럼 두꺼운 촉수이면서 끝에는 갑각류 같은 집게가 달린 존재였다.

포인트는 '머리가 여럿 달린 뱀'이라는 목격 증언을, 촉수와 집게 부분 때문에 그렇게 착각하지는 않았느냐고 추측한 부분이다. 피해자의 몸이 둘로 잘렸다는 증언에서, 뱀의 머리가 물어뜯은 결과가 아니라 뱀의 머리로 잘못 본 집게로 절단된 결과라고 판단했다.

게다가 '몸의 습기를 유지하려고 안개를 발생시키는 것이 아닌가?'라는 추측에서, 몸 일부에 연체동물인 부분이 있지는 않으냐고 추측했다나.

그리고 '작은 섬' 같았다는 목격 증언과 내가 이야기한 '신기루는 괴물 같은 조개가 일으킨다는 전설'에서 조개를 등에 진 그림을 그렸다.

물론 그중에는 우연히 일치했을 뿐인 부분도 있겠지만, 단편적인 정보만으로 이렇게까지 정확한 모습을 그려낸 것은 이치하의

천부적인 재능이 이루어낸 기술이겠지.

그야말로 '진실은 모두 순수한 아이의 눈에 비치는 법' ……이구나.

"이치하가 있어 줘서 다행이야."

"과, 과분한 말씀이세요."

망원경을 들여다보며 이치하는 황송하다는 듯 말했다.

나는 그런 이치하의 머리에 손을 툭 얹었다.

"자랑해도 돼. 덕분에 충분한 대책을 세울 수 있어."

"아?! 예!"

이치하는 기운차게 대답했다. 이런 성공 체험의 축적이, 소극적인 이치하의 자신감으로 이어진다면 좋겠는데. 그렇게 된다면 장래에 나라를 이끄는 인재로 자라겠지.

다른 사람들도 번갈아서 망원경을 들여다보고 저마다 숨을 삼켰다.

"지금은 안개를 내놓지 않는군요."

"아마도 지금은 이쪽을 습격할 생각이 없는 것 같아요. 안개를 만드는 것은 먹이를 얻기 위해서 상륙하기 전 단계가 아닐까요."

아이샤의 의문에 이치하는 그렇게 대답했다. 나도 가장 중요한 질문을 했다.

"쌍둥이 섬에 상륙하지는 않는다는 건가?"

"예. 경계하지 않는다는 걸 생각하면 '그냥 지나가는' 거겠죠. 다만 지나가는 진로상에 작은 섬이나 배가 있었다면 대참사가 벌어졌을 테지만요."

"크니까 말이죠. 전체적으로 부피가 있는 만큼, 왕국에 있는 어느 함선보다도 크게 느껴져요."

"내가 용이 되더라도 눈에 안 띄겠어."

주나 씨와 나덴이 감탄의 한숨을 흘렸다. 확실히 멀리서 봐도 상당한 크기임을 알 수 있었다. 그야말로 괴수 영화에서 튀어나온 것 같은 존재였다.

우리는 앞으로 저런 것과 싸워야만 하는가. 그때,

~~~~~~~~~!

건물 사이를 빠져나가는 바람 소리를 몇 배나 증폭시킨 것 같은 소리가 울렸다.

이건…… 혹시 오오야미즈치의 울음소리일까. 나는 조금 뒤로 물러나서는 다른 사람에게 들리지 않도록, 작은 목소리로 토모에에게 물었다.

(토모에, 오오야미즈치가 무슨 생각을 하는지 알겠어?)

(지금 목소리로, 단편적이기는 하지만요…….)

토모에는 작은 목소리로 살며시 속삭였다.

('적', 그리고 '먹이' …… 그런 걸 원하는 듯한 목소리였어요.)

('적'과 '먹이'?)

내가 되묻자 토모에는 고개를 끄덕였다.

(아무래도 오오야미즈치 씨한테 그 두 가지는 같은 존재인 것 같아요. '커다란 적'은 '커다란 먹이'고, 자신을 더욱 '커다란

것'으로 만들어 주는 존재라고 말이죠. 라스타니아 왕국을 습격한 리저드맨 씨가 가지고 있던 굶주림과는 조금 달라요. 마치 그것이 오오야미즈치 씨에게는 살아가는 의미라고 할까, 삶의 일부가 되는 것 같은…… 그런 느낌으로 들렸어요.)

적을 먹고 자신을 키우는 것이 삶…… 다시 말해 일상이라는 것일까. 그저 굶주림을 채우고 싶었던 리저드맨들과는 확실히 다르다. 굳이 따지자면 강자를 해치워 자신의 존재감을 과시하고 싶은, 전투광 같은 인상이었다.

지금 들은 이야기를 이치하에게도 전달하자 생각에 잠긴 표정을 지었다.

(어쩌면…… 던전처럼 폐쇄된 공간에서 서로를 잡아먹으며 성장한 몬스터이지 않을까요. 그런 경우, 어느 정도 성장한 몬스터는 자기 힘으로 던전 밖으로 나가는 법인데, 모종의 이유로…… 예를 들면 그 던전이 바닷속에 가라앉은 상태라서, 그런 경쟁을 계속할 수밖에 없었다면…….)

(몬스터끼리 서로 잡아먹고, 마지막으로 남은 것이 저 오오야미즈치인 건가. 그렇다면 적과 먹을 것을 동일시하는 것도 납득이 갈……지도.)

어디까지나 이치하의 억측이기는 하지만, 마치 고독(蠱毒) 같네. 항아리 안에 기이한 생물을 채워 넣어서 서로를 먹게 만들고, 마지막으로 남은 한 마리를 주술의 도구로 사용하는 것.

오오야미즈치가 그렇게 태어난 몬스터라면, 녀석이 터무니없는 폭식, 악식이며, 또한 던전에서는 최강임을 뜻하겠지.

이치하는 복잡한 얼굴로 말했다.

(탈출할 수 없는 던전 안에서 태어난 생물로 치면, 원래라면 끝내 탈출하지 못하고 던전 안에서 사라졌겠죠. 하지만 던전이 파손되었든지, 혹은 오오야미즈치가 우연히 던전에서 탈출할 수 있을 만큼의 능력을 획득했든지……. 어쨌든 이건 무척 희귀한 사례로 지상에 나타난 몬스터로 여겨져요.)

(그렇군.)

톨기스 공화국에서 미발견 던전이 초래하는 재앙을 목격했는데, 이런 몬스터는 대체 어디서 나타나는지 참으로 알 수가 없다.

～～～～～～～～!

몸속 깊이 스며드는 것 같은 오오야미즈치의 울음소리를 들으며, 우리는 이 세계에 도사리는 위험을 재인식했다.

오오야미즈치를 본 밤에서 하루하고 반나절이 지났을 무렵.

나는 키 슌의 저택에 가져온 국왕 방송의 보옥 앞에 서 있었다.

그리고 보옥과 나 사이에 놓인 간이 수신기에는, 라군 시티 근처에 있는 섬의 비밀 공창에 있는 리시아의 모습이 있었다.

오늘은 정기 연락을 하기로 했으니까.

"리시아, 시안이랑 카즈하는 좀 어때? 얼굴이 보고 싶은데."

리시아에게 묻자 "아쉽게 됐네."라며 어깨를 으쓱였다.

[지금은 낮잠 중이야. 카를라가 돌보고 있어.]

"아쉽네. 모처럼 오랜만에 얼굴을 볼 줄 알았는데."

[아직 왕국을 나가서 일주일도 안 지났잖아?]

"아버지로서는 그래도 쓸쓸해. 얼굴을 잊으면 어쩌냐고."

[걱정도 팔자야……. 어쩐지 빨리 다른 왕비들도 아이를 만들길 바라게 됐어. 아이를 더 늘려서 소마의 관심을 분산시키는 것이 나을 것 같아.]

리시아가 어이없다는 듯 말했다. 대답하기가 곤란한 내용이네.

"그래서, 시안이랑 카즈하한테는 바다를 보여줬어? 반응이 어땠어?"

[아직 잘 모르겠다는 느낌이야. 들뜨지도 겁먹지도 않아.]

"뭐, 아직 한 살이니까 말이지."

[좀 더 제대로 걸을 수 있게 되고, 지금이 겨울이 아니었다면 수심이 얕은 곳에서 놀게 해 줄 수 있겠지만…… 역시 위험할 것 같으니까, 안고 멀리서 바라보게 했을 뿐이야.]

"그러네. 더 자라면 가족이 같이 조개라도 캐러 가고 싶네."

[후후, 그것도 괜찮겠네. 하지만 그러려면 바다가 안전해야 하는데?]

그러더니 리시아는 그때까지와는 다르게 진지한 표정을 지었다.

[오오야미즈치의 모습을 봤지? 어땠어?]

"크더라. 터무니없이."

한순간 리시아가 너무 걱정하지 않도록 얼버무려야 할까 싶은 생각도 들었지만, 저쪽에도 이미 보고는 갔을 테니까 헛수고겠지. 솔직하게 대답하기로 했다.

" '섬이 움직이는 것 같다' 는 목격 증언 그대로였어. 그런 말도 안 되게 커다란 게 왕국 근처에 나타난다고 생각하면 오싹해."

[보고서는 봤지만, 나덴이나 루비보다도 훨씬 큰 거지? 이길 수 있겠어?]

"이겨야만 해. 바다의 안정을 확보하기 위해서는. 다행히도 이치하가 분석해 준 덕분에 대책을 쉽게 세울 수 있겠어. 이미 관계 각처에는 분석 결과를 보내 두었으니까, 유효한 수단을 고안해 주겠지. 지금도 이치하는 목격 증언을 바탕으로 오오야미즈치의 회유 경로를 산출하고 있으니까."

[총력전 느낌이네. 하지만 비중이 오오야미즈치한테 너무 쏠리는 거 아냐? 구두룡 제도의 함대는 괜찮아?]

"그쪽은 엑셀이 알아서 할 일이야. 전문가한테 맡기기로 할게."

[소마답다고는 생각하지만…… 아무것도 못 하니 답답하네.]

리시아는 자신도 무언가 하고 싶어서 근질근질한 모양이었다.

아이들이 조금 더 자라면, 당장에라도 군함에 뛰어들겠지. 그런 용감한 어머니에게 나는 쓴웃음을 지으며 말했다.

"아이들을 부탁해. 리시아."

"알았어. 소마도 조심해."

그렇게 우리는 통신을 마쳤다.

──그리고 며칠 뒤.

"엑셀이 작전 개요를 보냈어."

나는 큰 방에 동료들을 모으고 앞으로의 움직임을 설명하기로 했다.

엑셀이 보낸 해도를 책상 위에 펼치자,

"이, 이 해도는?!"

"조류까지 적혀 있습니다. 일부라고는 해도, 어떻게 왕국이 이런 해도를……."

그 해도를 본 샤 본과 키 슌이 눈을 동그랗게 뜨고서 놀랐다.

해도에 그려져 있던 것은 구두룡 제도 연합의 일부였는데, 왕국에서 구두룡 제도까지의 항로를 알 수 있는 무척 상세한 물건이었다. 나는 놀란 두 사람에게 쓴웃음을 지으며 말했다.

"구두룡 제도 내부의 정보원은 그 밖에도 또 있다는 거지."

""…………."""

두 사람은 말을 잃었다. 이런 해도를 왕국이 손에 넣었다는 것은 자신들 말고도 왕국과 내통하는 사람이 있다는 의미니까 당연하겠지.

나는 그런 두 사람은 개의치 않고 계속 설명했다.

"라군 시티 근해에 집결 중인 왕국 함대는 남하, 여기 '가족섬'의 동쪽을 스치듯이 구두룡 섬의 서쪽 항구를 목표로 하는 항로를 취한다고 해."

라군 시티에서 남쪽을 향해 바다를 건넌 곳에 있는 '가족 섬'은, 이곳 '쌍둥이 섬'과 마찬가지로 '부모 섬'과 '자식 섬'이라는 두 섬이 이어져 있다. 자식 섬은 쌍둥이 섬과 비슷한 정도지만, 부모 섬은 그보다도 커서 가족 같다며 명명되었을 테지.

그리고 나는 자식 섬과 구두룡 제도 사이에 있는 바다를 가리켰다.

"그리고 엑셀의 견해로는, 왕국 함대가 구두룡 제도의 함대와 대치하게 되는 건 이 해역이 될 거라고 해."

"앗! 이 장소에서 싸우는 겁니까?!"

정신을 차린 키 슌이 내가 가리킨 해역을 보고 놀라서 소리쳤다.

"확실히 이 항로는 구두룡 섬의 서쪽 항구를 목표로 한다면 최단 거리이지만, 자식 섬과 구두룡 섬 사이의 이 해역에는 사람도 살지 않을 법한 작은 섬들이 다수 존재합니다. 대형선이 많다고 여겨지는 왕국의 함선은 전개가 어렵고, 반대로 선회력이 좋은 구두룡 제도의 함선이 유리하게 움직일 수 있는 지형입니다. 구두룡왕이 충분히 대비했을 가능성도 있습니다."

목청 높여 말할 처지가 아니라서 답답한 말투지만, 아무래도 키 슌은 다시 생각하길 원하는 모양이었다. 그런 키 슌의 모습을 샤 본도 불안스럽게 보고 있었다.

나는 그런 두 사람에게 보란 듯이 어깨를 으쓱였다.

"하지만 최단 거리라는 건 분명하겠지? 설령 구두룡 제도의 함대가 기다릴지라도 대처할 수 있다고 판단했으니까, 엑셀은 이 항로로 결정했을 테지. 나는 국왕으로서 국방군 총대장의 결단을 믿을 뿐이야."

"귀공은…… 구두룡왕과 구두룡 제도의 함대를 지나치게 얕보고 계시는 건 아닙니까?"

"그러는 키 슌이야말로, 우리 함대를 얕보고 있는 게 아닌가?"

인상을 쓰고 말하는 키 슌에게, 나는 똑바로 되물었다.

키 슌은 더욱 격한 감정으로 말하려고 했지만, 샤 본이 그의 옷 자락을 붙잡고 절레절레 고개를 가로젓자 입을 다물었다. 샤 본은 그런 키 슌에게 조용한 목소리로 말했다.

"믿죠, 키 슌. 저희는 소마 님과 왕국을 믿기로 했으니까요."

"샤 본 님…… 알겠습니다."

키 슌이 물러나고 이야기가 정리된 참에 나는 모두에게 말했다.

"정보 수집은 끝났어. 이제부터 왕국 함대와 합류한다."

◇ ◇ ◇

——같은 시기.

구두룡 섬에 있는 구두룡왕 샤 나의 저택 큰 방에는, 프리도니
아 왕국의 침공에 대비하기 위하여 구두룡 제도의 주요 도주들
이 모여 있었다. 나무가 깔린 바닥 중앙에 펼쳐진 구두룡 섬의 지
도를 둘러싸듯, 바닥에 바로 앉은 도주들은 한결같이 떫은 표정
을 짓고 있었다.

"오오야미즈치가 맹위를 떨치는 가운데, 왕국까지 쳐들어오려
고 한다니……."

"약점을 노리기는. 프리도니아 왕, 비겁한 녀석이야."

"우리 나라의 어민들이 왕국 근해에서 조업하는 것이 어지간히
도 참을 수 없었을 테지."

"어민들도 필사적인 거야. 바다에서 사는 사람으로서, 고기를
잡으러 나가지 못하는 것은 죽는 것이나 마찬가지."

"그걸 이해해 달라는 것도 무리한 이야기이기는 하지만……."

저마다의 말이 오가는 가운데,

"여러분, 지금 이야기해야 할 것은 그런 게 아니겠지."

윗자리에 앉아서 조용히 이야기를 듣던 인물이 입을 열었다.

이 인물이 구두룡 제도 연합을 통치하는 구두룡왕 샤 나였다.

샤 본과 같이 인어족의 특징이 있으면서도 샤 본과는 다르게 강한 힘이 느껴지는 체구로, 머리카락을 묶은 딱딱한 표정은 그야말로 무인의 풍채였다.

""".........""""

거친 사람이 많은 구두룡 제도를 통치하는 왕의 묵직한 목소리를 듣고 도주들은 입을 다물었다.

샤 나 왕은 그런 남자들을 둘러보며 말했다.

"내 밀정의 보고로는, 왕국의 함대는 이미 출항 준비를 마쳤다고 하더군. 아마도 일주일 이내로는 이 나라로 쳐들어오겠지."

"녀석들이 노리는 건 뭡니까. 섬을 점유하려는 걸까요?"

나이 젊은 도주의 물음에 샤 나 왕은 고개를 가로저었다.

"아니. 오오야미즈치가 있는 이 땅을 차지하고자 하진 않겠지. 왕국에서도 떨어져 있고 문화도 다른 이 나라를 대륙에서 통치하는 건 어려울 테니. 왕국이 노리는 건 우리 함대에 타격을 주는 것이다. 왕국 근해에서 조업하는 어민들을 지원하고 있으니까. 군함의 호위 없이 어민들이 왕국 근해로 나가는 건 불가능하다고 할 수 있어."

"젠장, 어민들을 오오야미즈치가 날뛰는 이 바다에 가두어 놓으려는 건가."

우락부락하고 검은 피부의 도주가 주먹을 바닥에 내리쳤다. 다른 도주들도 고개를 끄덕였다.

"차라리 오오야미즈치가 왕국 근해로 가 준다면 좋겠는데 말이야."

"정말로. 어째서 이 바다에 머무르는 건지."

"차라리 왕국에 오오야미즈치 토벌 협력을 의뢰하는 건 어떨까요? 오오야미즈치만 없다면 고기도 이윽고 돌아와서, 조업으로 다툴 일도 사라질 것 같습니다만?"

나이 젊은 도주는 그렇게 말했지만 나이 든 도주는 조용히 고개를 가로저었다.

"무리야. 애당초 오오야미즈치의 대처에는, 우리 자체가 제대로 뭉치질 않아. 이 자리에 이만한 숫자의 도주가 모인 것도 '외적'이 있기에 가능한 일이지."

구두룡 제도의 섬들은 독립심이 강하여 이제까지 몇 번이고 바다의 패권을 걸고 싸운 역사가 있다. 그렇기에 외세의 침략이라도 없는 한, 섬들이 뭉쳐서 싸울 일도 없었다. 오오야미즈치는 위협이기는 하지만 침략자가 아니기에 저마다 대비할 뿐, 모든 섬이 함께 대처하자는 분위기는 생겨나지 않았다.

이 분위기가 샤 본이 오오야미즈치 토벌을 왕국에 탄원한 이유이기도 했다.

"왕국을 상대로는 단결할 수 있는 우리도, 일개 생물을 상대로는 단결하지 못해. 그런 상황에서 함께 싸워 달라고 할 수 있겠나."

"게다가 우리는 이미 왕국의 원한을 산 모양이고……."

"그렇다고 해서 왕국의 침공을 용납할 수 있겠는가!"

"그렇소. 쳐들어온다면 쳐부술 뿐. 해양 국가의 실력, 제대로 알려 주자고."

무력파 도주들이 "그렇소!"라며 기세를 올리는 가운데, 한층 더 훌륭한 체구에 흑발과 검게 멋진 수염을 기른 외눈 도주가 무겁게 입을 열었다.

"흠, 그 기개는 높이 사겠소."

그의 이름은 시마 카츠나가. 구두룡 제도에서도 크기로 두세 번째 자리를 다투는 '야에즈 섬'의 도주이자 '구두룡 제일의 무인'으로 칭송받는 '무사'였다.

"하지만 우리는 맞서 싸우는 처지. 상대가 어디로 쳐들어올지 모르고서는 선수를 빼앗긴다고. 게다가 귀공들은 왕국을 조금 얕보는 건 아닌가?"

"이건 '구두룡 제일의 무인'이 하는 말로 여겨지진 않는군. 해전에서 우리가 진다고?"

"왕국 해군에는 노련한 여걸 엑셀 월터가 있어. 지금 왕국에서는 군의 수장으로 군림하고 있다더군. 그 여자가 승산이 없는 전투에 나설 것으론 여겨지진 않아. 바다에서 싸운다면 우리가 유리하다는 걸 더없이 잘 알 터인데도 싸우러 나선다는 건…… 왕국에는 무언가 승산이 있어서 벌이는 게 아닐까?"

카츠나가의 말에 도주들이 숨을 삼켰지만, 젊은 도주가 불안을 떨쳐내듯이 기운찬 목소리로 말했다.

"새로운 왕 소마는 육상에서의 전투는 경험했지만, 바다에서의 전투 경험은 없었을 터. 거만하고 혈기 왕성한 소마를 엑셀이 미처 말리지 못한 게 아니겠나?"

"어쩌면 그럴지도 모르지. 하지만, 그렇지 않을지도 모르네. 싸움이라는 것은 항상 최악의 사태를 상정하고서 임해야 하는 법이야."

"…………."

카츠나가의 무거운 말에 젊은 도주는 전혀 반론할 수 없었다.

"왕국이 선택할 항로라면 알고 있네."

그러자 샤 나 왕이 말을 꺼냈다. 그리고 지도를 손에 든 부채로 가리키며,

"왕국의 함대는 우선 틀림없이, '가족 섬'의 '자식 섬'과 '구두룡 섬' 사이를 지나서, 구두룡 섬 서쪽에 있는 항구를 목표로 하는 항로를 선택하겠지."

그렇게 단언했다. 너무나도 단정적인 말투였기에 카츠나가는 미간을 찌푸렸다.

"어째서 그렇게 단정할 수 있으신지?"

"구두룡 제도의 조류는 철로 만든 배가 간단히 떠내려갈 정도로 빠르고 복잡하지. 보이지 않는 암초도 많아. 이 땅에 사는 우리니까 오랜 세월의 경험을 바탕으로 오갈 수 있는 것이고, 외부인인 왕국의 함대는 대응하지 못해. 그러니까 녀석들은 '알고 있는 항로'를 택할 수밖에 없어."

"알고 있는? 왕국은 안전한 항로를 알고 있다고?"

카츠나가의 물음에 샤 나 왕은 크게 고개를 끄덕였다.

"흠. 조금 전에 이야기한 항로가 그것이야. 여하튼 내가 의도적으로 흘린 것이니까."

"뭐라고?!"

이 말에는 카츠나가를 시작으로, 다른 도주들도 술렁거렸다.

샤 나 왕이 구두룡 제도에서 비밀 중의 비밀이라고 할 수 있는 항로의 정보를, 하나뿐이라고는 해도 왕국에 흘렸다는 말이니 당연했다. 술렁거리는 도주들을, 샤 나 왕은 손을 들어 진정시켰다.

"가르쳐 준 것은 구두룡 섬으로 이어지는 항로 하나뿐이야. 다른 섬으로 이어지는 항로는 가르쳐 주지 않아. 왕국은 이 항로는 구두룡 제도의 내통자가 흘린 것이라 믿고 있겠지."

"그렇군. 그러니까 우리는 유리한 지점에서 매복할 수 있다 이건가."

카츠나가의 지적에 샤 나 왕은 "그렇지."라며 무릎을 쳤다.

"왕국 함대와의 결전 장소는 구두룡 제도와 자식 섬 사이에 있는 암초 지대가 되겠지. 이곳은 작은 섬도 많으니까 대형선은 쉽게 전개할 수 없고, 기동력이 있는 우리 함대 쪽이 유리하게 움직일 수 있어. 왕국 함대를 이 해역으로 끌어들이고, 결전에서 섬멸하는 것이 목적이다."

""오오!""

주도면밀한 샤 나 왕의 작전을 듣고 도주들은 감탄의 한숨을 흘렸다.

"상대의 항로를 알고 있다면, 암초 지대에 기뢰를 설치하는 것은 어떨까요."

젊은 도주가 그렇게 제안했지만, 샤 나 왕은 고개를 가로저었다.

"우리 기뢰는 우리가 사용하는 목조선이라면 파괴할 수 있겠지만, 철로 만든 배나 시 드래곤에게 효과가 있을 정도의 위력은 아니야. 게다가 상대도 정찰 정도는 하겠지. 우리가 단단히 준비해서 기다린다는 것을 알아차리면 항로를 변경할 우려가 있다."

"과연…… 확실히 그렇군요."

"일단 끌어들인다면 흐름은 우리의 것. 상류에서 화염선(대량의 화약을 적재하고 적에게 돌진, 폭발하는 무인선)을 흘려보내어 시 드래곤을 죽일 수 있다면 왕국 함대는 제대로 움직일 수 없겠지."

"흠…… 괜찮을지도 모르겠군."

카즈나가도 신음했다. 구두룡 제일의 무사가 납득했으니, 방 안에는 이러면 이길 수 있겠다는 분위기가 흘렀다. 그리고 샤 나 왕은 일어서더니 도주들을 향해 말했다.

"지리의 이점은 우리에게 있다! 우리를 얕보는 왕국을 제대로 혼내 주는 것이다!"

"""오오!"""

도주들도 일어서서 손을 앞으로 맞잡고 함성을 터뜨렸다.

도주들이 출격을 위해 뿔뿔이 떠나고, 방에는 샤 나 왕과 카츠나가만이 남아 있었다. 둘만 남은 방 안에서 카츠나가는 "후우." 하고 한숨을 돌렸다.

"그 자리에서 지적하지는 않았지만, 당신치고는 일을 지나치게 서두르는 게 아닌가?"

"나는 구두룡 제도의 승리를 확신하고 있어."

"뭐, 당신과는 오랜 인연이야. 당신은 적으로 싸운다면 성가신 상대이지만, 아군으로 싸워 준다면 든든하다는 것을 잘 알지.”

카츠나가는 어깨에 손을 대더니 팔을 빙글빙글 돌렸다.

“당신이 승산 없는 싸움을 하지 않는다는 것도 말이야. 무언가 다른 책략도 있는 게 아닌가?”

“글쎄, 과연 어떨지.”

“허허허, 뭐, 말하지 않아도 돼. 나는 그저 무예뿐이라 작전 같은 건 잘 모르니까. 구두룡 제도의 왕인 당신을 믿고, 내 무예를 휘두를 뿐이야.”

“야에즈 섬 무사의 힘, 믿고 있어.”

“알겠네.”

그리고 카츠나가도 방을 나갔다.

홀로 남은 샤 나 왕에게 가신 하나가 다가와서 말했다.

“샤 나 님. ‘이카츠루 섬’의 준비가 다 되었습니다.”

“음. 수고했다.”

“저기, 이 일, 다른 도주들에게 알리지 않아도 되겠습니까?”

그러자 샤 나 왕은 싱긋 웃으며 말했다.

“적을 속이려면 아군부터 속여라. 최종적인 승리는 내 것이야.”

“옛. 그리고 샤 본 님은 어떻게 하시겠습니까?”

가신이 묻는 말에 샤 나 왕은 웃음을 거두더니 등을 돌리며 말했다.

“내버려 둬라. 그 아이도 이미 성인이야. 자기가 내린 결단의 책임은 자기가 지는 법이다.”

“예…….”

소마와 샤 나가 대치할 그때는 시시각각 다가오고 있었다.

◇ ◇ ◇

오늘 기상예보에 따르면 파도는 잔잔하다.

그런 푸른 바다를 서른 척 가까운 군함이 나아간다.

프리도니아 왕국 국방해군의 함대였다. 시 드래곤이 견인하는 철제 함선 무리가, 햇빛과 해수면의 반사광을 받아 칙칙한 빛을 발했다.

그런 함대 안에서 한층 커다란 전함이 있었다.

[알베르토Ⅱ].

붉은 용 성읍 전투에서 사용하고 부서진 전함 [알베르토]의 동형함이다.

이번 출격에서는 나와 엑셀이 탑승하는 기함이 되었다.

구두룡 제도에서 나덴이 실어다 주어 왕국으로 돌아온 우리는, 일단 라군 시티에 들러서 꼬마 삼인조를 내려 준 뒤에 군복으로 갈아입고 이 함대에 합류했다.

나덴의 곤돌라로 직접 알베르토Ⅱ의 갑판에 내려선 우리를, 엑셀과 카스토르를 비롯한 해병들이 경례로 맞이했다.

엑셀은 부채를 접더니 싱긋 웃으며 말했다.

"어서 오세요, 폐하. 당신의 함대에."

"그래. 함대가 이만큼 모이니 장관이네."

나는 주위를 둘러보며 그렇게 대답했다. 이 알베르토Ⅱ와 함께

나아가는 함대의 웅장한 모습은 남자의 마음을 무척 들뜨게 했다. 그중에는 항모섬 [히류]도 있었다.

나는 그 히류의 함장인 카스토르에게 말했다.

"카스토르에게는 히류를 맡겼을 텐데. 여기 있어도 돼?"

그러자 카스토르는 몸을 쭉 펴며 대답했다.

"지금은 부함장에게 맡겼습니다. 주군께 한 번은 인사를 드리고 싶어서."

"그런가. 이번 전투의 주역은 히류가 되겠지. 네 움직임에 기대하고 있어."

"예. 폐하의 기대에 응할 수 있도록 몸과 마음을 바쳐 소임을 다하겠습니다."

그러더니 카스토르는 해군식 경례를 하고 히류로 돌아갔다.

인사가 딱딱하지만, 형식적인 것도 중요하겠지. 나는 엑셀에게 물었다.

"해병들한테는 이번 출격의 목적을 설명했나?"

"각 함장에게는 지시서를 배포했어요. 폐하의 출격 명령과 동시에 개봉하도록, 각 함장에게 엄명을 내려 두었죠. 해병들에게는 함장들이 이야기할 거예요."

엑셀은 그러더니 우아하게 인사했다.

"하지만, 나중에 출격할 때는 폐하 본인께서 말씀해 주시길. 목적의 최종 확인과 사기 고양을 위해서라도, 부디."

"알았다……."

연설인가…… 몇 번을 경험해도 익숙해지지 않네. 그런 생각을 하는데 시야 한쪽에서 함께 데려온 샤 본과 키 슌이 눈을 크게 뜨고 있는 것이 보였다.

"뭔가요, 키 슌. 저 섬처럼 거대한 함선은……."

"모르겠습니다. 하지만, 소마 왕은 자신의 함대에 절대적인 자신감을 가지고 계신 것 같았습니다. 혹시 저 섬을 본뜬 함선이 장난이나 별난 취향의 산물이 아니라면, 어떠한 힘을 지니고 있을지……."

"시 드래곤이 끌지 않는데도 이동하는 게 놀랍네요. 대체 어떻게……."

아무래도 히류를 보고 놀란 모양이었다.

항공모함이라는 발상이 없다면 히류의 형상에 담긴 의미를 이해할 수는 없겠지. 이거라면 틀림없이 구두룡왕의 함대도 깜짝 놀랄 터.

그리고 두 사람은 이번에는 다른 함선을 가리켰다.

"저쪽에 있는 함선도 크네요. 무장은 없는 모양이지만요."

"수송선일까요. 병사라면 수만 명 규모를 옮길 수 있을 크기입니다."

"…………."

두 사람이 가리킨 것은 마치 유조선처럼 거대한 함선이었다.

키 슌이 말했다시피, 저 함선은 새로이 건조된 수송선이었다.

이름은 [킹 소마]라고 한다.

그렇다, 내 이름을 딴 함선이었다. 이전에 '전투함에 내 이름을 붙이지 말았으면 좋겠어. 기왕 붙인다면 수송선이 나아.' 라고 말했더니 기술자들이 그 명령대로 신형 수송선에 내 이름을 붙여 버렸다고 한다.

이후로 저것과 같은 급의 수송선은 [소마급 수송선]이라는 호칭이 된다나.

진짜냐…… 뭐, 정해 버린 것은 어쩔 수 없다.

참고로 저 킹 소마도 [스스무 군 마크Ⅴ]가 사용되어, 시 드래곤의 견인 없이 항행할 수 있다. 수송선은 평상시에도 충분히 이용 가치가 있으니까 예산이나 장치를 우선해서 돌린 결과였다.

그때, 갑판에 국왕 방송의 보옥이 나왔다. 엑셀은 양손을 드높이 들어서 바닷물을 끌어올리고, 이곳 알베르토Ⅱ 위에 거대한 물 덩어리를 만들기 시작했다.

"바다 위에서는 담수와 상태가 다르지만요…… 갈게요."

아미도니아 공국과의 전쟁 당시 아르토믈라에서 보여준, 국왕 방송을 비추는 용도의 거대한 물 공이었다. 물 공을 완성한 엑셀은 식은땀을 흘리며 내게 말했다.

"다 됐어요, 폐하. 소모가 심하니까 짧게 부탁드려요."

"알았다."

나는 보옥 앞에 서서는 망토를 휘날리며 주먹을 위로 내질렀다.

[국방해군의 장병들에게 고한다. 우리는 지금부터 구두룡 제도로 향한다.]

머리 위의 물 공에서 내 목소리가 함대 전체에 닿을 듯이 확산되었다.

[우리의 목적은 단 하나, '바다의 안정화'다.

해안가에 사는 사람들이 어업을 하고, 다른 나라와의 교역을 안전하게 행하기 위해, 바다의 안전이 불가결하기 때문이다. 이것은 국가의 발전 및 국민의 삶을 지키기 위해서라도, 반드시 수행해야만 하는 일이다.

이에 우리가 대처해야만 하는 목표는 두 가지이다.

하나는 '구두룡 제도 함대'이다. 우리 나라 근해에서 무단 어업 활동을 지원하는 구두룡 제도 함대를 제압하여, 우리 나라에 소속된 선박의 안전을 확보하는 것이 요구된다.

그리고 또 하나의 목표는 구두룡 제도에서 날뛰고 있다는 '오오야미즈치'다. 지금은 아직 구두룡 제도의 문제이지만, 이것이 왕국 근해에 나타나지 않는다는 보장은 없다.]

나는 손을 앞으로 내지르며 말했다.

[이 오오야미즈치에 관한 정보는 제군도 공유하고 있겠지. 라이노사우루스나 드래곤보다도 아득히 거대한 생물이다. 나는 감히 이 생명체를 '몬스터'와는 다른 이름…… '괴수'로 칭하고 싶다. 이런 괴수가 왕국을 덮친다면 얼마나 큰 피해가 발생할지 알 수 없다. 실제로, 구두룡 제도의 작은 섬 중에는 주민이 전멸하는 사건도 벌어지고 있는 모양이다.]

내 말이 전달되자 해병들이 술렁거렸다.

오오야미즈치를 정보로서는 알고 있었을지라도, 실제 피해 보고를 듣고 다시금 긴장하게 된 거겠지. 나는 이야기를 계속했다.

[이 오오야미즈치는 구두룡 제도 함대 이상으로 위험한 존재다. 어떤 의미로는 구두룡 제도 함대보다도 우선해서 구축해야

만 하는 존재이다.

알겠는가! 이번 원정은 구두룡 제도 침략이 목적이 아니다!

위협인 오오야미즈치를 격파하고 구두룡 제도의 무단 조업선을 왕국 근해에서 퇴거시켜, 바다의 안정화를 꾀하는 것이 목적이다! 이 행위를 누가 악이라 매도하겠는가!

우리 나라를 위해서 제군의 힘을 내게 빌려주었으면 한다!]

주먹을 번쩍 쳐들자 각 함선에서 해병들의 함성이 터졌다.

내가 엑셀에게 "이만 됐다."라고 신호를 보내자, 엑셀은 고개를 끄덕이고 물 공을 흩어 놓았다. 비치던 내 모습이 사라지고, 생겨난 안개비가 빛을 받아 무지개를 만들었다.

"폐하, 좋은 연설이었다고 봐요."

주나 씨가 다가와서 그렇게 말했다. 나는 조용히 고개를 가로저었다.

"몇 번을 해도 익숙해지지 않네요. 이런 건."

"후후후, 그렇지 않아요."

그러면서 함께 웃고 있는데 샤 본이 키 슌을 데리고 다가왔다.

"저기…… 소마 님……."

"무슨 일이지, 샤 본 양?"

내가 그렇게 묻자 샤 본은 뜻을 다진 듯이 나를 봤다.

"조금 전의 연설에 있던 '구두룡 제도 침략이 목적이 아니다'라는 말, 정말인가요?"

샤 본은 오오야미즈치를 토벌하기 위해, 구두룡왕과 연을 끊고 우리에게 붙은 것이다.

오오야미즈치를 격멸하겠다는 내 말은 샤 본이 원하는 바지만, 구두룡 제도 침략을 부정하는 말은 어떻게 받아들이면 좋을지 알 수 없었을 테지.

오오야미즈치와 구두룡왕이 이끄는 함대만이 목표이고, 구두룡 제도의 백성에게는 손을 대지 않겠다는 것은 샤 본에게 있어서 바라 마지않는 일이었다.

그렇기에 그런 달콤하기만 한 이야기가 있겠느냐며 불안해졌을 테지.

나는 그런 샤 본에게 진지한 표정으로 말했다.

"내가 한 말에 거짓은 없어. 그건 믿어 줬으면 해."

"알겠어요."

샤 본은 그러더니 조용히 물러났다. 자, 우리의 준비는 끝났다.

'남은 건 이제…… 타이밍과의 승부야.'

나는 함선이 나아가는 바다를 노려봤다.

후대의 역사가들에게 가장 인상을 남긴 해전을 언급하자면, 반드시 올라오는 것이 소마 왕과 샤 나 왕이 벌인 '가족 섬 앞바다 해전'일 것이다. 그 밖에도 다양한 호칭이 있는 이 해전은, 처음부터 끝까지 이례적인 해전이었다.

——대륙력 1549년 2월 모일.

이날, 소마 A 엘프리덴이 이끄는 프리도니아 왕국 함대와 구두룡왕 샤 나가 이끄는 구두룡 제도 함대는, 가족 섬 앞바다의 작은 섬들이 여기저기 자리 잡은 해역에서 대치했다.

이 해전은 우선 첫 단계부터 이례적이었다. 함대 결전이라면 기선을 제압하고자 유리한 지점으로 움직이려 하는 것이 상식이다. 하지만 소마가 이끄는 함대는, 결전이 예정된 이 해역으로 향하기 직전에 속도를 크게 낮추었다.

이것은 해전의 상식에 따른다면 있을 수 없는 일이었다. 느리게 항행한다면 그만큼 적의 초계망에 걸릴 위험이 커지고, 상대가 대비할 시간을 주기 때문이다.

그런데도 소마의 지시를 해전의 전문가인 엑셀도 어째선지 승낙하여, 이 임무에 참가한 해병을 불안하게 했다는 기록이 남아 있다.

이때, 전함 알베르토 II 의 함장실에서는 소마, 아이샤, 주나, 나덴, 엑셀까지 다섯 명이 느긋하게 차를 마시고 있었다.

상황과는 전혀 어울리지 않는 느긋한 분위기를 더는 견딜 수가 없어서, 샤 본과 키 슌은 참지 못하고 밖으로 나갔다.

"후훗, 두 사람도 해병들도 무척 초조한 모양이네요. 적의 해역을 눈앞에 두고 저속 항행을 지시했으니까요. 불안할 만도 하겠죠."

우아하게 차를 마시며 엑셀은 말했다. 소마는 컵을 놓고 고개를 끄덕였다.

"어쩔 수 없겠지. 지금부터는 진짜 한판승부, 타이밍이 중요해. 예정보다 빨리 도착할 수도 없지. 아직 아무런 보고도 없는 거겠지?"

"예. 아직 전혀."

엑셀이 그렇게 말하자 듣고 있던 아이샤가 한숨을 쉬었다.

"계획을 아는 저도, 초조하게 느끼고 마네요. 뭐라고 할까, 힘을 주체할 수 없다고 할까……"

"그저 상대에게 승리하면 그만, 그런 이야기가 아닌 거구나."

나덴도 그렇게 말하며 동의했다. 그런 두 사람을 주나가 쓴웃음을 지으며 달랬다.

"이것만큼은 어쩔 수 없어요. 그저 이기는 것보다도 어려운 일이지만, 그만큼 큰 성과를 기대할 수 있어요. 어떻게든 완수해야만 해요."

"주나 씨의 말이 옳아. 줄타기 상황이 이어질 테지만, 최선의 결과를 끌어내려면 견딜 수밖에 없어."

소마가 그렇게 말하자 다른 이들도 크게 고개를 끄덕였다.

그리고 왕국 함대가 자식 섬과 구두룡 섬 사이의 무수한 작은 섬이 있는 해역으로 들어섰을 때, 마침내 전방으로 구두룡 제도 연합 함대의 모습을 포착하게 되었다.

이때 역시도 소마는 믿을 수 없는 행동에 나섰다.

왕국 함대는 제도 연합 함대를 볼 수 있는 거리에서 함대를 '정지' 했다.

그리고 조금 앞으로 나온 전함 알베르토Ⅱ의 전방에 거대한 물 공이 만들어지더니, 그곳에 소마의 모습이 비쳤다.

[구두룡 제도 연합 함대에 고한다.]

바로 지금 결전이 벌어지려는 이 단계에서, 국왕 방송을 이용하여 제도 연합 함대를 향해 말을 건넨 것이었다. 영상의 거대한 소마는 제도 연합 함대를 불렀다.

[나는 엘프리덴 및 아미도니아 연합 왕국의 왕 소마 A 엘프리덴이다. 지금 이 자리에서 구두룡왕, 그리고 제도 연합 함대에 최종 권고를 하겠다. 그쪽에서도 같은 통신 수단을 준비하라고 연락해 두었을 터. 나와라, 구두룡왕 샤 나!]

평범하게 생각하면 이런 일에 어울리는 일은 있을 수 없다.

하지만 제도 연합 함대 쪽에서도 한층 큰 함선이 나오는가 싶더니, 그 바로 위에 물 공이 출현하고 인어족 대장부의 모습이 비쳤다. 그 모습을 알베르토Ⅱ의 갑판에서 보고 있던 구두룡왕의 딸 샤 본이 크게 눈을 떴다.

"세상에?!"

비친 것은 구두룡왕 샤 나 본인이었다.

참고로 왕국 측의 물 공은 엑셀 한 사람의 마력으로 형성한 것과 달리, 제도 연합 함대 측의 물 공은 물 마법을 쓰는 마법사 십여 명이 붙어서 어떻게든 형성한 것이었다고 한다.

그런 물 공에 나타난 샤 나의 모습을 보고, 샤 본은 영문을 알수가 없다는 표정으로 입가를 막았다.

"이 타이밍에 적 함대를 부르는 소마 님도 말도 안 된다고 생각했는데, 아버님까지 그 부름에 응하시다니…… 대체, 뭐가 어떻게 된 거지……."

"이해할 수 없군요. 소마 왕도, 구두룡왕도."

나란히 선 키 슌도 그렇게 중얼거렸다.

아마도 왕국 함대와 제도 연합 함대 해병들도 대부분 그렇게 생각했을 것이다. 그런 분위기 따위는 개의치 않고, 영상 속의 두 왕은 대화를 나누었다.

[샤 나 왕이여. 왕국에서 여러 차례에 걸쳐, 우리 나라 근해에서의 무단 조업 행위를 그만두도록 경고했다. 그런데도 당신들은 일절 들으려 하지 않고, 밀렵하는 어민들에게 호위 무장선까지 파견하는 상황. 이 마당에 이르러서는 우리도 참을 수는 없다. 백성과 바다의 안녕을 위해, 귀공과 귀공의 함대를 치기 위해서 왔다. 그것이 싫다면 얼른 항복해라!]

우선 소마가 던진 것은 항복 권고였다.

이것에는 양쪽 함대의 장병들도 깜짝 놀랄 일일 것이다. 하지만 샤 나는 전혀 당황하는 기색을 드러내지 않고 정면으로 맞받아 쳤다.

[우리 나라의 백성이 위험한 외해를 건너면서까지 조업하는 것은 피치 못할 사정이 있기 때문이다. 그 사실을 이해하지 않고, 당신들은 그저 마구잡이로 우리 나라의 어민들을 나포하려고 한다. 우리는 우리 나라의 어민들을 지키기 위해 함선을 보내었을 뿐. 이런 침략 행위를 당할 이유는 없다!]

샤 나가 그렇게 말하자 소마 역시 대꾸했다.

[침략할 생각 따윈 없다! 귀국이 밀렵 행위를 그만두지 않겠다면 싸우고, 제해권을 손에 넣을 뿐. 그 각오로 우리는 온 것이다!]

[함대를 끌고 와서 그런 말을 해도 믿을 수 없다!]

[이미 귀공의 믿음을 얻고자 생각하진 않는다!]

말다툼을 벌이는 두 사람을 양쪽의 장병들은 마른침을 삼키며 지켜보고 있었다. 소마는 말했다.

[귀국의 현재 상황은 이쪽에서도 파악하고 있다. 오오야미즈치라는 거대 생물의 피해도.]

[알고서도 쳐들어오다니, 프리도니아 왕국은 남의 위기를 이용하는 약탈자 나라인가!]

[그런 짓을 할 생각은 없다! 오오야미즈치 때문에 힘들다면 더더욱 항복해라! 왕국 함대가 대신에 오오야미즈치를 물리쳐 주겠다!]

[감언이설에 속지 않는다! 그야말로 '해로를 빌려줬다가 섬을 도둑맞는 격(작은 것을 양보했다간 나중에 큰 것을 빼앗긴다는

뜻)'. 함대를 보내고 섬을 점거하지 않겠다는 말을 믿을 수 있겠느냐! 너희의 힘 따위 빌리지 않더라도, 오오야미즈치는 우리 힘만으로 몰아낼 수 있다!]

그 후로도 두 사람은 몇 번이나 설전을 벌였다.

그런 두 사람을 보고 있던 샤 본은 양손으로 머리를 부여잡았다.

"해상전에서 설전? 저로서는 이제, 뭐가 뭔지 알 수가 없어요. 아버님도 소마 님도 대체 무슨 생각을 하는 걸까요."

"그렇군요. 이래서는 마치…… 응?"

"음? 무슨 일이 있나요, 키 슌."

샤 본이 묻자 키 슌은 턱에 손을 대고 생각하며 대답했다.

"마치, 시간을 끄는 것 같다고 생각해서……."

"시간을 끈다고요? 어느 쪽이, 무엇을 위해서?"

"어느 쪽이, 그렇게 물으신다면 양쪽 모두입니다만, 이유까지는 모르겠습니다……."

샤 본과 키 슌이 그런 대화를 나누는 동안에도, 소마와 구두룡왕의 설전은 이어지고 있었다. 하지만 아무래도 끝이 다가온 듯했다. 소마는 고개를 내저었다.

[말이 통하지 않는군. 이렇게 되었다면 해전으로 결판을 낼 수밖에 없겠어.]

[섬 같은 희한한 배도 보이지만, 그런 엉터리 함대로 바다에서 사는 우리 함대에 이길 수 있다고 생각하진 않겠지.]

[과연 엉터리인지, 직접 맛보도록 해라.]

두 사람의 모습이 사라지고 양측 함대는 전투태세로 들어갔다.

먼저 움직인 것은 샤나 쪽이었다.

"화염선 절반을 왕국 함대를 향해 띄워라."

구두룡왕이 그렇게 명령하자 부하 장수들이 의문을 제기했다.

"벌써 말입니까?! 아직 왕국 함대와는 거리가 있습니다만……"

"그렇소. 조금만 더 거리를 좁힌 다음에 띄우는 게 낫지 않겠소?"

주저하는 장수들에게 구두룡왕은 고개를 가로저었다.

"조금 전에는 엉터리라고 했지만, 왕국 함대에 있는 섬 같은 함선이 신경 쓰여. 저 무기의 힘을 알기 위해서라도, 무인 화염선으로 부딪쳐 보고 싶군."

"그렇군요. 알겠습니다."

그리고 제도 연합 함대에서 다수의 폭약을 실은 배를 띄웠다. 화염선은 조류와 돛으로 받은 바람에 실려 왕국 함대 쪽으로 흘러갔다. 그것을 항모섬 히류의 함교에서 보고 있던 카스토르는, 마음을 다잡듯이 함장모를 고쳐 썼다.

'지시서 그대로라면…… 아마도……'

카스토르는 총대장 엑셀의 뜻을 헤아려서, 곧바로 명령했다.

"아마도 화염선이겠지. 와이번 기병대에 출격 명령! 한 척도 남김없이 폭파하라!"

"알겠습니다! 모든 와이번 기병대, 출격하라! 반복한다, 모두 출격하라!"

부함장이 전성관으로 명령하자 출격을 이제나저제나 기다리던 와이번 기병대에게도 전해졌다.

"좋아! 다들 가자고!"

그중에서 유일한 용기사인 할버트는 드래곤 형태의 루비에 올라타 와이번 기병대에 명령했다. 항모섬 히류에서 차례차례 날아오르는 와이번 기병의 모습을 보고, 제도 연합 함대 장병들은 단숨에 술렁거리기 시작했다.

"해전에서 와이번이라고?!"

"말도 안 돼! 와이번은 바다를 싫어할 텐데!"

"하지만 실제로 왕국 함대는 와이번을 사용하고 있잖아!"

제도 연합 함대가 떠들썩해졌을 무렵, 할버트가 이끄는 와이번 기병대는 흘러든 화염선으로 쇄도하더니 폭발에 말려들지 않는 고도에서 화염 항아리를 떨어뜨렸다.

퍼버버버버버버버벙!!

화염 항아리와 화염선이 유폭해 해상에서 대폭발을 일으켰다.

화염선이 옆으로 퍼져서 흘러든 까닭에 불은 왕국 함대와 제도 연합 함대 사이를 갈라놓듯 퍼졌다. 바다에 갑자기 나타난 불길의 벽.

'…………'

그것을, 소마는 냉엄한 표정으로 똑바로 바라봤다.

"히야~ 굉장한 폭발이었죠."

화염선을 폭격한 젊은 와이번 기병이 할버트를 향해 흥분한 기색으로 말했다.

"하지만, 구두룡 제도 녀석들도 간담이 서늘하지 않을까요? 저 함대도 우리만 가서 두들길 수 있지 않겠습니까?"

"적을 얕잡아보지 말라고."

한편으로, 할버트는 냉정한 표정으로 젊은 와이번 기병을 나무랐다.

"이 해역은 상대의 앞마당이야. 섬도 많고, 배를 숨길 장소도 많지. 우리가 무턱대고 돌진했다가는 히류가 기습당할 우려도 있어. 방심은 금물이다."

"아, 예! 죄송합니다!"

사과하는 젊은 와이번 기병에게 할버트는 웃으며 말했다.

"알면 됐어. 좋아, 일단 히류 근처로 돌아간다!"

"""예!"""

그리고 할버트와 와이번 기병대는 항모 히류가 있는 곳으로 돌아갔다. 가는 도중, 루비가 할버트에게만 들리는 목소리로 쿡쿡 웃었다.

"뭐야. 루비."

[후후, 아까 말한 건 카에데의 말을 그대로 베낀 거잖아.]

"그, 그건 말하지 말라고."

그렇다. 아까 할버트가 한 말은, 출진 전에 출산 휴가 중인 카에데가 할버트에게 말한 내용 그대로였다.

할버트는 겸연쩍어서 뺨을 긁적긁적 긁었다.

"그게…… 다른 사람한테는 말하지 마."

[후후후. 뭐, 남편의 체면을 세워 주는 게 좋은 아내니까.]

루비가 즐겁다는 듯이 말하자 할버트는 '(아내들에게는)못 당하겠네.' 라고 재인식했다.

◇ ◇ ◇

와이번 기병들이 히류로 돌아왔을 무렵, 구두룡 제도 함대는 혼란의 도가니였다.

"말도 안 돼! 어떻게 왕국은 해상에서 와이번을 쓸 수 있는 거냐!"

"그럴 리가 없어! 해상에서 폭격이라니 들어본 적도 없다고!"

"그럴 리가 없고 자시고, 실제로 화염선은 싹 타 버렸잖아!"

"위험해! 저게 날아오면 우리에게 대항할 수단은 없어!"

처음으로 목격한 항모라는 무기와 위력에, 구두룡 제도의 장병들은 위아래 구분 없이 혼란에 빠졌다. 상관은 부하에게 어떤 지시를 내리면 좋을지 알 수가 없고, 부하는 상관에게서 아무런 지시도 내려오지 않는다는 사실에 당황해서 우왕좌왕했다.

"이건 철수해야 하는 게 아닌가?"

"아니, 오히려 돌격해서 난전으로 끌고 가야 해. 혼전에 빠지면 폭격도 못 하겠지."

"숨어 있는 군함도 전부 출격시켜야 해."

"하지만, 아직 아무런 지시도 안 나왔다고."

"젠장, 위에서는 대체 뭘 하는 거야!"

논의가 오가지만 방침은 정해지지 않아 현장이 혼란에 빠졌을 무렵, 구두룡왕 샤 나가 탄 군함에는 각 함대 사령관으로부터 문의가 쇄도했다.

하지만 샤냐는 그 모든 문의를 "불길의 벽이 사라질 때까지 돌격할 수 없다."라고만 대답하고 사실상 묵살했다. 그때 샤 나가 무엇을 하고 있었느냐면, 작은 섬 하나만을 응시하고 있었다.

"구두룡왕이시여……."

"견뎌라."

불안하게 여긴 부하 하나가 말을 건네려고 했을 때, 샤 나는 험악한 표정으로 단호하게 말했다.

"견뎌라. 조류가 바뀌는 그때까지."

"예……."

부하를 물리고, 샤 나는 짜증스럽게 한 점을 계속 바라봤다.

한편 그 무렵, 왕국 함대에 있는 소마 역시도 짜증을 내고 있었다. 의자에 앉아서는 팔걸이에 얹은 손가락을 까딱까딱 움직였다.

"엑셀."

"아직이에요."

소마가 끝까지 묻기도 전에, 옆에 선 엑셀이 말했다.

"지금이 참아야 할 때예요, 폐하."

"알고는 있지만…… 이대로는 조금 위험해."

"그러네요."

엑셀도 근심스러운 얼굴로 멀리서 펼쳐지는 불길의 벽을 보고 있었다.

"저 불이 꺼지면 이제 각오를 다져야만 해요."

"할 수밖에 없다는 거구나."

그러자 소마 옆에 서 있던 주나가 그의 손에 자기 손을 겹쳤다.

"폐하, 믿어요. 폐하께서 찾아낸 재능을."

그러면서 미소를 건네어 주었기에 소마는 마음이 조금 가벼워지는 기분이었다. 그것을 본 엑셀이 흐뭇하게 부채로 입가를 가리며 웃었다.

남자는 단순하다, 그런 생각이라도 했을까. 정말로 그렇지만.

잠시 후, 바다 위에서 빛나던 불길의 벽이 사라졌다.

그리고 왕국, 제도 연합의 양측 함대가 다음 행동으로 나서려던 그때——.

[보고! 근처의 작은 섬에서 봉화로 보이는 연기가 올라오고 있습니다!]

주변 경계를 명령받은 젊은 해병의 목소리가 전성관을 통해 함교에 울려 퍼졌다. 소마는 곧바로 일어서서, 전성관으로 그 해병에게 확인했다.

"해독할 수 있겠나?!"

[예, 국제 공용인 '구난 신호' 입니다.]

"좋아. 엑셀!"

"잘 알고 있어요."

엑셀이 일어섰을 무렵, 제도 연합 함대 쪽에서도 이 연기를 보고 있던 샤 나가 일어섰다. 그리고 두 사람은 거의 동시에, 완전히 같은 말을 입에 담은 것이었다.

""각 함에 통보! [전 함선 정선하라]. 반복한다, [전 함선 정선하라.]""

두 총사령관의 명령을 받고, 지금 바야흐로 격돌하려던 왕국, 제도 연합의 양측 함대는 다소 혼란은 있었지만 움직임을 멈췄다. 그리고 잠시 후, 또다시 양측 함대의 기함 상공에 거대한 물공이 만들어지고 소마와 샤 나의 모습이 비쳤다.

[봉화를 보았는가, 프리도니아왕.]

구두룡왕 샤 나가 그렇게 묻고.

[보았다. 구난 신호로군.]

프리도니아왕 소마도 그에 응했다.

[구두룡왕은 저 봉화의 이유를 알고 있는가?]

[음. 구두룡 제도 안의 섬이 오오야미즈치의 습격당했을 때는, 섬들을 연결하는 봉화로 위기를 알리도록 정비되어 있다. 그러니까……]

[현재, 오오야미즈치가 습격하는 섬이 있다. 그런 의미인가.]

이제부터 싸우려던 상대인데도, 갑자기 두 왕이 오오야미즈치에 관한 정보 교환을 시작하자 양측 함대의 장병들은 대부분 눈을 동그랗게 뜨고 있었다. 그리고 영상 속의 소마는 샤 나의 모습을 똑바로 바라보며 섬이 있는 쪽을 가리켰다.

[자, 구두룡왕. 저곳에서 구난 신호가 올라오고 있는데 어떻게 하겠나?]

양국의 장병들이 지켜보는 가운데, 소마는 말했다.

[깃발, 수기, 봉화, 특수한 포탄…… '구난 신호를 발견한 함선은, 설령 상대가 어떠한 나라의 배이고 자신들이 어떠한 입장의 배일지라도, 구조에 나서야만 한다.' ……였던가. 설령 그것이 적국의 배였을지라도.]

[물론이다. 그것이 바다에 사는 우리의, '바다의 법' 이다.]

샤 나는 억센 팔로 팔짱을 끼며 대답했다.

바다에서 비상사태가 발생했을 때는 반드시 서로를 도와야 한다는, 뱃사람들에게 전해지는 절대적인 규칙.

유사시에 상대를 반드시 돕는다는 보증은, 유사시에 자신이 반드시 도움받을 수 있다는 보증이기도 하다. 이것을 무시하면 전 세계 뱃사람이나 항구에서 외면당할 것이다. 샤 나는 말했다.

[하지만 이 규칙은 교전 중인 상대의 구난 신호는 무시할 수 있다고 하지.]

[흠. 확실히 구두룡왕이 날린 것으로 볼 수 있겠군.]

소마는 어깨를 으쓱이며 말했다.

[하지만, 우리는 '교전 중인가?']

소마가 그렇게 묻자,

[아니, 교전 중이라고는 할 수 없겠지. 이쪽은 '사고로 배가 떠내려갔을 뿐' 이다.]

샤 나 역시도 어깨를 으쓱이며 대답했다. 소마도 수긍했다.

[그렇군. 이쪽도 '떠내려와서 진로를 가로막은 배를 불태웠을 뿐'이다.]

[그렇다면 교전 중이라고는 할 수 없겠지.]

[그렇다면, 이 구난 신호는 무시할 수 없겠군. 그것이 바다의 법이야.]

[감사한다. 프리도니아왕.]

이때가 되어 양측 함대의 장병들은 사태를 이해하기 시작했다.

자신들이 싸울 상대는 눈앞의 함대가 아니라는 사실을.

그리고 특히 구두룡 제도의 장병들은 강하게 느끼고 있었다.

자신들은 이들 두 왕의 손바닥 위에서 놀아나고 있었다는 사실을.

하지만 그것은 분개나 불만을 낳지 않았다.

두 왕의 목적이 단결하여 오오야미즈치를 토벌하는 것이고, 그것은 자신들도 바라던 일이었으니까. 그리고 소마와 샤 나는 말했다.

[바다의 법에 따라, 우리는 이제부터 구두룡 제도 연합 함대와 협력하여.]

[바다의 법에 따라, 우리는 이제부터 프리도니아 왕국 함대와 협력하여.]

[[오오야미즈치 토벌에 나선다!!]]

두 사람이 한목소리로 그렇게 말하자, 양측 함대에서 큰 함성이 터졌다.

훗날, 일련의 이 해전은 다양한 이름으로 불리지만, 가장 많이 사용되는 명칭은 [연극 해전]이었다. 그리고 엘프리덴 지방의 역사가는, 이 해전을 소마가 벌인 전쟁으로 헤아리지 않는다.

♔ 제8장 ✦ 대적 -monster-

왕국 함대와 제도 연합 함대가 불길의 벽을 사이에 두고 서로 눈싸움을 벌이던 무렵.

멀리 떨어진 그란 케이오스 제국의 수도 바로아에 있는 바로아 성 집무실에서는, 여제 마리아가 창가에 서서 밖을 바라보고 있었다. 그런 마리아에게 동생인 장군 잔느가 말을 건넸다.

"언니. 슬슬 왕국 함대와 제도 연합 함대가 대치하고 있을 무렵일까요."

"후후후, 그러네. 틀림없이 다들 놀라고 있을 즈음일까."

그러면서 미소 짓는 마리아를 보고 잔느는 미간을 누르며 한숨을 쉬었다.

"놀란 건 저도 마찬가지예요. 소마 왕 일행과 회동한 그날, 소마 왕은 '구두룡 제도 연합으로 함대를 파견하기로 했다' 고 그랬고, 언니는 '왕국에 전면적으로 협력하겠다' 라고 했어요. 어째서 언니가 침략 행위가 가담하는지, 영문을 알 수가 없었다고요."

"어머, 소마 님도 나도, '침략' 한다거나 '정복' 한다고 말한 적이 없는걸?"

마리아가 짓궂게 쿡쿡 웃자 잔느는 살짝 토라졌다.

"확실히 그렇지만…… 밀렵 문제는 근본을 해결하지 않으면 쳇바퀴만 돌리게 된다고 그랬죠? 그 이야기만 들으면, 근본은 구두룡왕과 제도 연합 함대라고 생각하지 않을까요?"

"구두룡 제도가 거대 생물…… 현지에서는 오오야미즈치라고 불리는 모양인데, 그 오오야미즈치의 피해를 보고 있다는 정보는 우리도 파악하고 있었어요. 구두룡 제도의 어민이 고기를 잡지 못하고, 근해에 배를 띄우지 못해 먼바다를 건너서 무단으로 조업하는 문제의 근원은 오오야미즈치에게 있다는 것도 알 수 있죠."

"처음부터 소마 왕의 목적은 오오야미즈치였다는 건가요?"

"예. 그리고 그건 구두룡왕 샤나도 마찬가지."

마리아는 창문에 실크 장갑을 낀 손을 댔다.

"우리에게 화평 알선을 진행토록 한 것도 그래요. 독립심이 강한 구두룡 제도 도주들의 함대가 한자리에 모이려면 외적의 존재가 필수죠. 실제로 오오야미즈치를 상대로는 단결하지 못했던 도주들의 함대도, 왕국 함대가 침공하는 낌새를 드러내자 집결해서 연합을 맺고 맞서려 했어요. 우리가 화평 알선을 해서 왕국 침공의 위기감을 부추긴 것도 이 단결로 이어진 거예요."

"언니는 그걸 알고 있었으니까 소마 왕에게 협력한 거로군요."

잔느가 감탄과 어이없다는 심정이 반반인 한숨을 쉬자 마리아는 즐거운 듯 웃었다.

"모든 일을 꿰뚫어 본 것은 아닌걸. 맹우의 착실한 인품을 믿은 결과예요."

"그렇게 신뢰할 상대를 간파하고, 솔직하게 신뢰할 수 있는 것도 언니의 그릇이에요."

"어머, 오늘은 자주 칭찬해 주는구나."

마리아가 놀리듯이 말하자 잔느의 얼굴이 빨개졌다.

"따, 딱히, 언제나 존경하고는 있어요. 그저 언니는 긴장을 늦추면 금세 게을러지니까, 저도 잔소리할 수밖에 없어요……."

"후후후, 미안해요."

그러더니 마리아는 싹 웃음을 지웠다.

"하지만 중요한 건 지금부터예요. 여하튼 오오야미즈치는 소마왕과 샤나 왕이 두 나라의 힘을 합쳐야 한다고 판단했을 정도의 상대니까요."

"윽…… 그렇군요. 오오야미즈치는 우리 나라에도 위협이 되는 존재예요. 우리도 협력할 수 있다면 좋았을 텐데."

"무리겠죠. 우리까지 군을 움직이면 왕국과 제국 사이에 낀 구두룡 제도 도주들의 위기감을 과도한 수준까지 부추기고 말아요. 막상 함께 싸우고자 할 때 제대로 연계할 수 없게 되면 의미가 없으니까요."

"소마 왕과 왕국 사람들에게 맡길 수밖에 없다, 그런 이야기로군요."

분하다는 듯 말하는 잔느에게, 마리아는 미소를 지었다.

"믿고 기도하죠. 맹우의 승리를."

◇ ◇ ◇

왕국 함대와 제도 연합 함대가 합류하고, 샤 나의 선도에 따라서 이동을 개시했을 무렵.

함교에 있는 우리를 샤 본과 키 슌이 방문했다.

"소마 님……."

단단히 결심한 것 같은 샤 본의 표정을 보고, 나는 엑셀에게 말했다.

"잠시 자리를 비울게. 그동안에는 맡기지."

"알겠어요, 폐하."

엑셀에게 뒷일을 맡기고 나는 아이샤, 수나 씨, 나넨, 샤 본, 키 슌을 데리고 함장실로 향했다. 응접용 소파에는 나와 주나 씨, 샤 본과 키 슌이 마주 보고 앉고, 아이샤와 나넨은 문 안팎으로 서서 외부에 들리지 않도록 사람들을 물려 달라고 부탁했다. 자리에 앉자마자 곧바로,

"소마 님과 아버님은 내통했던 거군요?"

샤 본이 입을 열자마자 그렇게 물었다.

단정적인 말투는 사정을 이미 어느 정도 헤아렸다는 의미겠지. 내가 고개를 끄덕이자 샤 본은 충격받은 듯한 표정을 지었다.

"언제부터, 인가요?"

"너희가 오기 훨씬 전이야. 마침 구두룡 제도의 무장선 한 척을 나포한 직후였으니까, 내 대관식보다 오래됐겠네."

"그렇게나 예전부터……."

카스토르가 나포한 무장선 선원들로부터, 우리는 오오야미즈치의 존재나 구두룡 제도가 처한 상황 등을 들을 수 있었다.

　그 시점에서는 아직 구두룡왕 샤 나의 생각을 알 수 없었지만, 그로부터 얼마 후에 샤 나가 비공식 사자를 파견했다.

　"무장선 선원의 반환 요구라도 하러 왔느냐고 생각했더니, 샤 나 왕은 그 사자를 통해서 자국 어민의 밀렵 행위에 대한 사죄와 손실 보상 의사를 전달했지. 그리고 이번 계획을 가져왔어."

　"밀렵 행위에 대한 손실 보상? 아버님께서?"

　"그래. 아마도 올린 세금이 바로 그거겠지. 왕국은 그 돈으로 우리 쪽에서 피해를 본 어민들에게 보상한 거야. 요컨대 샤 나 왕은 돈을 주고 왕국에서 '밀렵을 허락' 받았다, 그런 이야기겠네."

　뭐, 돈을 낸 이상, 밀렵이라고 해도 될지 의아하지만.

　정식으로 돈을 받게 된 뒤로는 왕국 측 초계함도, 한동안 조업하게 한 뒤에 쫓아내는 방침으로 전환했다. 그 사실은 해군 상층부만 알았지만.

　샤 본은 믿을 수 없다는 모습으로 눈을 동그랗게 떴다.

　"아버님께서는 어째서 그런 에두른 방식을?"

　"샤 나 왕으로서도 고육지책이었던 거겠지. 바다에서 고기를 잡는 것에 특별한 감정이 있는 구두룡 제도의 어민들에게, 상대 나라에서 허락받는 것은 굴욕이겠지? 오오야미즈치 탓으로 가라앉은 분위기가 더더욱 나빠질 거야. 그리고 왕국에 오오야미즈치 토벌 협력을 의뢰하려면 왕국 어민의 반감을 사지 않을 필요가 있어. 그 아슬아슬한 선이 이런 방식이었던 거겠지."

나는 거기까지 말하고는 후우, 어깨를 으쓱였다.

"그다음은 샤 본 양도 이미 이해하고 있겠지? 외적 없이는 단결하지 못하는 구두룡 제도의 함대를 한곳에 모으기 위해, 왕국은 가상의 적이 되어 도주들의 위기감을 부추겼어. 그렇게 해서 저 해역에 모든 함선을 모으고, 구난 요청의 봉화를 보여주고, 뱃사람들에게 무시할 수 없는 '바다의 법'을 끄집어내어 단결하게 한 거지."

"그렇게까지 계획적으로…… 어째서 아버님께서는 그 사실을 이야기해 주시지 않았을까요."

"아마도 샤 본 양을 끌어들이지 않기 위해서겠지. 지금 제도 연합 함대의 장병들은 눈앞의 적이 갑자기 아군이 되어 흥분한 상태이지만, 냉정해지면 샤 나 왕에게 속았다고 생각하는 사람도 생길 거야. 그런 사람들을 달래기 위해서라도, 아마도 샤 나 왕은 이번 싸움이 끝나면 책임을 지고 왕위를 포기할 생각이 아닐까."

"윽…… 아버님."

슬프게 눈을 내리까는 샤 본. 그러자 키 슌이 몸을 내밀었다.

"그렇다면 어째서, 그 사실을 샤 본 님께 가르쳐 주시지 않았습니까!"

"말할 수 있을 리가 없겠지. 두 사람이 오기 전부터 계획은 움직이고 있었어. 설령 샤 본 양을 슬프게 할지라도, 샤 나 왕의 뜻을 존중할 수밖에 없었어."

"하지만, 그래도…… 이래서는 너무도 애처롭지 않습니까."

"나는 제대로 말했어. '반드시 후회한다'고."

나는 키 슌의 눈을 똑바로 보며 말했다.

"그 후회는 우리도 경험한 것이니까."

"소마 님도?"

"그래. 자세한 이야기는 못 하겠지만, 지금 샤 본 양의 마음을 알아. 위대한 선도자의, 자기 살을 깎아내는 헌신……. 그건 어디까지나 우리를 생각하기에 하는 일일지라도, 슬퍼하지 않을 수는 없지. 무언가 달리 방법은 없었느냐고 자문하게 돼. 다만, 선도자는 그런 갈등조차 양식으로 삼아 나아가라고 말할 테지만…… 다정한지 엄격한지 알 수가 없단 말이지."

그날 리시아의 눈물을 떠올리며 말하자, 키 슌은 입을 다물었다. 내 말에 거짓이 없다는 것을 느꼈을 테지. 그러자 샤 본이 입을 열었다.

"소마 님께서는 제가 알려주기 전에 오오야미즈치를 아셨고, 대책을 세우고 계셨어요. 저는 헛수고만 한 걸까요?"

비통한 표정으로 말하는 샤 본에게 나는 고개를 가로저었다.

"그렇지도 않아. 샤 본 양이 독자적으로 움직이며, 나와 부하들이 구두룡 제도에 먼저 들어올 수 있었지. 그리고 오오야미즈치의 정보를 수집할 수 있었고, 그 조사의 정밀도가 무척 높아져서 대책을 세울 수 있었어. 이건 움직임이 제한되는 샤 나 왕이 할 수 없었던 일이야. 또한 내게 오오야미즈치 토벌을 직접 호소했다는 사실은, 전후에 이 협력을 정당화할 때 중요해지겠지. 샤 나 왕에게 도움이 될 것은 분명해."

"제가…… 아버님께 도움이 되었다고요?"

눈을 끔뻑거리는 샤 본에게 나는 크게 고개를 끄덕였다.

"모두가 저마다 최선을 위해 행동한 결과야. 이젠⋯⋯."

"오오야미즈치를 해치워 최선의 결과를 끌어내면 되는군요."

조금 힘이 돌아온 눈빛으로 샤 본은 말했다.

이런 쪽의 결단력은 역시 한 나라의 공주님답다고 생각했다.

샤 나의 각오, 샤 본의 슬픔, 그리고 저 괴물 때문에 희생된 사람들⋯⋯ 그것들을 허사로 만들지 않기 위해서라도, 어떻게든 오오야미즈치를 토벌해야만 한다.

우리는 한층 더 굳게 다짐했다.

◇ ◇ ◇

시간을 조금 거슬러 올라가서. 왕국 함대와 제도 연합 함대가 서로를 볼 수 있는 거리까지 다가갔을 무렵, 구두룡 섬에 가까운 외딴섬 [이카츠루 섬]에서는 훈도시에 일본풍 겉옷을 걸친 남자들이 작업 중이었다.

어부 같은 복장이지만, 그들은 구두룡 섬의 병사들이다.

이카츠루 섬은 위에서 보면 초승달의 형태로, 안쪽의 구부러진 부분이 만이다. 그 만에 정박한 배에서 남자들은 짐을 내리고 수레에 실어서 섬 중앙으로 옮기고 있었다.

"아, 젠장. 냄새 한번 지독하네."

수레를 끌던 인간족 남자가 그렇게 투덜거렸다.

그가 말하다시피, 이곳 이카츠루 섬은 평상시에는 자연 생태밖에 없을 법한 무인도이지만, 지금은 '이상한 냄새'가 감돌고 있었다. 그러자 옆에서 밀던 늑대 얼굴의 수인족 남자가 얼굴을 찌푸렸다.

"너는 그나마 낫겠지. 우리는 후각이 좋은 만큼 더 괴롭다고."

"아니, 이 냄새는 우리한테도 힘들어. 옷에 밸 것 같아."

"돌아가면 어머니가 불평하시겠어……."

"이봐, 거기. 잡담할 여유가 있다면 일을 해."

그러자 감독하던 인어족 무사가 두 사람을 다그쳤다. 하지만 두 사람은 불만스럽게 말했다.

"말은 그렇게 해도, 비린내랑 피 냄새에 코가 비뚤어질 것 같다고요."

"무엇보다 기가 팍 죽을 법한 광경이니까 말이죠."

두 사람이 바라보는 곳에 있던 것은 그 이상한 냄새의 원인인 무더기였다.

이 무더기는 그야말로 산처럼 쌓인 생선이었다.

현재 구두룡 제도 근해에서는 잡을 수 없을 만큼 많은 생선은, 이것이 어딘가 다른 나라에서 들어왔음을 의미했다. 그런 생선 주위에는 갓 죽인 무수한 가축이 흘린 피가 지면을 적셨다.

이 섬에 감도는 이상한 냄새는 이렇게 죽은 생선 무더기와 가축의 피 때문에 나는 것이었다.

"아깝네요……. 이만한 생선이 있다면 많은 백성의 배를 채울 수 있을 텐데."

"너희도 이 작전의 취지는 이해하고 있잖아."

아쉬워하는 두 사람을 달래듯이 무사는 말했다.

"먹는다면 이제까지와 다름없는 일상이야. 하지만 여기서 이렇게 소모하는 것으로 문제를 해결할 수 있다면 조류가 바뀌어. 더욱 많은 물고기로 돌아오겠지."

"그렇군요. 해결할 수 있다면, 말인가요."

그런 대화를 나누던 때였다. 높은 곳에 설치된 전망대에서 땡, 땡, 땡, 나무 경종이 울렸다. 그리고,

"안개가 꼈다!!" "안개가 꼈다!!" "안개가 꼈다!!"

마치 말 전달 게임처럼 남자들이 잇따라 외치기 시작했다.

"이 자식. 드디어 납셨나."

그 목소리를 들은 무사는 분하다는 듯 바다가 있는 방향을 노려봤다.

"당장 봉화를 올려라! 섬을 따라서 샤 나 님께 알리는 것이다! 다른 사람은 서둘러 대피해라! 만에 있는 배는 포기하고, 반대편에 정박 중인 소조선으로 탈출해라!"

무사는 곧바로 명령을 내렸다. 명령받은 남자들이 바삐 뛰어다니는 가운데, 무사는 감돌기 시작한 안개 너머를 노려보고 말했다.

"그대로 와라. 이곳이 네놈의 무덤이 될 테니."

오오야미즈치 토벌에서 가장 골치 아픈 문제.

그것은 녀석이 수생 생물이라는 사실이었다.

육지라면 모를까, 바닷속에 숨으면 인류 측에서 취할 수단은 없다. 마법은 해상이 위력이 떨어지고, 이 세계에 있는 화약의 위력으로는 투하형 기뢰를 만들어도 큰 피해를 줄 수 없겠지. 이 세계에는 잠수함도 추적 어뢰도 없으니까.

그러니까 샤 나 왕은 오오야미즈치를 육지로 끌어내고, 왕국과 제도 연합이 가진 해군 전력을 결집해서 단숨에 격멸하는 방안을 모색했다.

구체적으로 말하면 오오야미즈치의 회유 경로에 있는 초승달 모양의 이카츠루 섬에 대량의 미끼를 설치해 녀석을 유인하고, 연합한 양국 함대가 이것을 포위한다. 그리고 얕은 만에서 나가지 않게 하고서, 녀석의 숨이 끊길 때까지 계속 공격하는 것이었다.

"간신히, 이때가 왔군요."

총대장 엑셀이 차분한 표정으로 말했다. 왕국과 제도 연합의 양측 함대가 모여서 항행하는 모습을, 나와 엑셀과 주나 씨는 기함 알베르토Ⅱ의 갑판에서 바라보고 있었다.

"그래. 타이밍은 아슬아슬했으니까 조마조마했지만……."

"후후후, 그러네요. 하지만 역시나 폐하께서 찾아낸 재능이라고 할까요. 이치하 경이라고 했던가요? 정말로 오오야미즈치의 행동을 예측한 거니까 장래가 기대되네요."

"정말 그래. 이제 조금 더 자신감이 생기면…… 시안과 카즈하에의 든든한 형, 오빠가 될 텐데."

이 작전을 성립시키는 과정에서 가장 큰 공로자는 당연히 이치하겠지.

이치하가 정보를 자세히 조사하고, 또한 상대의 모습을 봐서 유효한 공격 계획을 만들 수 있었다. 게다가 회유 루트를 산출해 결전의 장소를 이카츠루 섬으로 정할 수 있었으니까. 이건 우리가 사전에 제도 연합에 들어올 수 있어서 가능했던 일이므로, 샤 본과 키 슌의 행동에도 확실한 의미가 있었다고 할 수 있겠지.

그런 생각을 하는 사이, 엑셀이 미소를 지우고 말했다.

"하지만 폐하, 지금부터가 진짜예요. 이제부터 벌어질 싸움은 절대로 실패할 수 없으니까요."

"나도 알아. 실패하면 이세까지 했던 일들이 모두 허사가 되겠지. 상대는 교섭할 여지가 없는 괴수야. 둘 중 하나가 사라질 때까지 싸울 수밖에 없어."

"저기…… 폐하께서는 오오야미즈치를 '괴수'로 부르시죠?"

옆에 선 주나 씨가 불안한 표정으로 그렇게 물었다.

"저희는 괴수를 이길 수 있을까요?"

"그러네요……. 내가 있던 세계의, 내가 있던 나라에서 그려지던 괴수 중에는 인류의 무기로는 죽일 수 없는 존재도 많았던 것 같아요."

나는 옛날에 본 괴수 영화를 떠올리며 말했다.

"그건 내가 있던 나라에서 괴수가 '신'이거나 '자연'이거나 '재해'거나, 그런 상징이라는 측면이 있었기 때문이에요. 자연의 크기와 비교하면 인류 따윈 작은 존재라는 느낌이죠. 그리고 그 괴수를 탄생시킨 '문명의 죄'라는 것의 상징이었기도 해요."

공해, 대량 파괴 무기, 유전자 조작…… 그런 문명의 잘못된 유산에 대한 죄의식이, 그 나라의 괴수들에게는 투영된 것 같다고 생각한다.

외국 영화의 괴수가 마지막에는 인류 문명의 힘에 굴복하는 경우가 많은 가운데, 그 나라의 괴수는 그야말로 빛의 거인이라도 없다면 해치울 수 없을 정도로 강하고…… 그리고 어쩐지 슬픔이 있었다. 그 나라 사람들에게 괴수란 '해치워서는 안 되는' 존재였던 것처럼 여겨진다.

문명의 죄를 지울 수는 없다는 의식이 있으니까. 하지만…….

나는 마음을 다잡듯이 고개를 내저었다.

"이 세계 사람들이 오오야미즈치를 탄생시킨 건 아니겠지. 저건 이 세계 사람들의 죄가 아니야. 그러니까 반드시 극복할 수 있다고 믿어요."

내가 그렇게 말하자 주나 씨는 "예."라며 미소를 지어 주었다.

바닷속에서 산 같은 거구가 이카츠루 섬으로 기어 올라왔다.

머리는 드래곤과 시 드래곤의 특징을 겸비했고, 등은 거대한 조가비 같은 껍데기로 되어 있다. 그 밑에는 갑각류의 껍데기로 뒤덮인 두껍고 거대한 촉수가 여덟 개 있어서 문어처럼 꿈틀꿈틀 움직이며 스르륵 지면을 기어서 이동했다.

오오야미즈치.

구두룡 제도의 사람들을 괴롭히는 (소마 표현) 괴수다. 오오야미즈치는 등에 있는 조개에서 흘러나온 안개 속에서 긴 촉수를 꿈틀대며 스르륵 섬으로 상륙했다.

덩치가 커서 꿈틀대는 촉수가 지면을 때릴 때마다 마치 지진처럼 섬이 흔들렸다. 오오야미즈치가 이 섬에 상륙한 것은 강렬한 미끼의 냄새에 이끌렸기 때문이었다.

방해되는 나무들을 뚝뚝 쓰러뜨리며 나아갔다.

섬 한복판에 왔을 때, 오오야미즈치의 눈이 미끼를 포착했다.

수북하게 쌓인 생선. 그리고 피를 흘리고 쓰러진 가축들.

최근에는 근해에 커다란 생물이 사라져서 배가 고프던 오오야미즈치에게는 양이 부족했지만, 충분한 먹이임이 확실했다.

목을 뻗어서 그 생선 무더기를 씹었다.

촉수 끝에 있는 갑각류의 집게로 가축을 붙잡아서 입 안으로 던져 넣었다.

그 몸의 구조 때문에 상륙하는 데 시간이 걸렸지만, 미끼를 먹어 치우는 데는 5분도 걸리지 않았다. 오오야미즈치는 정신없이 미끼를 모두 먹어 치웠지만, 그때 다가오는 존재를 알아차렸다. 수많은 '피와 비슷한 냄새'가 이 섬으로 다가오고 있었다.

그것이 쇳내라는 사실을 오오야미즈치는 알 방도가 없었지만, 무언가 자신에게 위협이 되는 존재가 다가온다는 사실을 본능적으로 간파한 것이었다.

오오야미즈치가 쿠구구구궁 소리를 내며 몸을 뒤집어 얕은 바다가지 돌아왔을 때, 해상에는 왕국과 제도 연합의 함대가 전개되어 이카츠루 섬을 포위하고 있었다.

그런 함대 안에 있는 섬 형태 항모 [히류]의 함장 카스토르는, 그 오오야미즈치의 거대한 몸뚱이를 보고 무심코 탄식하는 한숨을 흘렸다.

"저건 뭐야, 너무 크잖아."

"정말이군요. 저것과 비교하면 라이노사우루스 따윈 귀여운 수준입니다."

부함장도 어안이 벙벙한 표정을 지으며 동의했다.

"저런 게 바다에 있다고 생각하니 아찔합니다. 어지간한 해상 전력으로는 도저히 맞붙을 수도 없겠어요."

"주상과 구두룡왕이 손을 잡은 이유도 알겠네. 어느 나라의 해군사에서도 이런 생물과의 전투 기록은 없을 테니까."

"그야말로 괴물 퇴치는 신화의 세계 이야기죠."

부함장이 진지한 표정으로 그렇게 말하자 카스토르는 쓴웃음을 지었다.

"신화인가. 그거 좋네. 우리의 싸움은 오래오래 전해지겠어."

"그렇군요. 패배자로 이름이 새겨지고 싶지는 않습니다."

"당연하지. 나도 패장이 되는 건 한 번으로 충분해. 그러니까…… 이기자고."

카스토르는 함장모를 고쳐 쓰고는 장교들에게 명령했다.

"각 함에 전달하라! 지금부터 [오오야미즈치 토벌 작전]을 시작한다."

　같은 시각.

　멀리 떨어진 왕국의 비밀 공창이 있는 섬 해변에 이치하와 토모에가 서 있었다.

　"회유 루트가 제 예상대로라면, 지금쯤 여러분은 오오야미즈치와 교전할 무렵일까요……. 예상대로 풀린다면 좋겠는데…… 제발 예상대로 되기를."

　"정말이지, 어두운 얼굴을 하면 안 돼."

　점점 마음이 약해지는 이치하의 뺨을 토모에가 꾹 꼬집었다.

　"몬스터 연구의 일인자 이치하 군이 조사하고, 모두 함께 짠 작전이니까 틀림없이 잘 풀려. 좀 더 다른 사람들과 이치하 군 자신을 믿어야지."

　"토모에 씨……."

　"오라버님, 그리고 다른 모두도 틀림없이 이겨. 유리가는 맞서 싸우지 못해서 분하지 않을까."

　그러면서 토모에는 쿡쿡 웃었다.

　소마의 요청으로 왕립 아카데미를 쉬고 있는 토모에나 이치하와 달리, 밀항했던 유리가는 구두룡 제도에서 돌아오자마자 수도 파르남으로 송환당했다. 지금은 아카데미를 무단으로 쉰 벌로 보충 수업에 절어 있을 것이다.

그런 유리가의 모습을 상상하자 이치하는 어깨의 힘이 빠지는 느낌이 들었다.

"그러……네요. 오오야미즈치는 반드시 토벌할 수 있어요."

"응!"

그리고 두 사람은 모두의 무운을 기도했다.

카스토르는 손을 앞으로 내지르며 명령했다.

"전체 전투 준비! 지금부터 히류는 작전 1단계를 개시한다. 우선은 방해되는 저 안개를 날려 버린다. 와이번 기병은 모두 화약 항아리를 소지하고 재발진하라! 투하 목표는 오오야미즈치 및 그 주변이다!"

"알겠습니다! '전체 전투 준비! 모든 와이번 기병대는 폭격 장비로 발함하라! 폭격 목표는 오오야미즈치 및 그 주변부! 반복한다! 폭격 목표는 오오야미즈치 및 그 주변부! 모든 와이번 기병대는 폭격 장비로 발함하라!'"

부함장의 목소리가 전성관을 통해 할버트와 기병대에게 전달되었다.

"좋아, 다들 가자고!"

"""옛!"""

레드 드래곤 루비에 탄 할버트의 지휘로, 와이번 기병대는 화약 항아리를 싣고 히류에서 날아올랐다. 왕국, 제도 연합 양측 함대가 지켜보는 가운데, 와이번 기병대는 편대를 짜서 이카츠루 섬을 향해 똑바로 날아갔다.

오오야미즈치 역시도 날아오는 것의 존재를 깨달은 듯했다.

루비가 할버트에게 텔레파시로 말했다.

[저 녀석, 드래곤 같은 얼굴인데 불을 뿜을까?]

"상부의 견해론 그렇지 않을 거야. 생물이 불을 뿜으려면 특유의 몸이 필요하다던데. 하지만 저 녀석의 몸은 수생 생물이야."

할버트는 사전에 받은 설명을 떠올리고 그렇게 대답했다.

[그렇다면 하늘에 닿는 공격은 없다는 거야?]

"글쎄…… 특이한 형상이니까 예상 밖의 공식 수단이 있더라도 이상하지 않아."

그리고 오오야미즈치는 어쩐지 와이번 기병대를 향해 목을 쭉 뻗기 시작했다. 그것을 본 할버트는 이상한 예감이 들어 재빨리 와이번 기병대에 명령했다.

"일단 왼쪽으로 선회해라!"

할버트의 명령에 편대가 왼쪽으로 벗어나려던 그때였다.

오오야미즈치가 입을 크게 벌리자 무언가 키—잉, 하고 귀에 거슬리는 소리가 나는가 싶더니, 편대 오른쪽의 기병대가 무언가에 밀쳐지듯이 뒤로 날아갔다.

편대의 거의 5분의 1이 순식간에 탈락했다.

나선 비행으로 떨어지는 와이번에게 눈에 띄는 외상은 없어 보이지만, 와이번에서 떨어져서 곤두박질치는 병사들의 모습이 보였다.

"대장님! 우익이 떨어졌습니다!"

그것을 본 기병대 하나가 할버트에게 외쳤지만, 그는 멈추지 않았다.

"작전은 속행한다! 다들 낙하산은 장비하고 있겠지!"

아래를 봤더니 떨어지던 병사들의 낙하산이 차례차례 펼쳐지는 것이 보였다.

그것을 확인하고서 할버트는 창을 들며 명령했다. 물론 안전하게 떨어지더라도 아래는 겨울 바다다. 구조가 늦어진다면 목숨이 위태로울지도 모른다.

하지만 지금 그들에게 멈춰 서는 것은 허락되지 않았다.

"구조는 아래쪽에 맡기고 우리는 이대로 돌입한다! 작전 첫 단계부터 실패할 수는 없어!"

"""예, 알겠습니다!"""

와이번 기병대는 또다시 오오야미즈치를 향해 날아갔다.

할버트는 루비에게 작은 목소리로 물었다.

"조금 전의 공격, 뭐일 것 같아?"

[특대 바람 마법…… 아니, 공기를 압축해서 발사한 느낌이려나. 이름을 붙인다면 '공기 대포' 정도일까.]

"이름은 뭐든 상관없지만…… 성가신 기술을 가지고 있네."

[하지만 저만큼의 공기를 빨아들인다면 시간이 걸릴 거야.]

"두 번째 공격이 오기 전에 폭격하라는 건가."

두 사람이 그런 대화를 나누는 사이에, 와이번 기병대는 오오야미즈치가 있는 이카츠루 섬 상공에 도착했다.

　"좋아, 화약 항아리를 투하해라! 우리 임무는 시야에 방해가 되는 안개를 폭풍으로 날려 버리는 것이다! 무리해서 오오야미즈치를 맞힐 필요는 없다!"

　할버트의 명령에 따라 와이번 기병대는 차례차례 점화한 화약 항아리를 투하했다.

　슝슝 떨어진 화약 항아리는 지표 근처에서 폭발하고, 그것이 연쇄적으로 일어나며 섬에 거대한 불꽃이 터지고 안개 대신에 검은 연기가 피어올랐다.

　~~~~~~~~~~~~!!

　그것에 놀랐는지 오오야미즈치는 귀가 찢어질 듯한 포효를 터뜨렸다.

　너무나도 큰 소리에 와이번 기병대는 저마다 귀를 막았다. 다만 귀를 막을 수 없었던 루비나 와이번들은 소리에 당해서 휘청거리는 모양이었다. 이윽고 포효가 그친 것을 노려, 할버트는 루비에게 물었다.

　"괜찮아?! 루비!"

　[어, 어찌어찌…… 하지만 어질어질해…….]

　"젠장…… 안개는, 걷힌 것 같은데…….."

　최소한의 임무는 수행했다고 판단하고, 할버트는 그 자리에서 명령했다.

"각자 폭탄 투하 후에는 전속력으로 이탈해라! 대열 따위 필요 없다! 한꺼번에 저 공기 대포를 맞지 않도록, 흩어져서 일단 히류로 후퇴한다!"

"""예!"""

와이번 기병대는 그 자리에서 산개하여 히류를 향해 날아갔다. 할버트는 불꽃 안에 있는 오오야미즈치를 흘끗 보고는 마찬가지로 퇴각했다.

[지금 폭발로 다소나마 상처를 입힐 수 있었을까.]

퇴각 중 루비가 묻자, 할버트는 고개를 가로저었다.

"등의 껍데기도, 촉수를 덮은 갑각도 터무니없이 단단해 보여. 화약의 폭발 정도로 손상을 입힐 순 없겠지. 우리 임무는 안개를 걷어 내는 것뿐이고."

[정말이지, 터무니없는 괴물이 다 있네.]

"드래곤인 루비가 그럴 정도라니 대단한데. 소마가 말한 '괴수'라는 말의 의미를 알 것 같아."

[하지만, 지지 않아.]

"당연하지!"

할버트는 반짝이는 눈빛으로 두 자루 창을 들며 말했다.

"지금은 물러나지만, 다음엔 반드시 물리치겠어."

한편 그 무렵, 제도 연합 함대의 기함 [용왕호]에서는 구두룡왕 샤 나가 팔짱을 끼고서 불타는 이카츠루 섬을 바라보고 있었다.

피어오른 검은 연기 사이에서 안개에 가려져 있던 오오야미즈치의 모습이 나타났다. 덩치가 커서 멀리 떨어져 있어도 전모를 확실하게 포착할 수 있었다.

'간신히 모습을 드러냈군……'

샤 나가 그런 생각을 하는데, 부하가 보고했다.

"왕국의 와이번 기병대가 안개를 걷어내는 데 성공한 모양입니다! 하지만 정체불명의 공격을 당하여 와이번에서 떨어진 자들도 있는 것 같습니다."

"느리게 강하하던 그 자들인가. 욍 국에는 기묘한 장비가 다 있군……."

샤 나는 감탄한 듯 말했지만, 곧바로 부하에게 명령했다.

"쾌속 소조선을 띄워서 추락한 자들을 구조해라! 겨울 바다에서는 오래 버티지 못해. 하나라도 더 많은 '전우'를 구출하는 것이다!"

"옛."

명령받아 달려가는 부하가 엇갈려서 다른 부하가 달려왔다.

"보고합니다! 왕국 함대에서 '작전을 2단계로 이행한다.'라는 연락이 왔습니다!"

"좋아. 이제부터 작전을 두 번째 단계로 이행한다. 섬에서 나가려고 하는 오오야미즈치를 막는다. 모든 함선에 전달! 남은 화염선을 전부 오오야미즈치에게 보내라!"

““"옛.”""

샤 나의 호령으로, 제도 연합 함대는 왕국 함대와의 해전에서 보존한 화염선을 차례차례 발진시켰다. 화염선은 적은 인원으로 움직이고, 조류를 탔다고 판단되면 선원이 탈출하여 상대에게 돌진시키는 무기다.

바로 그때 오오야미즈치는 자신을 둘러싼 양국의 함대를 적으로 인식하고, 섬에서 나와 해상에서 맞서려고 하는 참이었다. 그 타이밍에 섬에서 나오는 출구인 얕은 바다를 향해 화염선단이 대거 돌진하는 모양새가 되었다.

퍼억, 우둑우둑…… 몸부림치는 촉수가 다가오는 화염선 몇 척을 부숴서 침몰시켰지만, 여덟 개의 촉수로는 전부 부술 수 있는 숫자가 아니었다.

금세 오오야미즈치의 목이 몸통에 붙어 있는 부분부터 가슴 언저리로 화염선이 산을 이루었다. 그곳에 화약 항아리와 마찬가지로 심지로 조절된 시한식 폭탄이 터졌다.

퍼버버버버버버버버버벙!!

아까보다도 커다란 화염이 터지고, 오오야미즈치는 목을 크게 젖혔다.

화염선은 화약 항아리보다도 화약의 적재량이 아득히 많으면서 위력도 있고, 또한 패각이나 갑각으로 보호받지 않은 전면에서 폭발했기에 손상을 피할 수는 없었을 것이다.

"통한다! 통한다고!"

"오오야미즈치가 괴로워한다니……."

"우리의 분노와 잡아먹힌 사람들의 원통함을 알아라!"

그 굉장한 광경을 본 제도 연합 함대의 장병들이 환호했다.

샤 나 근처에 있던 부하도 흥분한 기색으로 말했다.

"구두룡왕님, 이건 가능하지 않겠습니까?!"

"이 정도로 막을 수 있는 녀석이라면, 왕국의 힘을 빌릴 일도 없었을 테지."

"예?"

그리고 폭염에서 오오야미즈치가 얼굴을 내밀고, 공기가 떨릴 만큼 큰 소리로 울부짖었다.

마치 싸움은 이제 막 시작되었다고 선포하듯이.

◇ ◇ ◇

불꽃 안에서 얼굴을 내민 오오야미즈치의 모습을, 나, 아이샤, 주나 씨, 나덴, 엑셀이 전함 알베르토Ⅱ의 함교에서 보고 있었다.

그 안개 속에서 봤을 때도 생각했는데, 역시 크다. 괴수답게 압도적인 존재였다. 옆에 선 엑셀이 말을 건넸다.

"폐하, 이제부터 작전 3단계로 들어갈게요."

"물에 떨어진 사람들의 구조는?"

정신을 차린 내가 묻자 엑셀은 고개를 끄덕였다.

"구조선을 보내고 있어요. 제도 연합 함대도 소조선을 보내줬으니까, 그쪽은 맡기죠. 우리 함대는 지금부터 전진해서 포위를 좁히겠어요. 괜찮겠죠?"

"알았다. 시작해라."

"예. 모든 함선에 전달! 소정의 거리까지 전진하고 순차적으로 선회하라!"

엑셀의 명령으로 왕국 함대가 움직였다. 만을 봉쇄하듯이 구부러지며 퍼지고, 위치에 도착한 함선부터 선회하여 측면을 오오야미즈치 쪽으로 돌렸다.

왕국 함대가 보유한 화력을 집중시키기 위해서였다.

함대가 소정의 위치에 도착했다는 보고가 올라왔을 때, 엑셀은 명령했다.

"전 함, 사격 개시!"

"알겠습니다. '주포, 사격 개시!'"

부함장을 맡은 주나 씨가 전성관으로 명령하자 쿠웅, 하고 속이 울리는 소리가 났다.

알베르토Ⅱ의 함포 사격이 개시된 것이었다.

그것을 시작으로 왕국 함대의 모든 전함이 함포 사격을 개시했다. 사용되는 포탄은 폭발하는 타입이 아니라, 공성전에서 성벽을 파괴할 때 사용될 법한 철갑탄이었다.

오오야미즈치의 외피 앞에서는, 화약의 폭발 정도는 전혀 먹히지 않는다는 것이 이치하의 견해였다. 명중 시에 폭발하지 않으니까 내 귀에는 발사하는 소리밖에 안 들리지만, 질량 덩어리가 가차 없이 오오야미즈치를 두들기고 있을 것이다.

~~~~~~~~~~~~!!

오오야미즈치가 울부짖었다. 제대로 통한다는 증거였다.

"각 함, 쉬지 말고 계속 쏴라. 폐하, 파괴 목표는 등에 있는 조개였죠?"

포격 지속을 지시하며 엑셀이 그렇게 물었다. 나는 고개를 끄덕였다.

"등에 있는 저 패각은 오오야미즈치한테 가장 단단한 부분이지만, 반대로 그 밑에는 내장같이 생명 유지에 필요한 기관이 있을 것으로 예상돼. 촉수에 아무리 대미지를 주더라도 도마뱀 꼬리처럼 재생할 우려가 있으니까, 껍데기 파괴를 우선시해야 한다고 이치하가 그랬지."

"그렇군요. 후훗, 정말로 좋은 인재를 얻었어요."

"그래, 정말이야."

그리고 아이샤가 크게 외쳤다.

"폐하! 오오야미즈치에게 무언가 움직임이 있는 것 같아요!"

살펴봤더니 오오야미즈치의 촉수가 꿈틀대는 모양이었다.

뭘 하는 것인가 봤더니 다음 순간, 이쪽을 향해 무언가를 엄청난 기세로 날렸다. 저건 나무와 바위인가. 나무와 바위 몇 개가 이쪽으로 날아오고 있었다. 아무래도 오오야미즈치는 촉수로 주위에 있는 것을 모아서 이쪽으로 투척한 것 같았다.

"회피는?!"

"무리입니다! 맞지 않기를 빌 수밖에 없습니다!"

엑셀의 물음에 조타수가 당황한 듯 외쳤다.

첨벙, 첨벙.

노리고 날리지는 않았을 테지. 나무와 바위는 아군 함선 앞쪽에 떨어지거나 엉뚱한 방향으로 날아가는 것이 대부분이었다.

하지만 우리 함대가 만을 틀어막듯이 정렬한 까닭에 개중에는 갑판에 명중한 것도 있어서, 연기를 피워 올리는 함선도 있었다.

근처에 있는 물건을 던지는 공격은 옛날 방송의 괴수가 자주 사용했는데, 영상을 보면 왠지 맥이 빠져서 유효타가 될 수는 없다는 인상이 있었다. 하지만 실제로 당해 보니 그 흉악함을 깨닫게 되었다. 순수한 질량 덩어리가 엄청난 속도로 날아온 거니까.

아무리 대담한 엑셀이라도 이 공격에는 표정이 굳었다.

"폐하, 후방의 함선으로 이동하시겠어요?"

"그럴 여유는 없겠지. 아이샤, 갑판에 나가서 이 함에 맞으려는 건 베어 줘."

"예, 알겠어요."

아이샤는 대검을 짊어지고는 함교에서 뛰어나갔다.

바다 위에서는 바람 마법이 약해지니까, 아이샤의 【소닉 윈드】도 평소 같은 위력은 나오지 않는다는 것이 조금 걱정이었다. 하지만 내 피난만을 위해서 공격의 기세를 늦출 수는 없다. 지금은 오로지 공격뿐이다.

포신이 뜨거워질 때까지 계속 쏠 수밖에 없다……고 생각했는데.

"보고합니다! 오오야미즈치가!"

해병이 또 외쳤다.

"이번에는 뭐냐?!"

"우리 함대를 향해 아가리를 크게 벌리고 있습니다."

엑셀의 물음에 해병은 그렇게 대답했다.

살펴봤더니 오오야미즈치가 함대를 향해 목을 쭉 뻗어서는 아가리를 크게 벌리고 있었다.

등줄기에 식은땀이 흘렀다.

예전 세계에서 본 괴수 영화라면 터무니없는 공격이 올 선조였으니까.

'겁먹지 마. 이치하의 견해로는 화염 같은 공격은 못 할 터.'

어쩌면 와이번 기병대의 우익을 날려 버린 그 공격이 오는 걸까. 해상에서 본 느낌으로는 돌풍 같은 것을 내뿜는 것처럼 보였다. 하지만 바람의 영향을 쉽게 받는 와이번 기병이라면 모를까, 강철 군함에 바람의 공격을 날리겠다는 걸까?

"옵니다!"

콰아아아아아아아아아아!!

오오야미즈치가 내뿜은 것은 바람이 아니었다.

마치 제트기 같은 소리와 함께 날아든 것은 너무나도 굵직한 물기둥이었다.

아마도 바닷물을 들이마시고 몸속에서 압축해 뿜어낸 거겠지. 마치 거대한 고압세척기에서 발사된 것 같은 물이 함대를 옆으로 후려쳤다.

거대한 알베르토Ⅱ가 출렁거려서, 나는 재빨리 난간을 붙잡고 균형을 잃고 넘어질 뻔한 주나 씨의 허리를 잡아 부축했다.

"괜찮아요? 주나 씨."

"가, 감사합니다. 방심했어요."

"저도 부축해 줬으면 좋았을 텐데. 장모님도 소중히 대해 달라고요."

엉덩방아를 찧은 엑셀이 그런 소리를 했다.

장모님이 아니라 할머님이겠지, 그런 딴죽을 걸 여유도 없었다.

둘러봤더니 함교 안의 해병들도 쓰러져 있고, 의자에서 굴러떨어진 사람도 많았다. 목조선이라면 저 물줄기만으로 산산조각이 나서 날아갔을 테지. 고압세척기 같다고 생각했는데, 이만한 크기와 위력이라면 이제는 원거리 공격이나 마찬가지다.

"피해 상황을 보고해라!"

엑셀이 전성관을 향해 외쳤다.

[우리 함, 그리고 항모 히류에 피해는 없습니다! 하지만 몇 척의 순양함이 지금 공격으로 뒤집히고 있습니다! 침몰은 시간문제로 보입니다!]

척후의 절박한 목소리가 함교에 울려 퍼졌다.

그만한 위력을 지닌 물줄기였다. 지금도 아직 적중해서 치솟은 바닷물이 소나기 같은 비를 뿌리고 있었다. 제대로 맞으면 강철 함선도 뒤집히나.

나는 마음을 굳게 먹고 엑셀에게 말했다.

"내가 나덴이랑 나가서 구조에 나설게."

"폐하?! 너무 위험해요!"

"하늘과 바다를 헤엄칠 수 있는 나덴이라면, 기울어진 함선을 힘으로 복구할 수 있을지도 몰라."

전복된 전함은 작전 수행 능력을 잃었을지도 모르지만, 기운 것만 돌려놓을 수 있다면 침몰 우려는 사라진다. 완전히 원래대로 돌려놓지는 못하더라도, 조금 보조하는 것만으로 탈출하기 쉬워질 것이다. 나는 근처에 있던 나덴에게 물었다.

"할 수 있을까? 나덴."

"무거울 것 같지만, 할 수밖에 없겠지."

나덴은 어깨를 빙빙 돌리며 말했다. 의욕은 충분해 보였다.

"내가 여기서 필요한 건 정치적인 판단을 할 때뿐이야. 여기서 장식 역할이나 할 바에는 차라리 구조에 나서게 해 줘. 나덴이 있으니까 바다에 떨어져도 괜찮을 테고."

엑셀은 한순간 생각에 잠긴 표정을 지었지만 금세 결단했다.

"폐하가 위험해지겠지만, 그건 여기 있어도 마찬가지겠죠. 구조의 손길이 부족할 테니, 부디 두 분의 힘을 빌려주세요."

"맡겨 둬!"

"알았어. 나랑 나덴은 구조 뒤에 하늘로 올라갈게. 주나 씨,

'그것'의 취급을 맡길게요. 상황을 보고하고, 필요하다면 투입해요."

내가 그렇게 말하자 주나 씨는 가슴에 손을 대고서 인사했다.

"알겠습니다. 부디, 무운을 빌겠어요."

"주나 씨도요."

나는 함교에서 뛰쳐나가서는, 용의 모습이 된 나덴을 타고 바다 위로 날아갔다.

◇ ◇ ◇

"함장님! 알베르토Ⅱ에서 나덴 왕비님으로 여겨지는 흑룡이 날아올랐습니다!"

"월터 공으로부터 연락! 폐하께서 전복된 함선의 구조에 나선 모양입니다!"

"국왕의 손길도 빌려야만 하는 상황이란 건가……."

부하의 보고에 카스토르는 무심코 그렇게 중얼거렸다. 그리고,

"보고! 제도 연합 함대에서 움직임이 있는 모양입니다!"

다른 부하의 보고에 카스토르는 깜짝 놀라서 동쪽을 봤다.

"무슨 일인가?!"

"전열을 갖춰 우리 방어진 옆을 통과하고 있습니다! 단숨에 오오야미즈치와 거리를 좁혀서 접근전을 벌일 것으로 보입니다!"

"뭐야, 예정보다 빠르잖아!"

작전으로는 왕국 함대의 포격으로 오오야미즈치의 표면을 뒤

덮은 갑각을 철저하게 분쇄하고, 상대의 수비력을 완전히 깎아 낸 단계에서 접근전 능력이 높은 제도 연합 함대가 돌입, 단숨에 녀석의 숨통을 끊기로 했다.

하지만 아직 오오야미즈치의 갑각은 제대로 파괴되지 않았다.

돌입 타이밍으로는 지나치게 빨랐다.

"아마도, 조금 전의 물줄기 공격을 봤으니까 그렇겠죠. 우리 나라의 군함과 다르게, 구두룡 제도의 군함은 나무를 다수 사용하고 있습니다. 그 공격을 당했다가는 잠시도 못 버팁니다."

"기동력 중시라서 장갑이 얇으니까 말이야…… 구두룡 제도의 군함은."

"예. 게다가 저 나리의 화약 병기는 사거리가 짧은 모양이니, 원거리에서 맞붙어서는 승산이 없습니다. 그러니까 두 번째 공격이 오기 전에 거리를 좁히겠다는 계산이 아니겠습니까? 접근만 하면 설령 배가 파괴당하더라도 섬으로 상륙해서 싸울 수 있고요."

부하의 분석을 듣고 카스토르는 이를 꽉 악물었다.

"배가 가라앉는 것도 감수하겠다는 건가. 구두룡왕의 각오가 어느 정도인지 전해지는군."

카스토르는 자세를 바로잡고 명령했다.

"월터 공에게 전해라. 제도 연합 함대의 원호를 바란다고."

"옛."

"우리는 와이번 기병대를 다시 한번 내보낸다! 이번에는 오오야미즈치 교란이 임무다! 녀석의 주위를 날아다니며 공격하여, 녀석에게 제도 연합 함대를 노릴 틈을 주지 마라!"

“““옛!”””

카스토르의 지령을 받고, 히류에서 상공에 대기 중이던 할버트 부대에게 거울의 빛 반사를 이용한 신호를 보냈다. 그것은 재공격 신호였다.

한편 그 무렵. 오오야미즈치에게 다가가는 제도 연합 함대의 선두에 선 함선에는 구두룡 제도 제일의 맹장 시마 카츠나가 타고 있었다.

시마가 뱃머리에 서서 오오야미즈치를 노려보자, 근처에 있던 측근 하나가 물었다.

“돌입 타이밍이 너무 빠르지 않습니까? 직전에 들은 이야기이기는 하지만, 우리가 오오야미즈치에게 접근하는 건 외피를 파괴한 다음이라고 그러지 않았습니까?”

“상대에게도 원거리 공격 수단이 있었으니까 어쩔 수 없지. 녀석이 뿜어낸 물줄기에 왕국의 함선이 넘어가는 걸 봤겠지?”

두껍고 억센 팔로 팔짱을 끼며 시마는 신음하듯 말했다.

“우리 함선이 저 공격을 당했다가는 완전히 가루가 된다고. 그러니까 구두룡왕은 왕국 함대가 함포 사격으로 녀석의 주의를 끄는 틈에 다가갈 생각이겠지. 우리 함선은 왕국의 함선보다도 기동력에서는 웃돌지만, 화력과 사거리에서는 뒤처지니까.”

“그렇군요…….”

“훗. 뭐, 괜찮지 않나. 왕국 함대의 포격만으로 승패가 정해진다니, 이 바다에 사는 무사의 수치야. 결판을 내는 건 잔뜩 당한 우리여야만 해. 안 그랬다간 녀석에게 먹힌 동포의 영혼도 성불하지 못한다고."

"예. 옳으신 말씀입니다."

시마는 허리춤에 차고 있던 구두룡의 대태도를 뽑았다.

"구두룡왕 샤 나한테는 제대로 속아 넘어갔지만, 참으로 진수성찬이란 말이야. 이렇게나 밉살스러운 오오야미즈치에게 정면으로 도전할 기회를 줬으니까. 다들, 용감하게, 분발해라! 이건 대대손손 전해질 싸움이 될 것이다!"

""""오오오오!!""""

시마가 대태노를 들고 격문을 날리자, 남자들은 함성으로 응하며 갑판에 쾅쾅 발을 굴렀다. 비슷한 목소리나 소리는 주변 함선에서도 들렸다.

아마도 어느 배든 투지를 끌어올리고, 거대한 적에게 도전하는 용기를 짜내는 것이리라.

시마는 대태도를 전방을 향해 똑바로 내지르고 명령했다.

"알겠느냐! 오오야미즈치에게 접근하기에 앞서, 우선은 저 거슬리는 촉수를 정리하겠다! 목표는 몸통과 촉수의 경계 부분이다! 그곳이 가장 무르고, 또한 움직임이 느린 부분이다! 녀석의 공격을 누비고 접근하여, 그곳에 집중 공격을 가한다!"

""""오오오오!!""""

선원들이 분주하게 돌아다니는 가운데, 조금 전의 측근이 시마 옆에 섰다.

"장군님…… 오오야미즈치와의 그 전투 방식도, 왕국에서 준 정보에 따른 것일까요."

"그렇겠지. 왕국에는 몬스터 연구의 일인자가 있다고 하더군."

"와이번을 사용하는 섬 같은 거대함도 그렇고, 왕국이란 참으로 저력을 알 수 없는 나라로군요. 그때 싸우지 않고 넘어가서 정말 다행이라 생각합니다."

측근이 감탄과 경외가 뒤섞인 목소리로 그렇게 말하자 시마는 쓴웃음을 지었다.

"뭐, 지금은 든든한 동료니까 괜찮겠지. 우선은 눈에 보이는 적에게 집중해야 해."

"옛. 하지만, 저 촉수는 종횡무진으로 움직입니다. 다가가는 것도 쉽지 않겠군요."

"그래도, 성공해야 해. 설령 몇 척이 가라앉을지라도."

시마가 그렇게 말한 그때였다.

"보고! 왕국 함대가 포격을 정지했습니다! 또한 와이번이 이쪽으로 날아옵니다!"

척후병이 그렇게 보고했다. 살펴보니 조금 전 오오야미즈치에게 폭격을 가한 와이번 기병대가, 제도 연합 함대 상공을 통과하여 오오야미즈치를 향해 날아갔다.

이번에는 폭격용 화약 항아리는 싣지 않은 모양이었다.

그들의 선두에서 나아가는 것은 와이번 따위와 비교하면 한층 커다란 레드 드래곤이었다.

레드 드래곤이 지휘하는 와이번 기병대는 순식간에 오오야미즈치에게 접근, 그 주위를 선회하며 입에서 화염 공격을 펼쳐 오오야미즈치의 촉수를 공격하기 시작했다.

외피 때문에 그다지 대미지를 주는 것처럼 보이지는 않지만, 오오야미즈치는 마치 소가 꼬리로 파리를 때리는 것처럼 답답하다는 듯이 촉수를 휘둘렀다.

와이번 기병대 중에는 촉수에 맞아서 떨어지는 사람도 있었지만, 그래도 열심히 촉수를 피하며 계속 공격했다. 그 광경을 보고 시마는 깨달았다.

"왕국 함대는 우리의 돌격을 원호해 주는 모양이야."

왕국의 와이번 기병대는 제도 연합 함대가 오오야미즈치에게 접근할 수 있도록, 오오야미즈치의 시선을 끌어 주는 것이다.

"참으로 든든한 일이야. 이 의지에 응해야만 하겠어."

"옛."

어느새 제도 연합 함대는 오오야미즈치에게 접근하고 있었다.

접근하고 비로소 알 수 있는 오오야미즈치의 거대함. 올려다봐야 할 정도의 거구에 압도당할 뻔했지만, 시마는 대태도를 들며 명령했다.

"전원, 포격 개시! 박포도 대포도 쏘고 또 쏘고 마구 쏴라!"

접근한 함선에서 순차적으로 포격이 개시되었다.

함선 측면에 달린 대포가 불을 뿜고, 갑판 위에 성치된 박포(호준포)는 차례차례 주먹 크기의 납탄을 촉수 뿌리 부분을 향해서 발사했다.

오오야미즈치도 이제야 간신히 들러붙은 것은 와이번만이 아니라는 사실을 깨닫고, 촉수를 아래로 휘둘러서 커다란 함선을 두 동강 냈다. 그 충격으로 발생한 파도와 물보라에, 시마가 탄 함선도 출렁거렸다.

"큭, 겁먹지 마라! 충각함을 꺼내라!"

그러자 함대에서 앞부분이 뾰족한 중형 함선이 여덟 척 정도 튀어나왔다.

이것들은 뱃머리에 길고 뾰족한 충각(램)을 가진, 충각 돌격이 장기인 함선이었다. 대형 해양 생물을 처리할 때 사용되는 이 충각함이, 뿔 도르돈의 인양에 따라 고속으로 오오야미즈치의 촉수 뿌리 부분으로 처박힌다. 속도가 실린 참에 선원은 뿔 도르돈의 고정구를 풀고, 탈출해서 배만 상대에게 부딪친 것이다.

오오야미즈치의 촉수 하반부는 문어의 촉수처럼 되어 있어서, 충각함은 그 뿌리 부분에 깊이 박혔다. 인간으로 치면 어깨에 연필이 박힌 정도일 것이다.

치명상이 되지는 않을 테지만, 몇 개나 박히면 아픈 것은 틀림없었다.

~~~~~~~~~~~~!!

오오야미즈치가 울음소리를 내지르며 촉수를 마구 휘둘렀다.

날뛰는 촉수가 시마가 탄 함선을 스치고, 돛대가 닿아서 우두둑 부러졌다.

그런데도 그들은 겁먹지 않고 계속 공격했다.

화약 병기의 공격만이 아니라 화살을 날리는 사람, 공격 마법을 쏘는 사람, 촉수가 다가왔을 때 창이나 칼로 찌르려고 하는 사람 등등, 어쨌든 총출동하여 공격을 계속 가했다.

　그것은 마치 소를 쓰러뜨리려고, 꼬리에 개미 무리가 몰려들어 물어뜯는 것만 같은 광경이었다. 그래도 군대개미 정도 되면 거대한 생물도 뼈만 남게 할 수 있듯이, 이윽고 촉수 하나가 힘없이 쓰러져서 더는 움직이지 않았다.

　하지만 장병들이 기뻐할 여유는 없었다. 아직 여덟 개의 촉수 중 고작 하나를 무력화시켰을 뿐이니까. 곧바로 남은 일곱 개의 촉수를 올려다보고 숨을 삼키게 되었다.

　제아무리 맹장 시마라도 일굴에 피로와 초조가 드러났다.

　"빌어먹을…… 정말로 괴물이로군. 지긋지긋해졌어."

　시마가 악다구니를 내뱉은 그때였다. 왕국 함대 쪽에서 무언가 소리가 들렸다.

　어머니 바다에 배를 띄우자♪
　파도에 감싸여 물고기 떼로 달린다♪

　그것은 여성의 노랫소리였다. 게다가 노래하는 것은 구두룡 제도의 풍어가였다.

　바닷새 내려다보렴, 꿈틀대는 보물의 그림자 있으니♪
　늦으면 바다짐승한테 빼앗긴다고♪

그물 올려라, 그물 올려라♪ 에―엔야―코라♪
항구에 알려라, 풍어 노래를♪

아름답고 힘찬 노랫소리를 듣고, 시마는 다시금 오오야미즈치를 보았다.

이렇게나 큰 사냥감과 마주칠 일은 두 번 다시 없을 것이다. 거대한 사냥감과 바다에서 마주친다는 것은, 바다에 사는 남자들에게는 더없는 기쁨이었을 터.

피로의 기색이 보이던 남자들의 눈에 또다시 투지의 불꽃이 붙었다.

"바다 사나이가 거대한 사냥감을 앞에 두고 주춤거려서 어쩌겠느냐! 자, 계속 낚아 보자!"

""“오오오오!!”""

시마의 호령에 남자들은 다시 오오야미즈치에게 덤벼들었다.

"에―엔야―코라♪ 항구에 알려라, 풍어 노래를♪"

같은 시각. 왕국 함대의 기함 알베르토Ⅱ의 갑판에서는, 설치된 보옥 앞에서 왕국의 로렐라이 중 하나인 고양이 귀 소녀 난나가 태어난 고향인 구두룡 제도의 풍어가를 드높이 부르고 있었다. 싸우는 제도 연합 함대의 사기를 올리고, 또한 마법의 위력을 키우는 노래를 부르는 데 이만한 적임자는 더 없을 것이다.

난나는 가족과 8년 정도 전에 왕국으로 흘러들어 어촌에 정착하고, 어릴 적부터 바다의 남자들 앞에서 풍어가를 선보인 과거가 있었다.

　8년 전이라면 아직 오오야미즈치가 날뛰기 전이니까, 구두룡 제도가 흉어가 되기도 전에 왕국으로 찾아온 것이었다. 원래부터 구두룡 제도는 섬들 사이에서 분쟁이 잦은 나라였기에 그 영향으로 가족이 섬에서 쫓겨났을 테지만, 아직 어렸던 난나는 당시 일을 잘 기억하지 못했다.

　그렇기에 난나에게 구두룡 제도는 '태어난 고향인가 보다' 정도의 인식밖에 없고, 좋지도 싫지도 않았다. 이번 일도 평소부터 신세를 지는 소마 왕과 주나 왕비에게 부탁받았다, 그러니까 돕는 것은 당연하다, 물론 풍어가를 부르는 건 좋아하니까…… 정도의 기분으로 승선해서 노래를 부르고 있었다.

　그렇듯 천진무구하고 티 없는 노랫소리를 듣고, 상공에서 목소리를 확산시키기 위해 물 공을 만들고 있던 엑셀은 그만 한숨을 쉬었다.

　"태어난 고향을 보고 기분이 이상해지지 않는 것이 젊음일까."

　연대는 수백 년이나 다르지만, 마찬가지로 구두룡 제도에서 흘러든 엑셀은 복잡한 표정을 짓고 있었다. 교룡족을 쫓아낸 나라이기에, 그 나라와 함께 싸우는 상황에 아무래도 속이 복잡해지는 것이었다. 그런 혼잣말을 들은 주나는 어깨를 으쓱였다.

　"항상 젊은 척하시잖아요. 나잇값도 못 하고."

　"너도 말주변이 늘었구나."

"이래 봬도 폐하의 제1측실이니까요."

뾰로통한 눈빛으로 말하는 엑셀에게 주나는 태연히 대답했다.

난나 다음에는 주나가 노래하고, 그 뒤에는 또 난나가 노래하는 느낌으로, 교대로 노래하게 되어 있었다. 엑셀은 쓴웃음을 지으며 이마에 밴 땀을 훔쳤다.

"이것 참. 바다 위에서 이 마법을 쓰는 건 엄청 힘들다고요?"

"죄송하지만 모쪼록 힘내 주세요. 지금이 중요한 고비니까요."

"나도 안다고요."

엑셀이 다시금 기합을 넣은 그때였다.

아이샤가 당황한 모습으로 뱃머리 쪽에서 달려왔다.

"오오야미즈치에게 움직임이 있어요! 아무래도 전진하는 것 같아요!"

듣고 보니 오오야미즈치의 몸이 조금 전까지보다 조금 크게 보였다. 섬 출구를 틀어막은 왕국 함대 쪽을 향해서 조금씩 다가오기 때문일 것이다.

"위험한데. 바닷속으로 도망칠 속셈이야."

엑셀이 내뱉듯이 말했다.

오오야미즈치의 지능은 별로 높지 않은 모양이지만, 육상에서 싸우면 불리하다는 사실 정도는 이해할 수 있을 것이다. 혹은 생존본능이 발동한 것일지도 모른다.

바닷속으로 들어가 버리면 해상에서의 공격이 제한된다. 오오야미즈치의 입장에서는 공격도 도망도 자유로워지는 것이다. 그것은 어떻게든 저지해야만 했다.

"모든 함에 전달! 지금부터 거리를 당겨서 포위망을 좁히고, 오오야미즈치의 진로를 가로막아요! 또한 오오야미즈치의 진행 방향을 포격하세요! 어디까지나 위협을 위한 공격이니까 정확히 쏠 필요는 없어요! 혹시라도 싸우고 있는 제도 연합 함대를 오인사격하지 않게 합니다!"

"옛."

엑셀의 명령을 들은 해병 하나가 경례하고 달려갔다.

그러자 주나는 엑셀에게 달려와서 말했다.

"대모님, 그걸 꺼내죠. 발목을 잡을 수 있을 거예요."

주나의 말에 엑셀은 미간을 찌푸렸다.

"그거라믄…… 그 함선을?! 폐하의 판단이 필요해."

생각에 잠긴 엑셀에게, 주나는 자기 가슴에 손을 대고 반박했다.

"폐하께서 나덴 씨와 함께 나가실 때, 그것의 취급을 제게 일임하셨어요. 제가 필요하다고 판단한다면 투입해도 된다고요."

그때를 떠올렸는지 엑셀은 고개를 숙였다.

"그랬구나. 하지만, 폐하께서는 제대로 맞추실 수 있을까?"

"함선을 꺼내기만 하면 알아차리실 거예요. 뒷일은 맡기면 되지 않을까요."

"알았어."

엑셀은 간신히 고개를 끄덕이고, 주나에게 미소를 지었다.

"당신이 폐하께 받은 함선이에요. 당신이 명령하세요."

"예!"

그리고 주나는 손을 앞으로 뻗으며 병사들에게 명령했다.

"전 함에 전달! 지금부터 수송선 [킹 소마]를, 오오야미즈치를 향해 발진합니다! 각 함은 진로를 가로막지 않도록 전달하세요!"

한편 그 무렵, 소마는 나덴과 함께 전복된 배를 복구하는 작업에 쫓기고 있었다.

나덴은 마치 오래된 괴수 영화처럼 기울고 있는 군함에 몸을 휘감았다. (나덴의 크기로는 고작해야 두 바퀴 정도이지만.)

[으랴아아아아아아!]

그리고 기합을 넣으며 회전시켜 억지로 함선을 원래 위치로 되돌렸다.

곳곳에서 바닷물을 뿜어내며 부상한 군함 안에서, 미처 도망치지 못한 해병들이 허겁지겁 나왔다. 전원 무사한지는 알 수 없지만 조금이라도 구할 수 있었다는 사실에 나덴이 안도하는데, 등 뒤에서 쿨럭쿨럭 기침하는 목소리가 들렸다.

나덴은 황급히 자신의 등을 봤다.

[괘, 괜찮아? 소마.]

"어, 어찌어찌……."

기침 소리의 주인은 소마였다.

나덴이 바닷속, 바다 위에서 복구 작업을 하는 동안 등에 타고 있었으니까.

용기사의 계약에 따른 가호가 있기에 겨울 바다에 들어가도 차갑게 느낄 뿐 춥지는 않고, 등에서 떨어질 일도 없지만, 바닷속에서는 숨을 쉴 수 없다. 또한 입으로 들어오는 바닷물이 짜서 힘겹다는 사실은 변함이 없었다.

"이럴 때는…… 샤 본 공주처럼 아가미가 있으면 좋겠네……."

[무리를 시켜서 미안하다고는 생각하지만, 종족적으로 없는 걸 찾아도 소용없잖아. 일단 이걸로 함선은 전부 일으켰다고는 생각하는데…….]

나덴이 긴 목을 들어서 주위를 둘러보며 말했다.

"이, 일단 제대로 떠 있기만 하면 탈출하기 쉬워질 테고…… 바다에 내던져진 사람들의 구조도 편해질…… 거야."

[하지만 배 안에 물이 차서 탈출하지 못하게 되었다면…….]

"우리가 밖에서 할 수 있는 건 이 정도야. 나머지는 현장을 믿을 수밖에 없어."

그렇게 말하며 소마가 내려다봤더니, 원래 위치로 돌아온 군함의 갑판으로 나온 병사들이 그들을 향해 감사의 말을 늘어놓으며 모자를 흔들고 있었다.

조금이라도 구할 수 있었던 목숨이 있다는 사실에 두 사람은 구원받은 기분이었다.

나덴은 소마에게 물었다.

[어떻게 할래? 알베르토Ⅱ로 돌아갈까?]

"그러네…… 응?"

소마의 머릿속으로 어느 이미지가 흘러들었다.

나덴이 [왜 그래?]라며 고개를 갸웃거리는 가운데, 소마는 의식을 집중하기 위해서 눈을 감고, 양손으로 자기 귀를 막았다. 여차할 때를 대비해서 【리빙 폴터가이스트】로 그것에 남겨 둔 의식을 사용해 상황을 파악하려고 한 것이다.

　이윽고 소마는 천천히 눈을 떴다.

　"역시 움직이고 있어. 주나 씨가 수송선을 움직였어? 그럴 필요가 생겼다면, 오오야미즈치에게 무언가 움직임이 있었나?"

　[움직임? 앗! 오오야미즈치가 이동하고 있어! 섬에서 탈출하려는 걸지도!]

　멀찍이 보고 확인한 나덴이 그렇게 외쳤다. 소마는 혀를 찼다.

　"바닷속으로 도망칠 속셈인가! 여기서 놓칠까 보냐."

　소마는 나덴의 등에 고쳐 앉으며 말했다.

　"나덴, 나를 오오야미즈치의 상공으로 옮겨다 줘!"

　[맡겨 둬!]

　소마와 나덴은 하늘로 날아올랐다.

　두 사람이 향한 곳인 오오야미즈치의 주변에서는 지금도 오오야미즈치를 상대로 왕국의 와이번 기병대와 제도 연합 함대의 맹공이 이어지고 있었다.

　한편 오오야미즈치도 긴 촉수를 구사하여 날아다니는 와이번 기병대를 떨어뜨리거나 들러붙은 군함을 부러뜨리거나 하는 등,

막대한 피해를 주고 있었다. 휘두를 때마다 부웅 소리를 내는 촉수에, 지금 또 와이번 기병 한 기가 맞아서 떨어지려고 했다.

"우와아아아!!"

맞으면 전속력으로 돌진한 트럭에 치인 정도의 충격이 덮쳐들 촉수 일격 앞에서, 와이번 기병은 죽음을 깨닫고는 고삐를 놓고 양팔로 머리를 감쌌다.

퍽, 하고 충격음이 울렸다.

하지만 막상 공격 자체는 찾아오지 않았다.

와이번 기병이 쭈뼛쭈뼛 눈을 뜨자, 자신과 오오야미즈치 사이로 들어온 붉은 드래곤이 촉수를 받아내고 있었다. 그 드래곤의 등에 탄 할버트가 어안이 벙벙한 와이번 기병에게 외쳤다.

"일단 자세를 바로잡아!"

"대, 대장님?! 감사합니다!"

와이번 기병이 자세를 바로잡고서 벗어나는 것을 확인한 뒤, 루비에게 말했다.

"루비, 괜찮아?!"

[이, 이까짓 거!]

양쪽 앞발로 촉수를 조이고, 게다가 물어뜯어서 움직임을 봉인하고 있는 루비가 대답했다.

[촉수 하나하나는 거의 용 상태인 나덴과 같은 정도야! 그 아이랑 자주 몸싸움했던 나한테, 이 정도 충격은 별것 아니야!]

"든든하지만 무리하진 마! 나덴 양은 혼자지만 촉수는 더 있으니까."

[나도 안다……고!]

다른 촉수가 등 뒤에서 다가왔기에, 루비는 구속하고 있던 촉수를 놓았다.

그 직후, 조금 전까지 루비가 붙잡고 있던 위치에 다른 촉수가 처박혔다.

촉수 상부를 뒤덮은 갑각들끼리 맞부딪치고 엄청난 충격음이 발생했다.

갑각이 일부 벗겨질 정도의 일격이었으니, 사이에 끼었다면 루비라고 해도 등뼈가 부러졌을지도 모른다. 타고 있는 할버트는 납작해졌을 것이다.

두 사람의 등 줄기에 시늘한 땀이 흘렀다.

"젠장, 저 촉수, 너무 성가시잖아!"

[하지만 저 촉수를 어떻게든 처리하지 않고서는 저 녀석을 못 붙잡아 둬!]

이러는 동안에도 오오야미즈치는 스르륵 촉수를 움직이며 계속 이동하고 있었다. 그 걸음은 덩치에 비해서 느리지만, 그래도 착실하게 바다 깊은 곳으로 향하고 있었다.

왕국 함대가 진행 방향을 향해 위협 사격을 날리고 있지만, 효과는 별로 없어 보였다. 이대로 두면 도망쳐 버린다. 할버트는 자기 허벅지를 때렸다.

"젠장! 어떻게든 붙잡아 둘 방법은 없나."

[어?! 할! 저걸 봐!]

루비의 목소리에 할버트가 고개를 들자, 한층 거대한 함선이 오오야미즈치를 향해 접근하는 모습이 보였다.

"저건…… 소마급 수송선? 설마 저걸 부딪칠 생각인가?!"

[확실히 크니까 그럭저럭 위력은 있겠지만, 딱히 붙잡아 둘 수 있을 것 같지는 않아. 그것만을 위해서 새로 만든 함선을 희생하는 걸까?]

"애당초 저건 대체 '무엇을 수송' 하는 거야? 나는 섬 상륙 작전을 위한 육군 부대나 보급 물자라고 생각했는데."

[폭약이라든지? 제도 연합 함대가 사용한 화염선 같은 느낌으로.]

"아니, 항아리나 목조선이라면 모를까, 철 함선을 파열시킬 정도의 위력은 폭약에 없어. 안에서 화재가 발생할 뿐이야."

두 사람이 그런 대화를 나누는 그때였다.

킹 소마는 오오야미즈치 전방 수백 미터 정도에서 정지했다.

그리고 그 갑판의 해치가 서서히 열렸다. 그것이 완전히 활짝 열렸을 때, 안에서 무언가가 튀어나와서 첨벙 물보라를 일으키며 바닷속으로 낙하했다.

대체 무슨 일이 벌어졌는지 알 수 없어서, 그 자리에 있던 자들의 움직임이 한순간 멈췄다.

그리고 할버트와 루비, 와이번 기병대, 제도 연합 함대의 장병이 그 물보라가 일어난 쪽을 보고 있었더니, 이윽고 첨벙첨벙 바닷물을 흩뿌리며 거대한 물체가 바닷속에서 일어섰다.

"저, 저건 뭐야?!"

"새로운 괴물인가?! 이런 것도 있다는 이야긴 못 들었다고?!"

제도 연합 함대의 장병들은 두 번째 괴물이 출현했느냐며 공황 상태에 빠질 뻔했다.

　반대로 왕국의 장병들은 자신의 눈에 비치는 그것이 과연 현실의 존재인지 인식하지 못하여 우두커니 서 있었다.

　이동하려는 오오야미즈치 앞을 가로막은 거대한 몸뚱이.

　햇빛 아래에 빛나는 은색 표면. 대륙 최강의 생물로 일컬어지는 드래곤을 본뜬 실루엣. 하지만 머리에서 꼬리까지, 몸 전부가 기계로 구성되어 있었다.

　가장 빨리 혼란에서 회복된 할버트가 무심코 외쳤다.

　"메, 메카드라?!"

　그것은 왕국에서 방송 중인 [조인 실반]에 등장하는, 실반의 파트너인 거대 기계 드래곤 메카드라였다. 두 발로 선 메카드라는 괴수가 포효를 내지르는 것 같은 동작을 취하더니, 파도를 박차며 오오야미즈치를 향해 돌진했다.

파도를 박차고 기계 드래곤이 돌진했다.

메카드라의 바탕이 된 드래곤의 골격은 루비보다도 훨씬 더 크고, 또한 일반적인 드래곤이 지상에서는 사족보행인 것과 다르게 이족보행으로 서도록 만들어져 있어서(이른바 메카 ○지라 형태) 루비보다도 아득히 커 보였다.

게다가 오늘의 메카드라는 온몸 구석구석에 무장으로 여겨지는 부품이 추가된 상태였다. 그만큼 중량이 늘어난 탓인지 평소보다도 육중하게 움직이는 메카드라가, 오오야미즈치 앞에 버티고 서도록 머리 부분에 양팔로 꽉 뒤얽혔다.

크기로 말하자면 멧돼지와 시바견 정도의 차이가 있지만, 초인 실반을 촬영할 때는 라이노사우루스를 내던졌을 만큼의 파워를 가진 메카드라다.

전진하려는 오오야미즈치의 속도가 눈에 띄게 느려졌다.

"메카드라가 적과 접촉했어요! 대모님!"

그 모습을 기함 알베르토Ⅱ에서 보던 주나가 엑셀에게 말했다.

"배를 한 척 더 내보내죠. 메카드라에게 전달하는 거예요."

"그 신기한 배 말이지. 알았어."

"예. [각 함에 전달! 후방에서 배가 한 척 나갑니다! 진로를 비워 주세요!]"

엑셀의 승낙을 얻고 주나는 전성관으로 어느 배의 출발을 명령했다. 명령을 마친 것을 확인한 뒤, 엑셀은 주나의 어깨에 손을 얹고 말을 건넸다.

"이걸로 현시점에서 보유한 전력을 전부 투입하게 되었네."

"예. 카드를 전부 써 버렸어요."

주나는 엑셀의 손에 손을 겹치며 고개를 끄덕였다.

"그야말로, 마지막 카드예요."

◇ ◇ ◇

!!

오오야미즈치가 울부짖었다.

메카드라를 떼어내려고 촉수로 마구 때려서 공격했다.

메카드라는 붙잡은 목덜미를 놓지 않았다.

오히려 아이언 바이트(강철 깨물기 공격)로 반격했다. 갑자기 시작된 괴수 대 기계 드래곤의 싸움을, 왕국과 제도 연합의 장병들은 마른침을 삼키며 보고 있었다.

"괴, 굉장해! 굉장하다고, 은색 번쩍 드래곤!"

"이건 뭐야…… 현실의 광경인가…….."

"하하, 하하하……."

함성을 터뜨리는 사람, 눈앞의 광경이 믿을 수 없어서 우두커니 서 있는 사람, 메카드라를 응원하는 사람, 미처 이해할 수가 없어서 허탈한 웃음을 흘릴 수밖에 없는 사람…….

반응은 제각각이었지만, 언제까지고 정신줄을 놓고 있을 여유는 없었다.

"헉?! 멈추지 마라! 공격을 재개해라!"

"저 은색 드래곤이 붙잡은 동안에, 어떻게든 녀석의 숨통을 끊는 것이다!"

정신을 차린 제도 연합 측 지휘관들이 외쳤다.

제도 연합 함대가 공격을 재개한 것을 보고 할버트도 와이번 기병대에 명령했다.

"우리도 공격을 재개한다! 다만 알고는 있을 텐데, 저 은색 드래곤…… 메카드라는 아군이다! 저것에는 공격이 맞지 않도록 해라!"

"""옛!"""

메카드라가 제도 연합 함대와 근접 공격을, 와이번 기병대는 교란과 화염 공격을, 그리고 왕국 함대는 원호 사격을 재개했다. 제 아무리 오오야미즈치라도 이 집중 공격에는 타격이 있는지, 촉수 몇 개가 점차 움직이지 않았다.

루비도 지금이라는 듯이 풀파워로 화염을 뿜어서 촉수 하나를 완전히 태웠다.

[어떠냐!]

"방심하지 마, 루비! 하나 더 온다!"

[아, 진짜, 계속계속!]

루비가 다가오는 촉수를 요격하려던 그때였다.

파직, 소리를 내며 날아온 창백한 섬광이 그 촉수를 꿰뚫었다. 촉수는 경련하듯이 꿈틀꿈틀 움직이며 끝내는 첨벙, 바닷속으로 쓰러졌다.

할버트와 루비가 빛이 날아온 쪽을 올려다보자, 소마를 태운 흑룡 나덴이 창백한 전류 불꽃을 날리며 떠 있었다. 나덴의 전격 공격이었다.

"소마?! 어째서 전선에 나온 거야! 위험하잖아!"

할버트가 루비의 몸에 달라붙어서 묻자, 소마는 메카드라를 가리켰다.

"어쩔 수 없잖아. 메카드라는 목은 길고 시점은 흔들리고, 그러니까 저기에 옮겨 둔 의식만으로는 주위가 잘 안 보인다고. 이렇게 위에서 잘 보이는 위치에 있는 편이 조작하기 편하거든."

"그렇다고 해도 호위도 없이. 또 아내한테 혼나는 거 아냐?"

"이젠 익숙해. 그보다 할, 묻고 싶은 게 있어."

소마는 진지한 표정을 짓고서 말했다.

"오오야미즈치의 등에 있는 조개 부분에, 어딘가 무른 곳은 없을까?"

"물러? 손상이 간 부분 말이야?"

[확실히 여기서 보이는 반대쪽, 오오야미즈치 기준으로 오른쪽에 있는 패각에 왕국의 포격으로 생긴 열상이 있었어. 얕아서 안쪽까지 타격이 미치진 않았을 것 같지만.]

루비가 그렇게 대답하자 소마는 "좋아."라고 하더니 눈을 감고 의식을 집중했다.

갑자기 전장에서 눈을 감는 소마를 보고 할버트는 눈을 동그랗게 떴다.

"이, 이봐. 뭘 할 생각이야?"

"메카드라의 추가 무장으로 그 열상을 비집어 열겠어."

"추가 무장?"

"미안해. 집중할 테니까 잠시만 원호를 부탁할게."

그리고 아래쪽에서는 메카드라가 오오야미즈치에게서 일단 거리를 두고, 첨벙첨벙 파도를 박차며 오오야미즈치의 왼쪽(오오야미즈치에게는 오른쪽)으로 돌아서 들어갔다. 그리고 꿈틀대는 촉수에 맞으면서도 그것을 밀어젖히듯이 접근하고, 측면에 달라붙었다.

목을 크게 움직이는 것은 열상을 찾으려는 행위이리라.

"찾았다! 여기라면."

눈을 감은 채로 소마가 말했다. 그러자 메카드라는 오른팔(앞다리)을 뻗어서 패각의 열상 부분 근처에 손을 얹었다. 뭘 하려는 건지 할버트와 루비가 지켜보는 가운데, 메카드라는 뻗은 오른팔(앞다리)에 왼손을 댔다.

"으음, 그러니까…… 이렇게 하는 거였던가…… 좋아."

소마가 번쩍 눈을 뜨고 외쳤다.

"가라아아아아아아!!"

콰광!!

소마의 외침을 지워 버릴 듯한 폭음이 울려 퍼졌다. 마치 폭발음과 금속음과 파쇄음이 동시에 들리는 것 같은 소리에, 할버트는 저도 모르게 귀를 막았다.

~~~~~~~~~~~!!

오오야미즈치도 아픈 것일까. 몸을 비틀며 울부짖었다.

"뭐, 뭐야?! 지금 그 소리는……."

"한 번 더, 받아라아!"

소마가 할버트의 의문에 대답하지 않고 말하자, 메카드라는 조금 전과는 반대로 왼팔(앞다리)을 뻗어서 같은 자리에 손을 댔다. 그리고 왼팔에 오른손을 대고서 무언가 조작하자, 또다시 같은 폭음이 울려 퍼졌다.

오오야미즈치는 또다시 울음소리를 터뜨리며 몸을 비틀고, 길고 두꺼운 목을 망치처럼 움직여 메카드라를 두들겼다.

그 충격으로 메카드라는 휘청거리며 몇 걸음 물러났다. 할버트는 메카드라의 팔 부분에서 무언가 뾰족한 것이 튀어나와 있다는 사실을 깨달았다.

"저 쇠말뚝 같은 건 뭐야?"

"대 오오야미즈치용 메카드라 추가 무장 첫 번째 [화약 발사식 파일 드라이버]야."

소마는 그렇게 대답했다. 그 설명은 다음과 같다.

메카드라는 드래곤의 뼈를 사용하기 때문에 외교상의 문제로

군사적 이용에 제한이 있다. 하지만 거대 몬스터 상대로는 유효한 대항 수단이 되겠다고 생각한 소마는 오오야미즈치와의 대결에 앞서 오버 사이언티스트 지냐와 [제국의 드릴 공주] 트릴에게 강화 개조를 의뢰했다.

다만 소마의 【리빙 폴터가이스트】는 인형 같은 물건을 생물처럼 조종할 수 있지만, 내부 부품을 개별적으로 조종할 수는 없다. 사람으로 비유하자면 몸은 움직일 수 있어도 내장을 자신의 의지로 자유롭게 움직일 수 없는 것이나 마찬가지다.

메카드라에 대포를 탑재해도 내부에서 포탄을 장전할 수도 없는 것이다. 무장을 사용하려면 메카드라의 바깥쪽에 설치하고, 메카드라 스스로 조작할 수 있도록 만들어야만 한다.

그런 상황에서 고안해 낸 추가 무장이 [파일 드라이버]였다.

화약의 폭발력으로 내장된 거대한 쇠말뚝을 발사하여 관통력 있는 일격을 가하는 백병전 병기다. 메카드라의 양팔에 장착하고, 사용할 때는 발사하는 쪽과는 반대쪽 손으로 스위치를 누를 필요가 있다. 게다가 발사하면 자체적으로 화약을 재장전할 수 없기에, 한 번의 출격에서 한 번(양팔이니까 합계 두 발)밖에 쓸 수 없는 무장이었다.

좀처럼 써먹을 곳을 찾기 힘든 무장이지만, 코앞에서 대포를 터뜨리는 것이나 마찬가지니까 위력은 절대적이었다. 살펴보니 작았던 열상은 두 발의 파일 드라이버를 맞아서 균열이 점점 커지고 있었다. 조금만 더 하면 내부를 관통할 것 같았다.

"조금만 더 밀어붙이면 돼! 메카드라를 꺼냈다는 건……."

소마는 고개를 돌려 바다를 둘러봤다.

그러자 메카드라를 향해서 접근하는 배가 있었다. 바다를 찢어 발기듯이 돌진하는 그 배에는 견인하는 해양 생물이 없었다. 그 대신에 앞쪽에 원뿔형 물체가 두 개 달렸고, 파도를 헤치듯이 회전하고 있었다.

'역시 주나 씨. 타이밍이 딱 맞아.'

"저건, 대체 뭐야?"

눈을 끔뻑거리는 할버트에게 소마는 말했다.

"쇄빙선…… 얼음을 부수고 나아가는 배야. 쿠의 염원과 트릴의 집념이 만든 산물이지."

왕국, 제국, 공화국이 공동 개발한 [드릴].

그 드릴을 두 개 장착한 [쇄빙선]의 시험작이 저 배였다.

드릴의 회전 기구를 사용해서 전방의 드릴 2개로 얼음을 부수고, 같은 회전축으로 후방에서는 프로펠러를 돌려 추진력을 얻는 구조였다. 소마가 있던 세계의 *가린코호처럼 드릴을 전방에 돌출시킨 형상이었다.

"할, 잠깐만이라도 되니까 오오야미즈치의 주의를 끌어 줘!"

"어, 응. 알았어. 다들, 간다!"

할버트가 와이번 기병을 이끌고 오오야미즈치에게 공격을 가했다.

그동안에 소마는 메카드라를 후퇴시켜 쇄빙선으로 보냈다. 그리고 메카드라는 쇄빙선 근처까지 걸어가더니 바다에 가려질 정

---

* 가린코호 : 일본의 유빙쇄빙선. 관광용으로 쓰이기에 일반인이 쉽게 접근할 수 있다.

도로 몸을 숙였다. 그러자 쇄빙선은 메카드라의 등에 올라탔다. 곧바로 승무원들이 나와서 서둘러 고정 작업에 착수했다.

소마는 나덴과 함께 그 작업을 지켜보고 있었다.

"설마 정말로, 드릴을 달게 될 줄이야……."

[저 드래곤도 죽은 뒤라고는 해도, 저런 모습이 될 줄은 생각도 못 했을 테지…….]

둘 다 트릴의 집념에 그저 경의를 표했다.

던전 공방에서 메카드라를 본 트릴은, 그 커다란 스케일에 흥분했다.

그리고 존경하는 지냐가 제조한 메카드라에, 무장으로 자신이 개발한 드릴을 달고자 했다. 물론 메카드라는 성룡 산맥과의 관계를 고려하여 취급에 제약이 있었기에 지냐는 떨떠름한 태도였지만, 트릴은 몇 번이나 부탁했다고 한다. 뭐, 끝내는 지냐도 의욕이 생겼는지 함께 드릴 탑재 방법을 생각했다고 한다.

이번에 소마로부터 대 오오야미즈치용 추가 무장 제작을 의뢰받았을 때는, 이미 쇄빙선을 추가로 만들 계획을 생각하던 참이었다. 쇄빙선은 아직 테스트 단계라서 장거리 항행은 불가능할 거라고 했지만, 그들은 지냐와 트릴의 변태 기술자 콤비. 메카드라의 추가 무장으로 개조한 것이었다.

승무원들은 쇄빙선을 메카드라의 등에 고정하고는 드릴이 회전하는 상태에서 대피했다. 그리고 대피 완료의 신호를 소마에게 보냈다.

그것을 본 소마는, 오른손을 하늘로 들며 메카드라를 일으켜

세웠다.

"자, 트릴이 자기 뜻을 관철해서 단 무장이다! 커다란 조개껍데기 정도는 꿰뚫어 버려라!"

등에 드릴을 짊어진 메카드라가 오오야미즈치에게 성큼성큼 다가갔다.

그리고 와이번 기병대에게 정신이 팔렸던 오오야미즈치의 측면으로 돌아가더니 고개를 숙여 럭비에서 스크럼을 짜듯이 어깨뼈 부근을 내밀고, 회전하는 드릴을 오오야미즈치의 열상 부분에 때려 박았다.

다음 순간, 키이이이잉, 하고 그때까지와는 다르게 무언가를 깎아내는 소리가 울렸다.

~~~~~~~~~~~~!!

오오야미즈치가 고통스럽게 소리치며 몸부림쳤다. 부서진 패각의 파편이 와르르 바다로 떨어졌다. 착실하게 오오야미즈의 외피를 깎아내는 듯했다.

"이걸로, 할 수 있을까."

소마가 그렇게 중얼거린 그때였다. 회전하던 드릴의 기세가 점점 약해지고, 이윽고 완전히 정지해 버렸다. 실전 테스트도 할 수 없는 급조 무장이었기에, 오오야미즈치의 단단한 외피 앞에서 고장이 나고 만 것이리라.

그러자 오오야미즈치는 메카드라의 목을 덥석 물고는 끌어당

졌다. 이 때문에 균형을 잃은 메카드라는 커다란 물보라를 일으키며 바닷속으로 쓰러졌다.

"젠장, 조금만 더 하면 됐는데!"

소마는 분하다는 듯 무릎을 쳤다.

[봐, 소마! 외피가 크게 부서져서 안의 살점이 드러났어!]

나덴이 코끝으로 열상 부분을 가리키며 말했다.

살펴보니 외피에 큰 구멍이 뚫려서 안의 살점 색깔이 보였다. 치명상까지 이르지는 않았지만, 메카드라의 공격은 그 일보 직전까지 오오야미즈치를 몰아붙인 것이었다.

그리고 할버트가 루비를 몰아서 다가왔다.

"조개껍데기 안쪽이 저 녀석한테 가장 중요한 부분이지? 저길 집중적으로 공격해서 이번에야말로 숨통을 끊자고!"

"……그러네."

할버트의 말에 소마는 마음을 다잡았다.

"화력을 집중시키자. 메카드라를 녀석의 왼쪽으로 돌려서 움직임을 막을 테니까, 할버트는 와이번 기병대를 이끌고 노출된 저 부분을 공격해 줘. 엑셀도…… 지금 공격을 망원경으로 봤다면 저 부분으로 공격을 집중해 줄 거야."

"알았어. 너희는 어떻게 할래? 알베르토Ⅱ로 돌아가나?"

할버트가 묻자 소마는 고개를 가로저었다.

"아니, 나랑 나덴은 구두룡왕한테 가서, 저 노출된 부분을 공격하도록 요청하고 올게. 여기서라면 알베르토Ⅱ로 돌아가는 것보다도 직접 [용왕호]에 타는 편이 빠를 테니까. 호위로 와이번 기병을 몇 기만 붙여 줘."

"알았어. 조심해. 아직 애들도 어리니까."

"피차일반이야. 너도 아이 얼굴도 못 보고 죽긴 싫잖아?"

그런 가벼운 농담을 주고받으며 긴장을 떨쳐 낸 소마와 할버트는, 각자 다음 행동으로 나서고자 저마다의 방향으로 날아갔다.

마침내 오오야미즈치와의 싸움도 최종 국면을 맞이하고 있었다.

메카드라가 오오야미즈치의 몸을 제압한 상황에서, 열상이 있는 부분으로 왕국 함대의 포격이, 제도 연합 함대의 박포와 화살과 마법이, 와이번 기병대의 화염 공격 등이 차례차례 꽂혀서 그 상처를 점점 넓혔다. 그야말로 총력전이었다.

열상에서는 피가 끊임없이 흘러나왔다. 발버둥 치던 촉수도 기세가 사라지며 오오야미즈치가 착실하게 쇠약해지는 것을 증명했다.

"흠. 지금이 호기겠지."

촉수에 기세가 사라지며 장병들의 오오야미즈치 '등정'이 가능해졌다. 이것을 기회로 본 제도 연합의 맹장 시마 카츠나가는 대태도를 쳐들고 부하에게 명령했다.

"촉수는 이제 됐다! 지금부터 우리는 녀석의 본체로 진입한다! 나를 따르라!"

"""오오오오오!!"""

시마의 호령으로 바다의 남자들이 함선에서 오오야미즈치의 몸으로 옮겨 탔다.

도약력이 있는 사람은 훌쩍 뛰어서 패각 위로 올라가고, 없는 사람은 밧줄을 단 갈고리를 매달아서 올라갔다. 이런 전투 방식은, 아직도 적선으로 올라타서 싸운다는 해적 스타일 전투를 벌이는 제도 연합 장병들의 전매특허였다.

제도 연합 함대의 용사들은 마치 첫째 성벽 등정의 공을 다투듯이 앞다투어 오오야미즈치의 등을 올라가고, 그것을 본 왕국 함대는 포격을 멈추고 해병대를 파견했다.

와이번 기병대는 그런 등정 부대를 원호하며 열상을 공격했다.

한발 앞서 끝까지 올라간 시마는 연상을 향해 대대도를 휘둘렀지만, 작은 생채기를 내기만 하고 탕 튕겨났다.

"칼로는 안 통하는가…… 이봐. 쇠몽둥이는 가지고 왔겠지."

"옙. 여기 있습니다."

부하 둘이서 들고 온 쇠몽둥이를 받아든 시마는, 그것을 크게 들어 올리더니 온 힘을 다해서 패각에 휘둘렀다.

"으랴아아아아아아!!"

콰앙. 요란한 소리가 울려 퍼졌다. 손이 저릴 정도인 쇠몽둥이 일격은 오오야미즈치의 패각을 크게 부수었다. 커다란 덩어리가 툭 떨어져서는 바다로 떨어졌다.

그것을 지켜보며 시마는 이마의 땀을 훔쳤다.

"후우…… 아하하, 역시 이게 더 효율적이군."

시마가 그렇게 말하며 웃던 그때였다.

수십 미터 떨어진 열상의 중심 부분에, 하늘에서 날아온 불꽃의 창이 직격했다. 직격한 순간에 불꽃의 창이 터져서 열상 부분의 살점을 도려내고, 체액이 터져 나왔다.

그 일격으로 오오야미즈치가 괴로워서 몸을 비틀자 지진 같은 진동이 그들을 덮쳤다. 진동이 가라앉고 그들이 하늘을 올려다보자, 그곳에는 붉은 드래곤에 탄 붉은 머리 청년이 창을 들고 있었다.

"저게 더 좋아 보이는군."

시마는 입을 떡 벌리며 그렇게 중얼거렸다.

한편, 그런 시선을 받는 쪽인 할버트는 레드 드래곤 루비 위에서 투척용 창(쌍사창으로는 닿지 않는 거리라서)을 들며 불만스러운 표정을 짓고 있었다.

"후우가라면 한 방에 처리할 수 있었을 텐데……."

[투덜대지 말고! 지금은 이 녀석을 처리하는 게 먼저야!]

그러면서 루비는 특대 화염구를 오오야미즈치를 상처를 향해 날렸다.

불꽃이 내부의 살점을 태우고서도 더더욱 도려냈다.

그 후로도 맹공을 가하여 열상이 치명상에 이를 때까지 그저 계속 파냈다.

깊어지면 깊어질수록 이제는 괴수를 퇴치하는 것인지, 살점으로 된 동굴에서 구멍을 파는 것인지 알 수가 없었지만, 그런 노고가 마침내 보답받을 때가 왔다.

◇ ◇ ◇

~~~~~~~~~~~~~~~!!

　제도 연합의 장병들이 몸 안에 설치한 화약 항아리를 터뜨렸을 때, 한층 격렬하게 피가 터지고 오오야미즈치의 목이 바닷속으로 쓰러졌다.

　그 와중에도 오오야미즈치는 꿈틀꿈틀 경련하는 모양이었지만, 더 저항할 힘은 남지 않은 듯했다. 숨이 끊기는 것도 시간문제겠지. 나와 사람의 모습으로 돌아온 나덴은 그런 오오야미즈치의 모습을, 제도 연합 함대의 기함 [용왕호]에서 보고 있었다.

　"이걸로, 끝난 거겠지?"

　"그래…… 끝이야."

　나덴의 물음에 나는 고개를 끄덕였다. 그리고 크게 숨을 한 번 내쉬고는,

　"어쩐지, 생각했던 것보다도 안타까운 기분이 드는군요."

　옆에 선 구두룡왕 샤 나에게 말을 건넸다.

　"저 괴수 때문에 민간인이 여럿 희생되었고, 이 싸움에서도 장병 중에 사상자가 나왔는데…… 이렇게 녀석의 최후를 직접 보니, 무어라 형용할 수 없는 기분이 듭니다. 간신히 사건이 해결되었다는 성취감이나 안도감이 없지는 않습니다만."

　"생물의 죽음과 마주한다는 건 그런 것이겠지. 녀석은 살기 위해서 사람을 먹었다. 우리는 살기 위해서 녀석을 멸했다. 살기 위

해서. 그곳에는 선도 악도 없어."

샤 나 왕은 품에서 염주 같은 물건을 꺼내더니, 그것을 움켜쥐며 오오야미즈치를 향해 손을 맞댔다. 죽어가는 오오야미즈치를 위해서 기도하는 걸까.

제도 연합은 당나라와 에도를 합쳐서 둘로 나눈 것 같은 나라니까, 과거에 내가 있던 나라와 종교관이 비슷할지도 모른다. 샤 나 왕과 이렇게 직접 얼굴을 마주하는 것은 처음인데도, 냉정한 얼굴치고는 정서를 이해하는 사람 같았다.

"저도 기도하겠습니다. 저런 것에게 원한을 사고 싶지는 않으니까요."

나도 손을 맞대자 샤 나 왕은 훗 웃었다.

"그렇군요. 저 섬에 사당을 짓고, 1년에 한 번 제사를 지내게 하죠. 오오야미즈치의 사나운 영혼을 달래고, 이 싸움에서 죽은 사람들의 혼을 달래기 위해."

"건설 비용을 낼 테니까 왕국 측 희생자를 달래는 비석도 함께 세워 주시겠습니까?"

"물론이다마다."

'사당……인가.'

사당이라는 말에 문득 생각한 것이 있었다.

구두룡 제도라는 명칭에 대해서.

이 명칭은 일찍이 이 섬들에 머리가 아홉 달린 교룡 같은 존재가 있었고, 사람들이 그것을 신이라 숭상했던 것이 이름의 유래가 되었다고 한다. 저 오오야미즈치는 시 드래곤 같은 하나의 목과, 집게가 달린 여덟 개의 촉수를 가지고 있다.

집게가 달린 저 촉수는 안개 속에서 커다란 뱀처럼 보였다.

그러니까 보기에 따라서는 다 합쳐서 머리가 아홉 개가 있는 것처럼 보이지는 않을까.

혹시 아득히 옛날에도 오오야미즈치가 나타났고, 그것을 당시의 사람들이 머리가 아홉 개 달린 교룡으로 착각했다면…… 이 나라 이름의 유래는…….

생각 중에 떠오른 상상을 뿌리치듯이 머리를 흔들었다.

이런 건 그저 억측에 불과하고, 신으로 숭배받는 구두룡과 오오야미즈치를 연결시키는 것은 이 나라 사람들에게는 화가 나는 일이겠지.

과거에도 있었다면 제2, 제3의…… 그렇게 되었다가는 웃어넘길 수가 없다.

"끝난 모양이로군요."

샤 나 왕의 목소리에 고개를 들자, 쓰러진 오오야미즈치는 마침내 더는 움직이지 않았다.

대상이 완전히 죽은 걸 확인할 수 있었는지 등으로 올라간 남자들이 승리의 개가를 목청껏 외치고, 어깨동무하고서 풍어가를 부르고 있었다. 해도 점차 기우는 시간대였다.

들리는 풍어가에서도 어쩐지 길었던 하루가 끝난다는 쓸쓸함이 있었다.

그런 분위기 가운데 나는 내 뺨을 짝 때렸다.

"마음을 놓기에는 이릅니다. 아직 전부 정리된 건 아니니까요."

"흠, 저 커다란 녀석을 이대로 둘 수는 없으니."

팔짱을 끼며 말하는 샤나 왕에게 나는 고개를 끄덕였다.

"예. 저런 말도 안 되게 커다란 걸 썩게 두었다간 주위에 어떤 영향을 미칠지 알 수 없겠죠. 재빨리 해체해 버려야 합니다."

전에 있던 세계의 깜짝 영상 방송에서 '해변으로 올라와서 방치되어 있던 죽은 고래의 배에 가스가 차서, 해체하려고 했더니 폭발했다.' 라는 내용을 본 적이 있었다.

저런 거대한 고깃덩어리가 썩어 버리면 어떤 가스가 발생할지, 어떤 질병이나 해양 오염의 원인이 될지 알 수 없다. 당장에라도 안전한 형태로, 가능하다면 유효하게 이용할 수 있을 법한 형태로 해체해야만 한다.

"그 전문가가 있으니까요."

"소마."

그러자 나덴이 왕국 함대 쪽을 가리키며 소리를 높였다. 그곳을 봤더니 왕국 함대의 전함 알베르토Ⅱ 위에 또다시 거대한 물 공이 만들어져 있었다.

엑셀이 방송용 물 공을 만든 거겠지.

그 물 공에 비친 것은 뚱뚱한 남성이었다.

[어…… 콜록콜록. 드, 들리시나요……. 저, 저는 프리도니아 왕국의 농림대신 폰초 이시즈카 파나코타입니다, 예.]

기침하고 더듬더듬 인사한 것은 왕국의 농림대신 폰초였다.

[우선은 오오야미즈치 토벌을 축하드립니다, 예. 이것도 소마 폐하와 구두룡왕 샤 나 님께서, 나아가서는 왕국과 제도 연합이 서로 손잡아서 얻어낸 전과라고 생각합니다. 하지만, 사태는 아직 완전히 해결되지 않았습니다. 그곳에 남은 오오야미즈치의 시체를 재빨리 처리하지 않는다면 구두룡 세노에 평온은 찾아오지 않습니다.]

영상의 폰초는 손에 이치하가 그린 오오야미즈치의 그림을 들고 있었다.

그 그림을 가리키며 폰초는 말했다.

[흉포하고 강력한 괴물도 죽고 나면 고깃덩어리지요. 그리고 고기는 부패합니다. 그냥 내버려 뒀다가는 벌레가 생기고, 짐승이 뜯어 먹고, 썩으면 악취를 풍기고, 다양한 병의 온상이 되고, 그 썩은 피와 살점이 흘러나가면 오염도 되겠죠. 또한 내버려 둔 드래곤의 뼈가 스컬 드래곤이라는 독기를 풍기는 몬스터로 변한 사례도 보고되고 있습니다.]

폰초가 이야기한 것은 오오야미즈치의 시체를 방치하는 것의 위험성이다. 이 말에는 이미 전투가 끝났다는 기분으로, 승전 기분으로 들떠 있던 양국 장병들도 입을 다물었다.

아직 사태의 완전 수습에 이르지는 못한 것이다.

[그런 사례로부터도 알 수 있다시피, 오오야미즈치의 시체 처리는 재빨리 진행해야만 합니다. 병사 여러분께서도 피곤하실 테지만, 이대로 시체 해체 작업을 시작해 주셨으면 합니다. 이것은 소마 폐하의 의향이기도 합니다, 예.]

이제부터 해체 작업을 시킨다는 말에, 양국의 장병들은 어깨를 축 늘어뜨렸다.

그럴 수밖에 없다. 다들 격전을 벌인 뒤라서 피로가 쌓였다.

이 상태에서 또 육체노동을 시킨다고 그러니 사기도 오르지 않는 것이리라.

그러자 폰초는 식은땀을 흘리며 미소를 짓고 말했다.

[마음은 잘 압니다, 예. 하지만 여러분! 이건 좋은 소식이라고 해도 되겠죠. 몬스터 신체 부위 식별법의 일인자인 이치하 치마경과, 오오야미즈치의 몸을 구성하는 생물 부위를 조사했더니, 패각이나 갑각 따위를 제외하면 전부, '먹을 수 있는 소재'입니다. 게다가 무척 맛있거든요, 예.]

맛있다는 말에 장병들이 고개를 들었다.

격전 후이기에 다들 배고픈 것이다. 이러니저러니 해도 맛있다고 하면, 눈앞에 있는 오오야미즈치의 시체가 갑자기 보물산으로 보이기 시작하는 것도 당연하다.

[지금부터 해체 방법을 설명할 테니까, 여러분께서도 피곤하실 테지만, 꼭 좀 부탁드립니다, 예.]

영상의 폰초가 머리를 숙였을 때, 용왕호 상공에서 물 공이 생겨나고 샤 나와 소마가 나란히 선 모습이 비쳤다. 그리고 두 왕은 각자의 부하에게 명령했다.

[들은 그대로다. 우리 제도 연합은 바다의 백성. 낚은 고기, 잡은 사냥감은 낭비하지 않고, 어머니 바다에 감사하며 피와 살로 삼는다. 그것이 우리의 생업이겠지!]

[왕국의 장병도 여기까지 왔다면 마지막까지 어울려 주자고. 행방불명자 수색, 부상자 치료와 운송이 끝나는 대로, 폰초의 지시에 따라 각자 작업에 나서다오!]

두 왕이 그렇게 명령하자 양국 장병들은 다시 한번 기운을 내듯이, 혹은 반쯤 자포자기한 기색으로 "오오오!"라며 흰호성을 질렀다.

연극 같은 함대전에서 시작된 이 싸움은, 중간부터 괴수 퇴치가 되고, 그리고 이번에는 괴수 요리의 시간이 되었다. 동시에 왕국과 제도 연합의 장병들에게 가장 긴 노동 작업의 시작이기도 했다.

◇ ◇ ◇

[우선은 오오야미즈치의 머리와 촉수를 분리해 주십시오. 있으면 몸통 부분을 해체하지 못해서 효율성이 떨어지니까, 우선은 머리와 촉수 여덟 개와 몸통 부분까지 열 개로 나누어 주십시오, 예.]

"머리와 촉수를 떼어내라는 이야기예요!"

간이 수신 장치에 비치는 폰초의 지시로, 섬의 만에 정박한 알베르토Ⅱ의 뱃머리에서 확성기를 든 엑셀이 지시를 날렸다.

물 공 유지에는 상당한 마력이 필요하고 사용자에게 큰 부담을 주니까, 폰초의 지시는 간이 수신 장치로 우선 엑셀에게 전달되고, 그리고 섬에 흩어진 전령들이 복창해서 전달하는 방식으로 변경했다.

그리고 오오야미즈치의 촉수 뿌리 부분에서는 양국의 병사들이 필사적으로 검을 휘두르고 있었다.

"으랴아아아아아아아!!"

아이샤가 날카로운 기합과 함께 대검을 휘두르고, 참격으로 촉수 뿌리 부분에 큰 골을 만들었다. 하지만 끝으로 가면 직경 5미터 정도의 촉수지만 뿌리 부분은 그 두 배의 두께라서, 아이샤의 참격으로도 단칼에 잘리지 않았다.

다른 곳에서는 여럿이서 골을 파고, 틈새에 화약을 넣어서 터뜨리고, 다시 파고 화약을 채우고…… 그런 착실한 작업으로 촉수를 떼어내려고 했다.

게다가 이것을 떼어내더라도 다음에 기다리는 것은 용 상태의 나덴만 한 촉수를 다시 분할해서 외피를 벗겨내는 작업이었다.

장병들은 이 작업이 하루 이틀에 끝날 일이 아님을 사실을 깨닫고 다들 기겁했다. 그런 가운데——.

"후우. 조금 쉴까요."

촉수 하나를 모두 절단한 아이샤는 이마의 땀을 훔치더니 해변으로 걸어갔다.

그곳에는 열 개가 넘는 가마에 설치된 대형 냄비와 그중 하나를 휘젓고 있는 소마와 주나가 있었다. 소마는 아이샤가 온 것을 깨닫고는 "어, 수고~."라며 치하의 말을 건넸다.

"폐하~ 배고파요~."

아이샤는 소마에게 응석을 부리는 것 같은 목소리로 말했다.

"알았어. 어떤 맛으로 할래?"

"된장맛을 한 그릇 가득 주세요."

"너무 많이 먹으면 물릴걸? 며칠은 비슷한 식사만 할 테니까."

"그런 건 나중에 걱정할 일이에요. 지금은 어쨌든 속에 넣고 싶은 기분이에요."

공복 때문인지 번뜩이는 눈빛으로 말하는 아이샤를 보고 소마는 살짝 주춤했다.

"아하하…… 알았어. 주나 씨, 된장맛 가득 한 그릇!"

"예~."

돕고 있던 주나가 커다란 나무 그릇에 냄비 안의 내용물을 따르고, 아이샤에게 건넸다. 받아든 아이샤는 해변에 앉더니 금세 덥석덥석 먹기 시작했다.

어느 정도 공복이 진정된 참에, 아이샤는 먹으면서 소마에게 물었다.

"우물…… 맛있는데, 이건 어느 부위인가요?"

"지금은 아직 해체할 때 나온 토막을 끓이는 참일까. 촉수랑 목 부분."

아이샤 옆에 앉으며 소마는 말했다.

이 냄비는 오오야미즈치 해체 작업에서 나온 고기 토막을 모아서 끓인 것이었다. 지금은 문어 같은 촉수와 시 드래곤 같은 목 부분의 살이 주요 재료였다.

이것에 제도 연합의 재료나 왕국에서 가져온 채소나 쌀 등을 더해서 끓인 것이 이 냄비였다.

장병들은 녹초가 될 때까지 해체 작업을 진행하고, 배가 고프면 이 냄비의 음식을 먹으면서 쉬고, 배가 차면 또 해체 작업을 돌아가는…… 것을 반복했다.

질리지 않도록 재료로 사용하는 부위를 바꾸거나, 왕국에서 가져온 된장이나 간장 등으로 국물 맛을 바꾸거나 했다. 그 냄비 요리를 만드는 요리사가 부족하기도 해서 소마도 돕는 것이었다.

"지금은 살점이 들어갔지만, 촉수랑 고기 부분은 대부분 말린다든지 해서 보존할 수 있도록 가공할 테니까. 조금 더 있으면 재료가 내장 중심으로 바뀔 거야. 폰초가 말하기로는 맛있다던데."

"하지만, 오오야미즈치는 사람도 먹었다고요?"

주나가 소마 옆에 앉으면서 말했다.

"먹어 버려도 괜찮을까요?"

"응. 그러니까 이번에는 입 쪽이랑 소화 기관은 소각 처분하기로 했어요. 구워 먹는다면 설과 양이 맛있겠지만……."

"설? 양?"

"어, 신경 쓰지 마세요, 제가 있던 세계의 호칭이에요. 뭐, 식용

말고도 기름을 짜는 등등의 이용도 생각했는데, 사람이 소화된 부분이라는 걸 고려하면…… 공양을 대신해서 태우는 게 타당하다고 생각해요."

"그렇군요……."

그런 대화를 나누는 사이, 나덴이 할버트와 루비를 데리고 다가왔다.

"소마, 우리 차례인가 봐. 메카드라를 움직였으면 한대."

"알았어. 그럼 가도록 할까요."

"아, 폐하. 그렇다면 저도……."

"아이샤는 충분히 일했잖아? 조금 더 쉬도록 해."

소마는 영차, 하고 일어서더니 호위로 따라가려는 아이샤를 이 자리에 두고 세 사람과 함께 걸어갔다.

[몸통 부분 말입니다만, 역시 패각 부분이 걸리적거리겠죠.

살아있는 조개라면 굽거나 익히면 입을 벌리겠지만, 이치하 경의 견해로는, 저건 열리는 구조가 아니라고 합니다. 그걸 억지로 비틀어서 열려고 하면 막대한 노력이 필요할 것으로 예상됩니다.

그래서, 우선 오오야미즈치의 몸을 가로로 눕히고, 바닥 면을 덮고 있는 거북이 복갑 같은 부분을 떼어 주십시오. 복갑과 촉수가 난 부분의 살점이라면 떼어 낼 수 있을 겁니다. 커다란 메카드라나 드래곤 여러분이 적임이라고 생각합니다.

그리고 내장을 전부 뽑아 버려 주십시오, 예.]

폰초의 지시에 따라서, 나는 용 모습이 된 나덴의 머리(등이라면 뒷발로 섰을 때 앞이 안 보이니까)에 타고, 마찬가지로 드래곤의 모습이 된 루비의 등에 탄 할과 함께 오오야미즈치에게 다가갔다.

동시에 메카드라도 조종해서 불러들였으니, 오오야미즈치 앞에는 용과 드래곤과 기계 드래곤이 나란히 서게 되었다. 무척 장관인데.

"폰초는 옆으로 눕히라고 그러는데, 너무 힘들겠어."

내가 그렇게 투덜거리자 듣고 있던 할도 수긍했다.

"산처럼 커다라니까 말이야. 그래도 해야만 하잖아?"

[정말이지, 실제로 힘을 내는 건 우리니까.]

[나중에 보상해 달라고.]

나덴과 루비도 난처해하며 그렇게 말했다.

"나도 메카드라를 움직이고, 시 드래곤도 잡아당기게 할 거니까."

[알고 있어. 불평 정도는 해도 되잖아?]

오오야미즈치의 등에서는 사슬이 바다를 향해 묶여 있고, 이제까지 군함을 끌던 시 드래곤에게 이어져 있었다. 우리가 이쪽에서 밀어 눕히는 타이밍에 맞추어 시 드래곤은 반대쪽에서 잡아당기기로 했다.

그리고 아래쪽에서 우리를 향해 깃발을 흔드는 병사의 모습이 보였다.

"아무래도 아래쪽의 안전은 확보된 것 같네. 그럼 시작하자."

[맡겨 둬.] [알았어.]

나덴, 루비, 메카드라가 머리와 촉수가 사라진 오오야미즈치의 패각 부분에 앞발을 얹었다. 그리고 내가 "하나, 둘!" 하고 말을 건네자――.

묵직하게, 세 마리의 무게가 더해진 오오야미즈치의 몸통 부분이 크게 흔들렸다. 그에 맞추어 바다 위에 있던 시 드래곤도 잡아당기기 시작했다.

"하나, 둘!" 흔들.

"영차!" 흔들.

"어영차!" 흔들.

"다시 한번!" 흔들.

그렇게 리듬을 계속 붙이는 사이에 몸통 부분이 기우뚱하기 시작했다.

"앗?! 넘어간다아아아!"

아래에 아무도 없는 것은 이미 확인했지만, 최대한 조심하자는 생각으로 나는 크게 외쳤다.

이윽고 쿠웅 커다란 소리를 내고, 바닷물과 먼지를 피워 올리며 오오야미즈치의 몸통 부분이 옆으로 누웠다.

그 순간, 장병들이 영문 모를 박수와 함성을 높였다.

아마도 거대한 물체가 호쾌하게 쓰러지는 모습을 보고 흥분한 거겠지. 화려한 분화 영상을 보고 무심코 '굉장한데.'라며 빠져드는, 그런 심경이었을지도 모르겠다.

자, 이리하여 우리 앞에는 거북이 복갑 같은 부분이 드러났다. 우리는 폰초의 지시에 따라 그 복갑을 벗겨내려고 했다. 복갑은 거대해서 촉수를 잘라낼 때와 같은 방식으로는 시간이 걸릴 테니, 이대로 용과 드래곤들의 발톱으로 배 부분을 찢어서 떼어내기로 했다.

이럴 때는 블레이드 형태로 갈아둔 메카드라의 발톱이 편리했다.

나덴과 루비보다도 효율적으로 살점을 찢어발겼다.

[사용하기 불편하다고 그랬는데, 이럴 때는 편리하네. 메카드라는.]

나덴이 감탄 반, 어이없다는 심정 반으로 말했다. 정말 그렇다.

이렇게 복갑 부분을 벗기고, 안의 부드러운 살점을 찢고, 내장을 뽑아냈다.

이 작업은 맨몸인 나덴과 루비에게 시키기에는 너무하니까 메카드라를 움직이기로 했다. 정말로 거대 생물의 처리에는 편리하구나, 메카드라.

다만 그 메카드라에게는 내 의식이 들어가 있으니까 뇌 내에서 그로테스크한 영상을 보고서는 기분이 나빠져서, 몇 번인가 휴식을 두고서 작업을 하느라 상당한 시간이 걸리고 말았다. 어쨌든 잡을 수 있을 만큼의 내장을 모두 끄집어냈다.

나는 정신적인 피로로 그 자리에 주저앉았다. 나덴이 걱정스럽게 보고 있었다.

"괜찮아? 소마."

"이 싸움에서 가장 힘들었을지도 모르겠어."

"쉬는 게 좋겠어. 자, 일어서."

나덴에게 부축받으며, 나는 다른 사람들이 있는 큰 냄비 집결소로 돌아왔다.

그 그로테스크한 광경을 막 보기도 해서, 한동안 육류를 먹을수는 없을지도 모르겠구나…… 그렇게 생각했는데, 머리도 몸도 영양분을 원했는지 어느샌가 오오야미즈치 냄비 요리를 덥석덥석 먹고 있었다.

"우물. 주나 씨. 지금 요리 재료는 어느 부위인가요?"

"소화기 이외의 내장을 처리하는 걸 우선하고 있어요. 지금은 심장인가 봐요."

"심장인가. ……젠장, 맛있네."

불평을 털어놓았어도, 식욕에는 이길 수 없었다고.

이리하여 우리는 요리를 먹고는 해체, 가공 작업을 진행하고, 일한 다음에 요리를 먹는 과정을 되풀이하고, 교대로 휴식을 취하며 사흘 밤낮에 걸쳐서 오오야미즈치 시체 해체를 마쳤다. 끝났을 무렵에는, 한동안 내장류는 (질리도록 먹었으니까) 보고 싶지 않다고 생각하게 되었다.

오오야미즈치의 시체는 연구용 샘플을 제외하고, 고기는 식용으로 가공하고, 비늘이나 뼈나 외피 등은 자재용으로 가공, 내장은 먹거나 기름을 짜거나 소각해서 처분했다.

모든 작업이 끝났을 때, 왕국과 제도 연합은 오오야미즈치 토벌과 양국의 우호를 기념하여 잔치를 열기로 했다. 그렇다고는 해도 소비해야만 하는 내장은 아직도 남아 있으니까 메뉴는 여전히 저 냄비 요리였다.

다만 이번에는 술도 풀었으니까 장병들의 불만은 최소한으로 그쳤다.

이카츠루 섬의 해변에서 화톳불을 둘러싸고, 할버트와 루비도 잔치에 가담했다.

함께 마시는 것은 시마 카츠나가 무리였다.

"오, 마시고 있느냐, 빨간 것!"

"아야…… 살살 좀 하라고."

시마가 두꺼운 팔로 등을 퍽퍽 때리자 할버트는 얼굴을 찌푸렸다.

시마는 이미 술기운이 올랐는지 빨개진 얼굴로 호쾌하게 으하하 웃어넘겼다.

"붉은 드래곤 기사의 활약은 밑에서 보고 있었다고! 그 용기사가 이런 젊은이 두 사람일 줄은 몰랐지만 말이야!"

"우리도 봤어. 제도 연합 남자들의 사내다운 모습을."

"카하하! 그렇겠지, 그렇겠지! 자자, 다시 한번 건배다!"

"예예……."

"잠깐, 과음하면 안 되거든?"

술잔을 맞부딪히는 그들을 보고 루비가 쓴소리를 했다.

"내가 감시하는데 너무 설쳐서야, 카에데한테 미안하다고."

"아, 안다니까."

"아하하, 뭐냐, 빨간 거. 완전히 깔려 살잖아! 남자라면 '종알

대지 말고 조용히 날 따라와라!' 정도는 말할 수 있는 기개를 보여야지!"

그러면서 시마는 호쾌하게 웃었지만…….

"할버트. 그 남자의 말을 고스란히 받아들이지 말라고."

갑자기 들린 목소리에 돌아보자 카스토르가 술을 들고서 다가왔다.

"옆자리, 괜찮겠나?"

"아, 예! 앉으시죠."

할버트가 비운 자리에 카스토르는 앉더니 시마를 빤히 바라봤다.

"강한 말에는 반대되는 감정이 숨어 있는 법이야. 마누라는 하나도 안 무섭다고 그러는 녀석일수록 공처가인 경우도 많지. 공군이었던 시절에 그런 녀석을 꽤 봤거든."

"흥. 무슨 근거로 그런 소리를 하느냐?"

그러면서 시마는 가슴을 폈지만, 카스토르는 묵묵히 그의 등 뒤를 가리켰다.

"네 부하, 웃고 있는데?"

"뭣이라! 네 이놈들!"

시마가 얼굴을 붉히며 돌아보자, 부하들이 허둥지둥 고개를 가로저었다.

그 반응을 보고 사실은 웃지 않았음을 알아차린 시마는, 자신이 카스토르에게 속았다는 사실을 깨달았다. 카스토르는 의기양양한 얼굴로 말했다.

"그 반응은, 정곡이었나 보군."

"으그그……."

"그렇게 노려보지 마. 단순히 나와 똑같은 냄새를 느꼈을 뿐이 야."

옛날에는 조금 더 가부장적인 남편이었지만 엑셀에게 의지하 는 신분이 된 뒤로 완전히 아내 악셀라에게 고개를 들지 못하는 카스토르가 자조하듯 웃었다.

그것으로 대략적인 상황을 헤아렸는지 시마도 겸연쩍은 듯 코 를 긁적였다.

소마가 여기에 있었다면 '둘 다 환술사가 가장 무서운 것을 보 여 줄 때, 자기 아내의 환상이 나오는 타입이네.' 라는 생각이라 도 했을 것이다.

그 뒤로는 용맹하면서도 아내 앞에선 기를 못 펴는 남자끼리 의 기투합했는지, 카스토르와 시마는 잔뜩 신이 나서 술잔을 주고 받았다. 간신히 시마에게서 풀려난 할버트는 한숨 돌리더니, 옆 으로 다가와서 앉은 루비에게 말했다.

"정말이지…… 제도 연합 녀석들은 시원시원하긴 한데 조금 지 나치단 말이야."

"그러네. 하지만 할한테는 잘 맞잖아? 이 분위기."

"하하하, 뭐 그러네…… 하지만 이렇게 되니 또 하나의 공로자 인 소마는 완전히 사람들한테 시달리느라…… 아, 그러고 보니 소마네는 여기에 없었나."

그러면서 할버트는 만에 정박한 알베르토Ⅱ를 봤다. 루비도 고개를 끄덕였다.

"그래. 그쪽은 샤 가문 사람들이랑 알베르토Ⅱ에서 친목회래."

"친목……이라."

할버트는 잔에 남아 있던 술을 단숨에 들이켰다.

"이쪽처럼 술을 마시며 떠들썩하니 마음 편한 잔치, 일 리도 없겠구나."

♟ 제12장 ✦ 교섭 -ocean league-

　전함 알베르토Ⅱ의 사관실은 카펫을 깔고 그림 따위도 장식해서, 흡사 비싼 레스토랑의 일부 같은 분위기였다. 부족한 것은 샹들리에 정도일까.

　전함이라서 흔들리니까 등불은 램프였다.

　그런 사관실에는 나, 주나 씨, 엑셀로 구성된 왕국 진영과 구두룡왕 샤 나, 그 측근으로 보이는 남성, 샤 나 왕의 딸 샤 본 공주로 이루어진 제도 연합 진영이 긴 테이블을 사이에 두고서 대치 중이었다. 참고로 샤 나와 샤 본은 이 전함에서 오랜만에 부녀 상봉을 이루었다고 하는데, 처음 얼굴을 마주했을 때는 둘 다 말이 나오지 않는지 굳어 있었다.

　딸은 아버지의 각오를 모르고, 아버지는 딸이 말려들지 않도록 하려다가 도리어 몰아붙이고 말았다.

　결과적으로 두 사람은 이 싸움에서 다른 진영에 서게 되었다. 마음속은 복잡하겠지.

　"아버님……."

　불편한 분위기 속에서 샤 본이 겨우 말을 꺼냈다.

　하지만 샤 나는 손을 내밀어 샤 본의 말을 가로막고, 고개를 가로저었다.

"미안하다…… 나는 네게 꼭 이야기해야 하는 것이 있다. 그리고 너도 나에게 하고 싶은 말이 많겠지. 하지만 구두룡 제도에 사는 백성을 위해서라도, 지금은 소마 왕과의 대화를 우선시하게 해 다오. 나중에 반드시 시간을 낼 터이니."

"예……."

샤 본도 샤 나의 마음을 알 수 있었는지 얌전히 물러났다.

나중으로 미뤄 준 것은 우리로서도 고맙다.

아무리 그래도 외국의, 그것도 아버지와 딸의 일에 참견할 수도 없으니까.

그리고 우리의 등 뒤에는 아이샤와 나덴이, 제도 연합팀의 등 뒤에는 키 슌이 각자 호위로 서 있었다. 이쪽에도 저쪽에도 적의는 없어서 대비할 정도는 아니지만, 실내 분위기는 조금 팽팽한 느낌이었다.

예를 들자면 프레젠테이션을 앞둔 분위기일까.

각자 앞에 놓여 있는 잔에 든 것도 술이 아니라 물이고.

"자, 그럼 시작할까요."

내가 그렇게 말하자 다들 고개를 끄덕였다.

밖에서 연회 중인 장병들에게는 친목회라고 설명했지만, 실제로는 전후 논의다. 사정이 있었다고는 해도, 왕국 함대와 제도 연합 함대는 교전 직전까지 갔다. 혹시 서로를 대치하던 그 상황에서, 사냐 왕과의 연극 같은 설전이 벌어지는 와중에, 마음이 급해진 사람이 한 발이라도 대포를 쐈다면…… 상상하니까 무섭다.

지금은 함께 강적 오오야미즈치를 쓰러뜨린 여운과 함께 육체 노동으로 땀을 흘리고 같은 냄비의 음식을 먹으며 우호 분위기가 되었지만, 앞으로 방향을 잘못 잡았다간 또다시 긴장 상태로 돌아갈 수도 있다.

그것을 막기 위해서라도, 샤 나와 회담을 진행해서 전후의 방침을 정해야만 했다.

"우선 처음으로 묻고 싶은 겁니다만, 샤 나 왕은 어떻게 결판을 낼 생각이었습니까?"

"모든 책임은 내게, 모든 공은 샤 본에게."

내가 솔직하게 묻자 샤 나는 분명하게 단언했다. 샤 본이 눈을 크게 떴다.

"아버님?! 무슨 말씀을……."

"당신은 왕국과의 긴장 관계를 만들고, 전쟁 직전까지 간 책임을 진다. 오오야미즈치를 상대로 공동 전선을 펴고 무찌른 공은 샤 본 양에게 양보한다는 겁니까?"

그렇게 묻자 샤 나는 조용히 끄덕였다. 그것은 즉…….

"샤 나 왕은 책임을 지고 퇴위, 왕위는 샤 본 양에게 물려준다는 겁니까."

"세상에! 아버님께서 퇴위하실 필요는 없어요! 저는, 아무것도 못 했는데."

"그렇지 않아. 이건 처음부터 결정한 일이다."

손으로 얼굴을 덮은 샤 본의 어깨에 손을 얹으며, 샤 나는 평온한 목소리로 말했다.

"사실 네게는 아무것도 알리지 않은 채로 일을 마칠 생각이었다. 하지만 너는 독자적인 생각으로 이 나라를 위해 움직여서 소마 왕과 접촉했지. 결과적으로 소마 왕과 왕국 함대를 이 땅으로 쉽게 부를 수 있었고, 쉽게 함께 싸울 수 있었다. 내가 생각한 각본보다도 왕국에 대한 이 나라 백성들의 감정은 좋아지겠지. 너를 힘들게 했구나."

"아버님……."

고개를 든 샤 본에게 샤 나는 미소를 건넸다.

확실히 당초 예정으로는 왕국 함대 파견 이유는 '언제까지고 밀렵 행위를 그만두지 않는 구두룡 제도의 어민을 감싸는 제도 연합 함대를 치기 위해서'였다. 이래서는 바다의 법을 꺼내서 함께 싸우더라도 응어리가 남겠지. 하지만 샤 본이 오면서 '프리도니아 왕은 샤 본 공주의 요청을 받았다'는 시나리오를 추가할 수 있다.

그러자 엑셀이 부채를 탁 쳤다.

"그럼 양국이 공유하는 각본은 이걸까요.

[샤 본 공주는 구두룡 제도 사람들의 목숨을 구하기 위해, 자기 몸을 바칠 각오로 소마 폐하께 원군 파견을 탄원했다. 소마 폐하께서는 공주의 각오에 매우 감동하여 원군 파견을 흔쾌히 승낙했다. 그리하여 왕국 함대를 구두룡 제도로 파견하자 이를 침략으로 여긴 제도 연합 함대와 교전할 뻔했지만, 마침 그때 구난 신호가 있었기에 바다의 법에 따라 양측 함대는 함께 오오야미즈치 격멸에 나섰다.] ……이런 내용일까요."

"그러네……."

이번 일을 샤 본의 미담으로 삼아서 구두룡 제도 사람들이 쉽게 받아들이도록 하고, 그리고 이후 샤 본의 통치를 정당화하려는 거겠지.

이번에 참전한 장병 중에는 이 이야기를 이상하게 여기는 사람도 있을지 모르겠지만, 시계열에 차이는 있어도 이야기한 내용의 반 이상은 진실로 구성되어 있다. 내용도 구두룡 제도에 모욕적인 것이 아니니까 반론을 제기하는 사람도 없겠지.

이런 절충안이 척척 나오는 만큼, 역시 나이의 힘은 허투루 볼 게 아니다.

"폐하, 지금 무언가 이상한 생각을 하시진 않으셨나요?"

"그런 적 없어."

엑셀의 박력 있는 미소를 맞닥뜨리고 나는 고개를 돌렸다.

"제가 구두룡왕이…… 그런 자격이 있을까요."

그러자 샤 본은 고개를 숙이며 말했다. 그 심정은 경험자로서 아플 만큼 잘 안다.

"샤 본 양은 샤 나 왕을 막고, 오오야미즈치와 싸우기 위해 왕국으로 온 거죠? 샤 나 왕 대신에 구두룡 제도를 짊어질 각오는 있는 거 아닙니까?"

"그건…… 하지만, 아버님의 진의를 몰랐던 제가……."

"저도 전대로부터 왕위를 물려받은 처지라 당신의 마음도 잘 압니다. 하지만 설령 무거운 짐으로 느껴지더라도 계속 걸어가지 않는다면, 앞선 자들이 남겨 준 것이 허사가 됩니다. 물려받고,

이어 나가야겠죠."

"물려받고, 잇는다……. 제가 해야만 하는 일이겠지요."

샤 본이 각오한 듯이 고개를 들었다.

그런 샤 본을 보고 샤 나는 만족스러운 기색이었다.

일단 이것으로 앞으로의 시나리오 공유는 되었을 테지. 교섭은 지금부터다.

"자, 이번에 왕국은 귀국에 협력하여 오오야미즈치와 싸웠다. 오오야미즈치의 소재는 연구용 샘플을 제외하고는 제도 연합의 소유로 하고, 부흥에 임하게 되었다. 이대로는 왕국의 자선 사업으로 보일 겁니다. 오오야미즈치를 방치하면 언젠가 우리 나라에도 피해가 미쳤을 수도 있다는 건 알지만, 왕국 측에도 사상자가 나온 이상, 자선 사업으로는 그저 위험한 일에 참견했다고만 보일 수 있겠죠. 그건 피하고 싶은 참입니다."

"무슨 말씀을 하고 싶으신 건가요?"

"그러니까 왕국 측에도 이익이 필요하다는 말입니다."

의아하다는 표정을 짓는 샤 본에게 나는 솔직히 단언했다.

"제도 연합에 협력한 의의가 있었다고 하면, 장병이나 국민들도 쉽게 납득할 테고, 양국이 우호 관계를 구축하는 것도 쉬워지겠죠."

"이익, 인가요? 우리 나라에 금전적인 여유는 없는데……."

"물론 금전적인 건 바라지 않습니다. 그걸 바란다면 또다시 왕국에 대한 제도 연합의 감정이 나빠질 테니까요. 대신에, 이쪽의 요구를 몇 가지 받아들여 주셨으면 합니다. 그 요구 중 하나는 사전에, 샤 나 왕에게 타진했을 터입니다만?"

내가 시선을 보내자 샤 나는 고개를 끄덕였다.

"【바다의 법을 정식 맹약으로 만들고, 그것을 기반으로 한 해양 동맹 체결】……이로군요."

샤 나의 말에 나도 "그렇습니다."라며 크게 끄덕였다.

"이번 일을 해결하며, 저희는 [바다의 법]을 끄집어내서 섬들의 함대와 왕국 함대를 억지로 단결시켰습니다. 하지만 현재로서는 [바다의 법]은 구두 약속으로, 바다에 사는 사람에게는 굳건한 규율이더라도 그렇지 않은 사람이라면 간단히 어기고 말 겁니다. 이것을 국제적인 약속으로 명문화하고 싶군요."

바다의 법은 관습법이다. 악평을 무시하면 간단히 어길 수 있다.

그것을 막기 위해서라도 우선은 왕국과 제도 연합 사이에 정식적인 약정으로 삼고 싶다. 일단 체결해 버리면 그 후로는 이것을 실례로 삼아 다른 나라에서도 국제적인 약속으로 인정하게 할 수 있겠지. 적어도 제국과 공화국은 참가해 줄 테니까.

"그리고 이번에 양국 함대가 곧바로 공동 전선을 펼칠 수 있었던 것은, 저와 구두룡왕이라는 양국의 수뇌가 그 자리에 있었기 때문입니다. 만약 부하 장수밖에 없었더라면 어떻게 되었을지. 우리에게 확인해 보는 공정이 하나 더 생겨서 시간이 더 오래 걸렸을 테죠. 우리가 모르는 곳에서 양국의 배가 우발적인 사건에 맞닥뜨리는 경우도 있을 테니까, 그렇게 되었을 때 대처할 수 있도록 미리 규칙을 만들어 두고 싶은 겁니다."

"그렇군요. 그건 이해할 수 있습니다만, 해양 동맹이라는 건 무엇인가요?"

샤 본의 물음에 나는 손을 깍지 끼고 몸을 살짝 내밀었다.

"우리 나라에서는 앞으로 해양 교역을 확대할 생각입니다. 물론 구두룡 제도도 이번 관계 개선을 계기로 거래했으면 합니다. 샤 나 왕, 박포 같이 해상에서 사용하는 화약 병기 개발 상황을 보면, 귀국에서는 초석이 많이 나오는 건 아닙니까?"

"음. 남쪽 섬에서 질 좋은 걸 캘 수 있으니 말입니다."

"우리 나라에서 초석, 그리고 양질의 쌀이나 도검류 같은 특산물은 매력적이니까요. 그쪽도 대륙의 산물을 원하는 건 아닙니까?"

"그렇군요. 특히 대륙의 의료 기술은 현저하게 발전했다고 들었습니다. 섬들 사이에서 전부 끝나는 우리에게는, 대륙의 선진적인 물산은 어느 것이든 눈부시게 보이죠."

대륙에서 밀려난 사람들이 모여서 부흥한 나라라는 유래 때문에 배타적인 사상이 뿌리박힌 모양이다. 내가 막 왕위를 물려받았을 무렵의 다크 엘프 같은 느낌일까. 나는 뒤에 선 아이샤를 흘끗 봤다.

그런 다크 엘프도 지금은 의지할 수 있는 동포가 되었다.

해양 교역을 확대하려면 제도 연합과도 그런 관계를 구축해야만 한다.

"혹시 대륙의 물산을 원한다면 우리 나라가 교역의 창구가 되죠. 관세 등에 관해서는 나중에 정할 필요가 있겠지만, 양국의 상선이 자유로이 오갈 수 있게 된다면 경제적인 측면만이 아니라 양국의 문화에서도 큰 발전을 기대할 수 있을 겁니다."

그리고 나는 오오야미즈치의 뼈가 남은 해변을 가리켰다.

"하지만 이번 일로, 이 세계에는 저런 생물마저도 발생한다는 문제가 도드라지게 되었습니다. 오오야미즈치의 출현으로 제도 연합에서는 배를 띄울 수 없게 되었다고 들었습니다. 이것은 교역에서 치명적입니다. 또한 생물만이 아니라 폭풍우, 해적, 다른 나라의 방해나 약탈 등등도 교역의 장애물로 생각할 수 있습니다."

내 말에 다들 고개를 끄덕였다. 나는 계속 이야기했다.

"해양 교역 진흥을 위해서는 교역로의 안전 확보가 빠질 수 없습니다. 그를 위한 해양 동맹입니다. 가맹국의 배가 앞서 이야기한 장애물에 부딪혔을 때 가맹국 해군이 신속하게 구원에 나설 수 있도록…… 아니, 생물이나 천재지변 이외에 인위적인 장애물에 대해서는, 애당초 일어나지 않도록 해양 교역로의 안전을 유지하기 위한 동맹입니다."

호위선이 필요 없는 교역이 가장 바람직하지만, 이 세계에서는 아직 무리겠지.

오오야미즈치 이외에도 거대 원양 생물은 있을 테니까. 음파 탐지기라도 있어서 위험 생물의 접근을 탐지할 수 있다면 좋겠지만, 없는 걸 찾아도 소용없다. 그래도 인위적인 장애물만 없앨 수 있다면 지금보다 조금 더 교역이 편해질 터.

"혹시 제도 연합이 이 동맹에 찬동해 주겠다면, 저는 이 동맹에 톨기스 공화국을 끌어들이고자 합니다. 그곳의 대장장이 기술은 일급이죠. 그리고 구두룡도를 보면 구두룡 제도의 기술력도 고도의 수준임을 알 수 있습니다. 장인 기질인 두 나라를 연결한다면 더더욱 기술이 발전하지 않을까요."

"흠. 그렇게 된다면 멋지겠지만…… 우리 나라와 공화국과는 국교가 없소. 그곳은 겨울에는 바다에 얼음이 얼어서 배가 접근할 수 없으니까. 그 나라가 받아들일지."

"물론 왕국이 중개하겠습니다. 연줄이 있으니까요."

이번 작전은 기밀 사항이 많아서 쿠에게는 아무것도 전달할 수 없었지만, 다름 아닌 그 녀석이니 사정을 설명하면 재미있겠다며 뛰어들겠지.

'뭐, 만약 소극적으로 반응하더라도 이익을 제시해서 설득할 뿐이지만…….'

그러자 샤 나는 팔짱을 끼며 몸을 젖혔다.

"우리 나라에 이익이 있다는 건 알겠습니다. 하지만 이곳 구두룡 제도에서는 각 도주가 저마다 바다에 구역을 두고 있지. 의사를 통일시켜야만 합니다."

"그건 그쪽에게 맡길 수밖에 없습니다. 하지만 이 분위기를 이용할 수 있지 않을까요?"

나는 해안 쪽을 봤다. 시끌벅적한 목소리가 여기까지 전해졌다.

"지금 함께 싸워서 강적을 무찌르며, 일찍이 없었을 만큼 장병들 사이에는 일체감이 생겨났을 테죠. 그리고 오오야미즈치의 출현은 각 섬의 사람들에게, 섬의 담장을 넘어서 함께 싸우는 것이 얼마나 중요한지 심어 주었을 터."

"확실히 이 흐름을 이용하면 섬들의 의사를 통일할 수 있겠군. 다만 그렇게 되면, 역시 나는 이곳에서 무대 뒤로 물러나야 하겠지. 섬의 사람들에게 사랑받고, 섬의 사람들을 위해 행동한 샤 본이 의사가 통일된 구두룡 제도의 왕에 더 어울려."

"아버님…… 알겠어요."

샤 본은 자기 가슴에 양손을 대며 말했다.

"저는 목숨을 바쳐 구두룡 제도의 섬들을, 그리고 왕국과의 인연을 지키겠어요."

보아하니 샤 본도 각오를 마쳤나 보다. 그러더니 샤 본은 나를 똑바로 봤다.

"그리고, 소마 님께 부탁하고 싶은 것이 있어요."

"응? 뭘까요?"

"젊은 제가 구두룡 제도를 다스리기 위해서는, 아버님의 협력과는 별도로 후원이 필요해지겠죠. 동맹을 실현하기 위해서라도, 소마 님이 후원자가 되어 주셨으면 해요."

"흠…… 구체적으로는 어떤 일을 원하는 거죠?"

"혼인을 통한 인척 관계 구축이에요."

샤 본의 말에 나는 눈을 동그랗게 떴다. 혼인이라…… 이러면 원점으로 돌아간 거 아니야?

"당신은 구두룡왕이 되는 거죠?"

"예. 물론 저 자신이 결혼하는 게 아니에요."

그러더니 샤 본은 싱긋 웃었다.

"제가 구두룡왕을 이으면 아이를 만들 생각이에요. 그 아이와 소마 님의 아이를 결혼시켜서 양국의 인연을 더욱 깊게 만들고 싶어요. 아마도 소마 님께는 남녀 자제가 있으실 터. 제가 낳은 아이가 여자아이일 경우에는 왕자님께 시집을 보내고, 그리고 남자아이일 경우에는 공주님을 우리 나라로 맞이하고자 해요."

시안과 카즈하의 결혼?! 아직 아기라고?!

이 말에는 우리만이 아니라 샤 나나 키 슌도 당황했다.

엑셀만큼은 '어머, 재미있네.' 라는 것처럼 부채로 입가를 가리고서 웃고 있었다.

나는 잠시 어안이 벙벙했지만 정신을 차리고 샤 본에게 말했다.

"아무리 그래도 너무 성급한 이야기잖아. 나 혼자 생각해서 결정할 순 없다고."

아, 혼란에 빠진 탓인지 평소 말투로 이야기하고 말았다. 하지만 이 자리에서 즉답은 피했음에도 불구하고 샤 본은 미소 그대로 "예."라며 수긍했다.

"지금은 그걸로 충분해요. 이쪽으로서도 태어나지도 않은 아이의 이야기니까요. 하지만, 그런 이야기가 있다는 것만으로 제게는 힘이 되는 거예요."

"하하하, 대단한 사람이네."

솔직하게 감탄하고 말았다.

몰려 있었을 무렵에는 박복한 공주님이라고 생각했는데, 이런 뻔뻔스럽고 만만치 않은 면도 있었구나. 아니, 이 사건을 극복하고 사람들의 생각을 접하는 사이에 성장한 건가. 어쨌든 의외로 좋은 위정자가 될지도 모르겠다.

나는 마음을 다잡고자 "어흠." 하고 헛기침을 한 번 했다.

"자, 샤 나 왕. 해양 동맹에 대해서는 긍정적으로 검토하시겠다는 걸로 알면 될까요?"

"예. 그렇게 하시죠."

"그럼 왕국에서 할 또 하나의 요구입니다만, '섬'을 하나 받고 싶습니다."

"'섬'을…… 말입니까?"

내 요구에 샤 나는 미간을 찌푸렸다.

"구두룡 제도의 왕이라고는 해도 제가 자유롭게 할 수 있는 건 구두룡 섬과 그에 속한 작은 섬뿐이고, 다른 도주의 섬을 내어 줄 권한은 없습니다. 그건 이해해 주시겠습니까?"

"예, 물론입니다. 요구하고 싶은 섬은 지금은 아직 구두룡왕의 섬이 아니지만, 그에 준하는 섬으로, 이 자리에서 교섭이 가능한 곳이라고 생각합니다."

"그 섬이라면?"

샤 나의 물음에 나는 제도 연합팀의 등 뒤에 선 키 슌을 봤다.

"키 슌 경이 통치하고 있는 '쌍둥이 섬' 중 '작은 섬' 쪽을 받고 싶습니다."

소쌍자도는 우리가 머무르던 대쌍자도와 쌍을 이루는 섬이다.

큰 섬에 머물렀을 때 들은 이야기로는, 작은 섬에는 군함을 계류하는 것 말고도 큰 섬으로는 미처 수비할 수 없을 대군에 침략당했을 때 농성하는 용도가 있다고 한다. 좁아서 큰 섬과 비교하면 상륙할 수 있는 병력이 적어서 수비하기 좋다고 했다.

샤 나는 의아하다는 표정을 지었다.

"쌍둥이 섬의 작은 섬? 그 작은 섬 말입니까?"

"예. 구두룡 섬에 가깝고, 또한 구두룡 섬과 라군 시티를 잇는 위치에 있으니까 물자 집적 지점으로서는 더할 나위 없습니다. 항로의 안전을 유지하고 교역을 활발하게 만들기 위해서라도, 그 섬에 기지를 건설하여 왕국 함대 일부를 상주시킬 수 있도록 하고 싶습니다."

"왕국 함대를 상주시키는 겁니까. 그건……."

"잠깐만 기다려 주세요!"

샤 나가 떨떠름한 표정을 지은 그때, 샤 본이 손을 내지르고 일어섰다.

"쌍둥이 섬의 도주는 키 슌이에요. 구두룡왕이라고는 해도 타인의 섬을 멋대로 주고받는 건 허락할 수 없어요! 적어도 구두룡 섬에 속한 섬으로는 안 되나요?!"

"진정해 주십시오. 샤 본 양."

나는 흥분한 기색인 샤 본을 달래듯이 말했다.

"왕국으로서는 그래도 상관없습니다. 목적은 항로와 교역의 안정입니다."

"그렇다면,"

"하지만, 키 슌은 앞으로 어떻게 할 생각이지?"

내가 그렇게 묻자 키 슌은 힘겨워 보이는 표정을 지었다.

돌아본 샤 본은 눈을 끔벅거렸다.

"키 슌?"

"…………"

샤 본의 물음에도 키 슌은 대답하지 않고, 아래만 보며 주먹을 꽉 움켜쥐고 있었다. 앞으로 있을 일을 알기 때문이겠지.

한편 샤 본 쪽은 이해하지 못하는 듯했다. 나는 한숨을 쉬었다.

"샤 본 양은 구두룡왕을 잇는다. 그렇게 되면 구두룡 섬이 거점이 되어 전보다 자유롭게 움직일 수는 없게 되지. 그건 알고 있겠죠?"

"예. 각오하고 있어요."

"혹시 키 슌이 계속 쌍둥이 섬의 도주로 있는다면, 샤 본 양과는 그렇게 간단히, 그렇게 빈번하게 만날 수는 없게 되겠지. 키 슌의 일은 쌍둥이 섬의 통치이고, 지켜야 하는 것은 쌍둥이 섬의 사람들이니까. 하지만 키 슌은 무모하게 여겨진 샤 본의 왕국행에도 동행한 남자. 무척 강한 마음이 있는 게 아닌가?"

그 마음이 충성심인지 연모인지는 모른다.

하지만 샤 본이 내 분노를 샀을 때는, 성 앞에 앉아서 내 분노를 풀려고 했다. ……지금 다시 생각해 보면 위병의 칼을 맞을 수도 있는 행위니까 말이지, 그거.

그의 행동은 전부 샤 본을 위한 것이었다.

샤 본은 내 말에 눈을 끔벅거리며, 다시 한번 키 슌을 보고 있다.

"그런 키 슌이, 구두룡왕이 되어 고생할 샤 본 양을 내버려 둘 것 같지는 않아서 말이야. 섬이 비지는 않을까 생각했는데……

아닌가?"

"그건…… 저도, 샤 본 님을 돕고자 하는 마음은 있습니다. 하지만, 저를 도주로 따라 주는 섬사람들을 내버려 둘 수는……."

괴로운 표정으로 말하는 키 슌. 그러자,

"그렇다면 신뢰할 수 있는 부하를 대관으로 두면 되겠지. 실제로 구두룡 섬에서 관리로 일하는 작은 섬의 주인은 그렇게 하니까."

샤 나가 그렇게 말했지만, 키 슌은 힘없이 고개를 가로저었다.

"제게 친족이라 부를 수 있는 사람은 없습니다. 타인에게 맡기게 되는 건……."

"흠…… 그렇다면 나는 안 되겠나?"

"어, 구두룡왕님?"

샤 나는 일어서더니 키 슌의 어깨에 손을 얹었다.

"샤 본에 대한 그대의 헌신은 잘 알고 있네. 그대 같은 무사가 딸을 도와주었다는 것이 아비로서는 더없이 기쁘군. 그대라면 샤 본의 좋은 반려도 될 수 있겠지."

"아, 아버님!"

"세상에, 과분한 말씀이십니다."

"가능하다면, 그대는 앞으로도 샤 본을 도와주었으면 좋겠다. 게다가 나는 구두룡왕을 물려 준 몸이니, 샤 본 곁에 너무 머무르는 것도 지장이 있겠지. 그러니까 내가 대관으로서 그대의 섬과 백성을 맡는 건 어떨까? 그대는 통치 장소를 맞바꾸는 형태가 되겠지만."

샤 나가 그렇게 말하자 키 슌은 한쪽 무릎을 꿇고, 손을 앞으로 맞잡고서 머리를 숙였다.

"예. 사냐 님이시라면 맡길 수 있습니다. 저는 앞으로도 샤 본 공주님을 위해 분골쇄신하겠사오니."

"아버님, 키 슌……."

샤 본의 눈이 촉촉하게 젖었다. 제도 연합 측의 의견은 정리된 듯했다.

각자가 원래 위치로 돌아온 참에, 나는 헛기침을 해서 이야기를 되돌렸다.

"그래서 '소쌍자도' 말입니다만……."

"구두룡왕님의 판단에 맡기겠습니다."

키 슌이 그렇게 말하자 샤 나는 고개를 끄덕였다.

"그래, 알았다. 이번 일에는 무척 신세를 진 귀국의 요청이기에, 받아들여도 되겠다고 생각합니다. 하지만 이 사실이 구두룡 제도의 섬을 하나 '빼앗겼다'고 보여진다면, 다른 섬의 도주들이 반발하겠죠. 외부의 간섭을 꺼리는 국민성이니 말입니다. 그것이 고민되는 부분입니다."

확실히 이 나라 사람들의 신조는 '목숨을 걸고서'에 가까운 부분이 있었다. 작은 섬이라고 해도 자신들이 지켜낸 땅을 남의 손에 넘겨주는 것은 받아들일 수 없겠지.

하지만 뭐, 이 반응은 이미 예상했다.

"그렇다면 '기지 교환'의 형태로 하는 건 어떠실까요?"

"교환이라고요?"

"예. 주나, 지도를 줘."

"예."

주나 씨에게 이 세계의 지도를 준비하라고 해서 테이블 위에 펼쳤다. 그리고 모두가 들여다보는 가운데, 신도시 베네티노바에서 조금 동쪽으로 간 해안선을 가리켰다.

"이곳에 소규모지만 군항이 있습니다. 소쌍자도의 기지를 우리에게 '대여' 하는 답례로, 이 군항을 그쪽에서 '대여' 하는 건 어떨까요. 요컨대 해군 기지의 교환입니다. 물론 이쪽이 제시한 조건과 마찬가지로, 이 군항에 구두룡왕 휘하의 함선 체류를 인정하죠. 그쪽으로서도 교역품 집적 장소는 필요할 테니까."

"흠, 그렇다면 도주들도 납득시킬 수 있겠지만…… 괜찮겠습니까? 왕국에 구두룡 제도의 함선이 체류하게 됩니다만?"

"이 기지뿐이라면. 다만 기지 교환은 양국의 관계가 어느 정도 양호한 것이 대전제입니다. 둘 중 누군가가 신뢰를 배신한다면, 이 기지들은 바로 파기해야만 하겠죠. 해상 교역의 의의를 올바르게 이해한다면, 서로의 신뢰를 배신하는 일이 있어서는 안 됩니다. 저는 이것과 같은 제안을 공화국에도 할 작정입니다."

"그렇군. 조금 전 해양 동맹의 관계 강화로도 이어진다는 이야기로군요."

샤 나는 팔짱을 끼며 신음을 흘리더니 나를 빤히 봤다.

"손해가 없는, 쉽게 받아들일 수 있는 계획이로군요. 이쪽의 사정을 헤아려 주는 건 고맙지만…… 그만큼 주도면밀하게 준비된 계획이라는 건 알겠습니다. 어느 섬을 선택하는지는 제쳐 두더라도, 구상 자체는 하루 이틀 생각한 일이 아니겠죠. 혹시 내가 함께 싸우자는 이야기를 가져간 그때부터, 이것을 대가로 요구할 생각이었던 겁니까?"

"상상에 맡기겠습니다."

뭐, 이 해양 동맹에 대해서 생각하는 계기가 된 것은 다른 일이지만, 그건 이 자리에서는 말하지 않아도 되겠지. 샤 나는 한숨 섞어 말했다.

"상상 이상으로 무서운 상대로군. 귀국은."

"꼭 그렇지는 않다고 생각합니다만? 맹우는 성실하게 대하니까요."

"그렇기에 적으로 돌리면 무섭다는 말이야."

그러더니 샤 나는 샤 본을 봤다.

"샤 본이여, 어떻게 하겠느냐? 이제부터는 네가 마주해야만 하는 상대다."

"저는, 신뢰하고 싶어요. 이쪽이 배신하지 않는 한, 소마 님은 배신하지 않겠죠."

"흠…… 그렇다면, 네가 그의 손을 잡도록 해라."

"예."

그러자 샤 본은 자리에서 일어섰다. 나도 일어서서 함께 오른손을 내밀었다.

"우리 나라의 발전을 위해, 그 동맹을 긍정적으로 검토하겠습니다. 소마 왕."

"좋은 답변을 기다리겠습니다. 샤 본 여왕."

우리는 단단히 악수했다.

아직 세세한 조정 작업이 필요하니까 이 자리에서는 동맹 체결을 결정할 수 없었지만, 앞으로 양국의 인연을 더욱 굳건히 하고 싶다는 의지는 공유할 수 있었으니까 잘된 것으로 하자.

나는 모두를 향해 말했다.

"자, 늦었지만 우리도 축하연을 열까요. 해변에 있는 장병들에게는 미안하지만, 이 전함이라면 내장 말고 다른 요리도 낼 수 있습니다."

"껄껄껄! 괜찮겠군. 슬슬 내장 요리에도 질렸으니까 말이야."

샤 나가 호쾌하게 웃으며 말했다.

응, 정말로 이제 내장 요리는 먹다 질렸으니까 말이지.

"저는 폐하께서 만드신 거라면 얼마든지 먹을 수 있는데요."

"그야 아이샤는 그럴 테지만, 나는 생선도 먹고 싶어."

"저는 신선한 채소랑 과일이 좋아요."

아이샤와 나덴, 게다가 샤 본이 가담해서 그런 대화를 나누는 한편.

"나는 역시 술일까. 다양한 요리에, 구두룡 제도의 술과 왕국의 포도주 중에 어느 쪽이 더 어울리는지 비교해 보고 싶어."

"구두룡 섬의 명주를 준비하죠."

"카하하, 구두룡의 술은 고기든 생선이든 다 어울린다고!"

엑셀, 키 슌, 샤 나는 그런 대화를 나누었다. 요리팀과 술팀으로 딱 나뉘었다. 나는 옆에서 그런 광경을 함께 보고 있던 주나 씨에게 말을 건넸다.

"주나 씨는 술이랑 요리, 뭐가 기대되나요?"

"그러네요……. 지금은 술은 못 마시니까 요리 쪽일까요."

"? 그러고 보니, 쌍둥이 섬에 있었을 때도 술을 안 마셨죠? 지금은 이제 긴장할 필요도 없으니까 같이 즐기면 좋지 않을까요?"

내가 그렇게 말하자 주나 씨는 당황한 듯 고개를 가로저었다.

"어, 그게 아니고요! 지금은 음주를 자제해야 해서요."

"어라? 주나 씨는 꽤 마시는 편이었죠."

"그렇지만…… 지금은 그러지 말라고 힐데 선생님이 그래서요."

그러면서 주나 씨는 조금 부끄러운 듯이 자신의 배에 손을 댔다.

입에 담은 여의사 힐데의 이름, 아랫배, 무엇보다 주나 씨의 기쁨과 부끄러움을 뒤섞은 것 같은 표정을 보고, 나는 주나 씨가 술을 입에 대지 않는 이유를 정확하게 이해했다.

"어…… 저기, 언제부터 알았나요?"

"구두룡 제도로 오기 조금 전일까요."

"어, 어째서 이제까지 말을……."

"그게 말이죠, 알려주면 당신은 절대로 제 동행을 허락해 주지 않았을 테죠? 몸 상태는 안정적이었고, 모처럼 도움이 될 기회에 동행하지 못하는 건 싫었으니까요."

"…………"

쿡쿡 웃으며 말하는 주나 씨.

나는 뭘 말하면 좋을지 알 수가 없어서 머리를 부여잡았다.

머릿속으로 다양한 감정이 소용돌이쳐서 무엇부터 손을 대면 좋을지 알 수가 없었다.

그러니까 일단, 가장 커다란 감정에 몸을 맡기기로 했다.

"얏호오오오오오오!"

갑자기 커다란 목소리를 낸 내 주위의 모두가 깜짝 놀랐지만, 나는 아랑곳하지 않고 주나 씨를 번쩍 안아 들어서 '기쁨'을 외쳤다.

아아, 왕국에서 기다리는 시안, 카즈하.

너희에게 곧 동생이 생긴대.

"머리가 아파……."

[정말이지, 뭘 하는 건지.]

숙취로 지끈거리는 머리를 부여잡고 있었더니 리시아가 어이없다는 듯 말했다.

제도 연합팀과의 축연 이후로 하룻밤이 지난 아침.

나는 항모 히류 안에 수납되어 있던 보옥을 통해서 왕국의 비밀 공창에 있는 리시아와 통신 중이었다. 오오야미즈치를 무사히 토벌했다는 기쁨과 주나 씨의 임신 고백도 있어서 내 기분이 도를 넘어 제대로 과음하고 만 모양이었다.

아마도 중간에 의식을 잃었을 테지.

정신이 들었을 때는 나는 군복 차림으로, 나를 옮겨다 주었을 아이샤와 나덴에게 안긴 모양새로 침대 위에 있었다. 둘 다 상당히 마셨는지 잠이 푹 들었다.

주나 씨는 연회가 혼란에 빠지자 재빨리 물러났다나. 현명한 판단이네.

그리고 리시아한테 주나 씨의 회임에 대해서 전했더니 [역시…….]라고 말했다.

"리시아는 알았던 거야?"

[어렴풋이 말이지. 동작의 변화를 보고, 그렇지는 않을까 생각했어.]

"나는 전혀 몰랐어. 남편으로서, 아버지로서 한심하지만."

[그건 뭐, '경험'의 차이라고 생각해.]

리시아는 가볍게 가슴을 펴며 웃었다. ……이길 수가 없네.

"하지만…… 아, 이건 주나 씨한테 말하지는 않은 건데, 이번 출병에 동행시켜서는 안 되었을지도. 혹시 무슨 일이 있었다면, 그렇게 생각하니까 오싹하다고."

[그 마음은 알겠지만, 알았어도 나는 막지 못했을 거야.]

"어째서?"

[내가 같은 입장이었다면, 마찬가지로 감추고 따라갔을 거니까. 그러네. 예를 들면 소마가 공화국으로 가겠다고 결정했을 때 몸 상태가 괜찮았다면, 나는 반드시 소마랑 동행했을 거야. 역시 걱정되니까.]

"나를 그렇게 믿을 수 없는 걸까……. 아이샤랑 나덴도 호위로 있었는데."

내가 쓴웃음과 함께 말하자 리시아는 쿡쿡 웃었다.

[이렇게 자기만 안전한 장소에서 기다리는 건 꽤 답답하거든? 게다가 조금 더 배가 커지면 그야말로 무리할 수는 없을 테니까, 움직일 수 있는 동안에는 같이 있기를 바라는 건 당연해.]

"그러네. 그 마음은 기뻐. 역시 걱정은 되지만."

[후후, 빨리 돌아와. 건강한 얼굴을 직접 보여줘.]

"하하하, 뒤처리가 끝나면 다 같이 돌아갈게⋯⋯. 아, 그렇지. 쿠를 라군 시티로 불러 줄 수 있을까? 그쪽에서 연락하는 게 빠를 테니까."

내가 그렇게 말하자 리시아는 진지한 표정을 지었다.

[해양 동맹 건이구나.]

"응. 함께 싸우면서 생겨난 우호적인 분위기가 희미해지기 전에 결정해 버리고 싶어. 그를 위해서라도 체결은 빨라서 나쁠 건 없겠지."

[알았어. 하지만, 무척 서두르네.]

그러자 리시아는 무언가 깨달은 것처럼 입가에 손을 대며 고개를 갸웃거렸다.

[혹시⋯⋯ 소마가 원군을 파견한 진짜 목적은 이거였어?]

"어째서 그렇게 생각해?"

[해양 동맹 체결과 기지 교환이라면 원군의 답례로 약하다고 생각했으니까. 섬이라든지 돈이라든지, 그렇게 눈에 보이는 알기 쉬운 답례를 원하지 않았으니까, 원하는 것 중에 소마의 의도가 감추진 것 같았어. 뭐, 오랫동안 함께하면서 생긴 직감 같은 거야.]

"잘도 알았네."

역시 내 아내, 날카롭네. 나는 체념한 듯 어깨를 으쓱였다.

"확실히 이번 오오야미즈치 토벌에 협력한 건 이 해양 동맹 체결이 주목적이었어. 인도적인 의의만이 아니라, 구두룡 제도에 은혜를 베풀면 해양 동맹 체결까지 흐름을 가져올 수 있겠다는 타산도 있었고."

[타산…… 그렇게까지 한다는 건, 중요한 일이겠네?]

"물론, 왕국의 미래와도 관련이 있으니까."

[그, 그 정도야?]

리시아가 의아해하며 물어서 나는 크게 고개를 끄덕였다.

"이건 하쿠야랑 엑셀과도 논의한 일인데, 왕국은 앞으로 해상 교역 활성화와 해상 전력 증강에 힘을 쏟을 예정이야. 내가 있던 세계에서는 이걸 시 파워…… 직역하면 '바다의 힘'이라고 불렀는데, 그 증강에 노력한다는 거겠네."

[바다의 힘…… 나는 잘 모르겠어. 육군 소속이었으니까.]

"뭐, 대륙에 있었다면 주요 전장이나 교역로도 육지가 많을 거니까."

리시아가 이런 인식인 것도 무리는 아니었다.

왕국으로서도 해군의 역할은 구두룡 제도에서의 침입, 침공에 대비하는 것이었다.

적대적인 국가였던 아미도니아 공국은 육지로 이어져 있고, 과거 몇 번인가 북상을 노리던 톨기스 공화국도 겨울에는 바다가 어니까 변변한 해상 전력을 보유하지 않았다.

그래서 주요 전투는 육지에서 한다는 인식이 있고, 해상 전력의 중요성은 잘 알아주지 않았다고 한다.

그것은 다른 나라에서도 마찬가지인지, 그란 케이오스 제국도 그만한 대국인데 해군은 별로 발달하지 않은 모양이었다.

해상 전력보다 육상 전력. 그것이 이 대륙에서의 공통적인 인식이겠지.

아마도 초원에서 살아온 후우가도 이런 인식일 터.

그렇기에 중요한 것이다.

"바다를 자유롭게 오갈 수 있다는 건, 국가의 강함으로 직결되지. 생각해 봐. 우리 나라에는 항모섬 [히류]가 있어. 항행 중에 방해받지 않는다면, 우리는 연안부를 언제든지 내킬 때 폭격할 수 있어. 그리고 [로로아마루]를 쓰면 얼어붙은 바다조차도 건너서 병사를 보낼 수 있지."

[듣고 보니 그러네. 우리는 다른 나라에서 봤을 때 큰 위협이었구나.]

리시아가 감탄한 듯 신음했다. 나는 수긍했다.

"물론 가능하다고 해서, 마구잡이로 전쟁해서 적을 만드는 짓은 안 하지만. 인류의 적으로 찍히긴 싫으니까."

[당연하지.]

"게다가 군사적 측면만이 아니라 경제적으로도 의의가 있어. 뭐, 이런 식으로 시 파워를 강화해도, 자국에서도 그렇지만 타국에서도 성과가 쉽게 보이진 않거든. 바로 그러니까 지나치게 다른 나라를 자극하지 않고 서서히 강화할 수 있어. 아마도 그 위협을 올바르게 이해할 수 있는 건 해양 국가인 구두룡 제도 연합뿐이겠지."

같은 섬나라로 가란 정령 왕국 같은 곳도 있지만, 그곳은 지나치게 배타적이라서 쇄국 상태니까 괜찮겠지. 변변한 정보도 들어오지 않을 정도로 폐쇄되어 있다니까.

그러자 리시아가 짝 손뼉을 쳤다.

[그렇구나. 그러니까 동맹으로 끌어들인 거네. 위협으로 인식할 수 있는 나라와 맹우가 되면, 쉽게 위협으로 인식하지 않을 테니까.]

"그런 거지. 덧붙여서 구두룡 제도의 해역을 자유롭게 오갈 수 있다면 제국과의 연계도 좀 더 쉬워질 거야. 물자나 인원 융통 같은 것도 할 수 있을 테니까."

기회가 없어서 언급하지는 않았지만, 이 세계는 '아마도' 지구와 마찬가지로 구체겠지. 우리 나라에서 대륙을 따라서는 서쪽에 있는 제국이, 구두룡 제도가 있는 동쪽 바다를 건너서도 다다를 수 있으니까.

와이번 등으로 하늘을 날 수 있는 이 세계의 사람들은 빠른 시기부터 그 사실을 이해한 모양이었다. 상공에서는 둥글어지는 지평선이나 수평선을 볼 수 있으니까.

다만 '아마도'라고 덧붙인 것은, 동쪽이나 서쪽으로 쭉 가면 한 바퀴를 돌 수 있다는 건 알더라도, 북쪽과 남쪽의 경우에는 아직 미개척 영역이기 때문이다.

톨기스 공화국에서 본 남쪽의 얼음 대륙은 미확정 영역이라서 대륙의 지도에 그려지지 않고, 북쪽은 더더욱 모르는 것이 많다.

마왕령이 처음으로 출현한 대륙 북쪽 끝자락이 사막이란 사실을 생각하면, 우리가 있는 대륙은 남반구에 치우친 것 같다. 그러니까 이곳 사람들은 세계를, 지도를 돌돌 말아서 동쪽과 서쪽을 붙인 것 같은 형태(원통형?)로 인식하는 모양이다.

이 세계에는 아직 모르는 것이 많다. 생각에 잠겼더니 숙취 때문에 또다시 머리가 지끈거려서, 나는 미간을 누르며 한숨을 쉬었다.

"북쪽에서는 지금 후우가가 순조롭게 세력을 확대하고 있대."

[소마가 경계하는 인물 말이구나.]

"그래. 그리고 그런 후우가에 대한 반발도 생기고 있는 것 같아. 조만간에 후우가 지지파와 반대파가 충돌할 거야. 그 결과에 따라서는 대륙이 크게 요동칠 거고. 우리는 그걸 대비해야만 해."

[그러네⋯⋯. 소마는 후우가가 이긴다고 생각하는 거야?]

리시아의 물음에 나는 어깨를 으쓱였다.

"그건 모르겠어. 뭐, 그 남자가 패배하는 모습을 상상할 수가 없다는 것도 분명하지만. 다만 우리 나라에 더 안 좋은 건 후우가가 이기고, 사람들의 꿈이나 희망을 모으는 영웅이 되는 거야. 그렇게 되었다가는 틀림없이 주변 여러 국가에도 불똥이 튈 테니까."

[나는 그 후우가라는 사람을 만난 적은 없지만⋯⋯ 어쩐지 무서워. 아이들을 위해서라도, 이 나라를 확실하게 지켜나가야겠지.]

"그래. 시안과 카즈하, 게다가 앞으로 태어날 아이들을 위해서라도."

나와 리시아는 함께 고개를 끄덕였다. 그리고 리시아가 내게 미소를 지었다.

[어쨌든, 무사히 돌아와.]

"그래. '조금 화려한' 귀환이 될 것 같지만."

[아직 또 뭔가 꾸미는 거야?]

"후후후, 그건 마지막을 봐 달라고."

씩 웃는 나를, 리시아는 어이없다는 표정으로 보고 있었다.

——대륙력 1549년 2월 15일.

"폐하, 슬슬 시간이 됐어요."

옆에 서 있던 주나 씨의 말에 나는 고개를 끄덕였다.

"알았어……. 그럼, 시작해 줘!"

전함 알베르토Ⅱ의 선수 부분에 서 있던 나는, 함교에서 보이도록 오른손을 높이 들며 말했다. 그러자 군용 나팔이 울려 퍼지고, 알베르토Ⅱ의 앞뒤에서 수기 신호를 크게 휘둘렀다. 이번에는 전후좌우에서 무수한 나팔 소리가 들렸다.

둘러보면 죽 늘어선 왕국 함대와 제도 연합 함대의 60척을 넘는 군함들.

그 모든 함선이 프리도니아 왕국과 구두룡 제도 연합의 깃발을 나란히 걸고 있었다.

나팔 소리가 그치자 전방에 있던 함선이 공포를 쏘았다.

그것을 신호로 양국의 함대가 함께 움직이기 시작했다.

우리가 탄 알베르토Ⅱ도 천천히 앞으로 나아가기 시작했다.

주나 씨가 넘어지지 않도록 허리를 받치자 쿡쿡 웃었다.

"고마워요, 폐하."

"천만에요. 나로서는 따듯한 실내에서 기다려 줬으면 했는데."

"그건 싫어요. 이런 큰 무대는 좀처럼 볼 수 없는걸요."

그러더니 주나 씨는 주변을 둘러봤다.

"이만한 규모의 함대 항행은 본 적이 없어요. 그저 장관이라는 말만 나오네요."

파도를 박차며, 대열을 흐트러뜨리지 않고 항행하는 양국의 함대.

"내 즉흥적인 발상으로 실행한 기획이지만, 제대로 연계를 취하고 있네."

"그건 당연하죠. 왕국도, 제도 연합도 해군 숙련도는 높으니까요."

"왕국의 경우에는 정말로 엑셀 덕분이야. 덕분에 좋은 관함식이 될 것 같아."

내가 떠올린 기획.

그것은 왕국과 제도 연합의 국제적인 관함식(함대의 군사 퍼레이드) 실시였다.

이것은 양국 함대가 함께 섬들 근처를 항행하고.

하나, 이 나라에서 오오야미즈치의 위협이 사라졌다는 것.

둘, 그것은 왕국과 제도 연합이 연계한 승리라는 것.

셋, 왕국과 제도 연합 사이에 해양 동맹이 체결되었다는 것.

넷, 양국 관계가 양호하다는 것을 나타내기 위한 행사였다.

이미 각 섬에는 이런 내용이 적힌 문서가 전서 쿠이를 통해 전달되었을 테지만, 실제로 연동하여 움직이는 양국 함대를 보여준다면 확실하게 이해할 수 있겠지.

제도 연합 내의 의사통일을 꾀하기 위한 일이었다고는 해도 우리 나라는 그 나라의 가상 적으로 행동했으니까. 제아무리 문서로 '우호적'이라고 이야기해도 좀처럼 신용을 얻을 수는 없을 테니까, 백문이 불여일견이라고 할까.

그런 신용성을 높이는 한 방법으로, 가장 앞을 나아가는 것은 호위함이 보호하는 항모섬 [히류]의 선단이었다. 그 배의 갑판 끝 부분에는 오오야미즈치의 아래턱뼈만을 뺀 두개골(위턱뼈부터 머리뼈에 걸친 부분)이 실려 있었다.

부패를 막기 위해서 살점을 발라내어 완전히 뼈만 남은 머리를 갑판에 실은 히류는, 애당초 섬을 본뜬 형태이기도 해서 무척 기괴했다.

"보기에 따라서는 새로운 몬스터 같기도 하네."

내가 그렇게 말하자 주나 씨는 쿡쿡 웃었다.

"위에서 보면 그렇겠죠. 아래쪽은 완전히 배지만요."

구두룡 제도의 사람들에게 오오야미즈치를 타도하여 위협이 사라졌다는 사실을 명확하게 알리기 위한 행동이지만, 개인적으로는 복잡한 기분이네. 마치 참수한 머리를 (일반적으로 순서가 반대이지만) 거리에 끌고 다니는 것 같은 느낌이니까.

어쩐지 오다 노부나가가 만들었다는 해골잔이 떠올랐다. 저주 받긴 건 싫으니까, 이 관함식 종료 후에는 샤 나 왕에게 제대로 공양해 달라고 하자.

"어쨌든 이것으로 간신히 왕국으로 돌아갈 수 있겠네요."

"그러네……."

이후로 양국 함대는 구두룡 제도의 섬들 근처를 돈 뒤에는 왕국으로 가서, 이번에는 왕국의 백성들에게 싸움이 끝났다는 사실을 알리고자 라군 시티에서 신도시 베네티노바로 항행할 예정이다. 그리고 함대는 베네티노바에서 해산하여 구두룡 제도로 돌아간다는 흐름이었다.

"돌아가면 리시아한테 아이들의 일을 설명해야겠지."

통신으로 말하지는 않았지만, 샤 본 공주가 시안이나 카즈하에게 혼인 이야기를 꺼냈다고 리시아에게 설명해야만 한다. 아직 정식으로 정해진 건 아니고 왕족으로서 다른 나라 왕족과의 혼인 이야기는 피할 수 없는 일이니까, 리시아도 이해해 주겠지.

하지만 조금이라도 슬퍼할 것 같은 일은 하고 싶지 않다는 것이 거짓 없는 내 본심이었다.

그러자 주나 씨가 내 손에 살며시 손을 겹쳤다.

"제게도 아이가 생긴 지금, 폐하가 가족을 생각하는 마음은 전보다 더욱 이해할 수 있어요."

"주나……."

"샤 본 양의 아이가 시안에게 시집을 올지, 혹은 카즈하가 구두룡 제도로 시집을 갈지는 아직 알 수 없지만, 그것을 불행한 혼인이 되지 않으려면 왕국과 제도 연합의 관계가 양호할 필요가 있어요. 반대로 말하면, 왕국과 제도 연합의 관계만 양호하다면 그 혼인도 좀처럼 불행해지지는 않는다는 의미에요."

"확실히 그 말 그대로네."

양국 관계가 양호하다면 아내를 맞이하든 시집을 보내든, 어느 나라에서도 소중하게 대하겠지. 그리고 본인들의 마음이 맞지 않는 경우라도 양국의 관계가 좋다면 없었던 일로 돌리기도 쉬울 테고. 그러니까……

"우리의 노력에 달렸다는 건가."

"예. 아이들을 위해서라도, 열심히 해주세요. 아빠."

주나 씨가 부드러운 미소로 말하고, 나는 크게 고개를 끄덕이고는 앞에 펼쳐진 바다를 바라봤다.

중기

『대괴수 수상전 −오오야미즈치 대 메카드라−』⋯⋯가 아니라, '현실주의 용사' 13권을 구입해 주셔서 감사합니다. 좋아하는 [모스라의 노래]는 VS 시리즈의 코스모스 버전, 괴수 영화를 정말 좋아하는 도조마루입니다.

이번 편에서는 마침내 항모섬 [히류]의 첫 출진으로, 해상 함대전이 그려진다⋯⋯고 생각했더니, 괴수 퇴치로 넘어갔습니다. 고지라 시리즈, 가메라 시리즈는 쇼와, 헤이세이 모두 본 작가의 취향이 전면에 드러났다고 생각합니다. 이것 참~ 정말로, 이제까지 쓴 이야기 중에서 가장 즐거웠을지도 모르겠습니다.

이번 편을 적으면서는 괴수 영화 시리즈의 1탄 같은 분위기를 의식했습니다.

1탄이니까 상대가 어떤 공격을 할지, 작중의 인물로서는 알 수 없습니다.

예를 들어 [대괴수 가메라]에서 가메라를 뒤집었을 때, 학자가 '거북이는 자력으로는 일어설 수 없다' 고 했더니 회전 제트로 날아가자 어리둥절해하는 느낌입니다. 그러니까 소마 일행은, 오오야미즈치는 불꽃을 뿜지 않으리라고 추측할 수는 있어도, 공기포나 압축 물대포 같은 공격을 예상하지 못하여 당하고 만 겁니다.

그리고 괴수 출현까지 기운을 모으는 시간을 만드는 것이 큰일, 이라는 것도 자주 듣는 이야기입니다.

신체 일부나 전체 실루엣만을 묘사한다, 파괴의 흔적을 드러낸다, 작중 인물이 추측을 이야기한다, 기타 등등으로 어떤 생물인지 기대감은 부추기는 거겠죠. 뭐, 포스터나 예고편으로 관객은 괴수의 모습을 알고 있다⋯⋯는 것도 괴수 영화의 흔한 사례입니다. (포스터판 VS메카고지라처럼 디자인이 바뀌는 경우도 있습니다만.)

그렇게 실상을 파악하지 못한 사이, 관광 명소가 될 법한 건축물을 내던져서 파워 어필을 하는 것도 괜찮죠. 이 소설에서는 돌다리였습니다.

그 밖에도 괴수 영화답다고 불리는 묘사를 몇 가지 넣어 두었습니다. 괴수 영화 팬이라면 빙그레 웃으셨을지도 모르겠습니다.

그럼 일러스트레이터 후유유키 님, 만화판의 우에다 사토시 선생님, 담당자님, 디자이너님, 교정자님, 그리고 애니메이션 제작에 관여해 주시는 분들과 이 책을 집어 주신 여러분께 감사합니다. 도조마루였습니다.

——수도 파르남에 있는 왕립 아카데미의 교실에서.

"피곤해~."

책상에 엎드려서는 축 늘어지며 유리가 투덜거렸다.

오오야미즈치와의 싸움을 앞두고 왕립 아카데미로 강제 송환된 유리는 무단으로 결석해서 강의를 빼먹은 벌로 매일 수업이 끝난 뒤에 두 시간, 강사가 쭉 붙어서 보충 수업을 듣고 있었다. 또한 이 세계에서는 8일인 일주일 중 이틀은 휴교일이지만, 2주는 휴일을 반납하고 학교에 와서 보충 수업을 들어야 했다.

"저 안경 여사님은 너무 무자비하다고. 반성문도 검사해서 토를 단다니까."

"나하하, 어쩐지 무지 피곤해 보인다 캐따."

유리가 엎드리며 투덜대자 친구 루시가 쓴웃음을 지으며 말했다.

꼬마 로로아 같은 느낌의 소녀 루시는 가방 안에서 무언가 형형색색의 동그란 물체가 든 병을 꺼냈다.

"뭐, 수고했다. 자, 사탕이라도 무글래?"

"응, 줘. 어쩐지 지금 엄청 단 게 먹고 싶어."

유리가 병아리처럼 입을 벌리자 루시는 사탕을 던져 넣었다. 그러자 마찬가지로 친구인 다크 엘프 소녀 벨자가 "하아." 라고 한숨을 쉬었다.

"루시 씨는 너무 물러요. 유리가 씨는 좀 더 반성해야 해요."

"바, 반성한다고. 반성문도 썼으니까."

"당연하죠. 더 반성해야 한다는 거예요."

벨자는 "알겠나요." 라며 유리가에게 검지를 척 내밀었다.

"무단결석만 문제시했지만, 듣기로 유리가 씨는 밀항이랑 밀입국도 같이 저질렀다죠? 원래라면 대사건이에요."

"으극……."

"국제 문제를 일으킬 뻔한 학생이라니 전대미문이겠죠. 그런 학생에게는 학교에서도 엄격한 처분을 내려야만 해요. 보통은 퇴학이라고요. 보충 수업으로 그친 건 폐하가 온정을 베푼 덕분이겠죠."

"그건…… 그러네."

실제로 유리가의 행동에서 문제로 제기된 부분은 강의를 무단으로 결석한 것뿐이었다.

구두룡 제도 밀항, 밀입국에 대해서는 소마 쪽에서 사실 자체를 흐지부지했다.

후우가의 부탁으로 맡은 유리가가 퇴학당한다면 국가 관계의 문제로 파급이 미칠 수도 있으니까. 아이들은 유리가에게 사정을 들어서 알지만, 학교에는 그 사실이 전해지지 않았다.

"유리가 씨는 모두에게 폐를 끼쳤다는 사실을 좀 더 자각해야 해요."

"반성은 하고 있어. 소마 님한테도 혼났고."

조금 전까지와는 다르게 시무룩한 모습으로 유리가가 말했다.

아무래도 정말로 반성하는 모양이었다. 무거운 분위기가 흘렀다.

그러자 루시는 분위기를 바꾸듯, 벨자의 입에도 사탕을 던져 넣었다.

"우물…… 달콤하네요."

"우리 신상품이이까네. 생강이랑 벌꿀이 들어가 목에도 좋다 카더라. 뭐, 유리갓치도 반성하는 모양이이까, 너그러이 봐주믄 안 되겠나?"

"알겠어요. 미안해요. 저도 그만 울컥하고 말았어요."

"울컥?"

"저도…… 사실은 구두룡 제도로 가고 싶었거든요."

벨자가 그렇게 말하자 유리가는 눈을 끔벅거렸다.

"벨자가? 왜?"

"그게…… 오오야미즈치였던가요? 그 토벌에 저의 소중한 사람도 참가했으니까요. 제가 있어도 아무런 도움도 되지 않았다는 건 알고 있지만…… 걱정이라……."

"오, 혹시 벨치가 좋아하는 사람이라는 할 씨?"

루시가 두근두근 반짝반짝 얼굴로 달려들었다.

꼬마팀은 이전의 가장 이벤트 당시, 할버트 앞에서는 헤실거리는 벨자의 모습을 목격했다. 마음속의 상대가 그 사람이라는 사실은 뻔히 보였다.

류시는 "이게이게~."라며 벨자를 팔꿈치로 쿡 찔렀다.

"벨치는 예쁘이까, 귀족이나 기사 자제가 교제를 청한다고 카던데. 하지만 '마음에 정한 사람이 있으니까' 라면서 거절한다고 들었다."

"으윽…… 소문이 도는 건가요……."

"진짜로 반했구나."

"그건 뭐, 무척 강하고 멋있는 사람이니까요."

벨자는 손을 앞으로 맞잡고, 할의 모습을 머릿속으로 그리듯 이야기했다.

"손에는 두 자루 창을 들고, 창에는 불꽃을 두르고, 무리를 지은 적에게도 겁먹지 않고 맞선다. 오거의 투구는 상대에게 그분의 별명을 떠오르게 만들겠죠. 파트너이자 반려인 레드 드래곤을 타고 싸우는 모습은 그야말로 [적귀]라는 이름에 걸맞아요."

"어, 어어?"

당당하게, 노래하듯 이야기하는 벨자를 보니 제아무리 루시라도 살짝 질린 모양이었다. 다만 로로아 이야기를 하면 루시도 비슷한 느낌이 될 테지만…….

"그렇게나 강한데, 평소에는 무척 다정하고, 휴일에 놀러 가면 저를 귀여워해 주세요. 뭐, 지금은 동생 취급이지만."

갑자기 시무룩하게 가라앉은 벨자. 사랑하는 사람 앞에서는 감정의 기복이 격한 듯했다.

평소의 쿨한 벨자와는 너무도 큰 차이에, 루시는 니히히 웃었다.

"소녀구나, 벨치. 자, 사탕 무그라."

"우물우물."

'적귀 할이라…….'

이야기를 듣던 유리가는 동방 제국 연합에서 있었던 일을 떠올렸다.

"확실히 강하고 용맹한 전사였지. 레드 드래곤도 강했고."

"어라, 유리가는 할 씨가 싸우는 모습을 아나요?"

"마나미가 동방 제국 연합을 덮쳤을 때 말이지. 확실히 강해 보이는 사람이었어."

"그렇죠그렇죠."

벨자는 어째선지 자기가 칭찬받은 것처럼 가슴을 펴고, 자랑스럽게 콧대를 높여 우쭐거렸다. 그 태도에 경쟁심이 강한 유리가는 살짝 짜증이 났다.

"뭐, 그래도. 우리 오라버님이 훨씬…… 어?!"

유리가가 항상 토모에한테 이야기하던 오라버니 자랑을 늘어놓으려고 했을 때, 날아든 살기 덩어리에 숨을 삼키느라 강제로 입을 다물었다.

벨자가 감정을 읽을 수 없는 눈빛으로 유리가를 빤히 바라보고 있었으니까.

"…………."

'뭐야?! 어쩐지 무서운데요?!'

유리가는 이 화제로 더 이야기하는 게 위험하다고 본능적으로 깨닫고.

"오, 오라버니도 강하다고 생각하지만, 할버트 경도 좋은 전사라고 생각, 해."

……그렇게 얼버무렸다.

"후후후, 당연하죠."

그러자 벨자는 아무 일도 없었다는 듯 미소를 지었다.

유리가는 멍하니 있던 루시에게 살짝 귓속말했다.

(확실히 소마 왕의 제2정실이 된 아이샤 경도, 소마 왕과 관련된 일이라면 넋이 나가는 경우가 있었단 말이지. 토모에한테 들었는데…… 깜박했어.)

(사랑은 사람을 맹목적으로 만드는 기라, 아마도.)

두 사람이 사랑에 빠진 다크 엘프의 두려움을 깨달은 그때.

"아, 여기 있네. 유리가."

"어? 토모에?"

오늘은 학교를 쉰다고 했던 토모에가 타박타박 달려왔다. 토모에는 학교 교복이 아니라 평소의, 소마가 손수 만든 사복차림이었다.

유리가는 고개를 갸웃거리며 물었다.

"무슨 일이야. 오늘은 쉬는 거 아니었어?"

"유리가를 데리러 나왔어. 보충 수업도 다 끝날 시간이다 싶었거든."

토모에는 그러더니 유리가에게 손을 내밀었다.

"데리러 왔다고?"

"응. 유리가도, 그 후로 어떻게 되었는지 결과만이라도 보고 싶지 않을까 해서."

"그 후? 결과? 대체 무슨 이야기야."

"괜찮아, 제대로 언니랑 학교의 허가는 받았으니까. 자, 가자."

"어, 잠깐만?!"

"또 봐. 루, 벨."

토모에는 유리가의 대답도 듣지 않고 손을 붙잡더니, 루시와 벨자에게 인사하고 유리가를 교실에서 데리고 나갔다.

"우리 친구들은, 참으로 자유롭네."

"그러네요."

교실에 남겨진 모양새가 된 루시와 벨자는, 어안이 벙벙한 표정으로 토모에와 유리가의 뒷모습을 지켜봤다.

다음 날. 그들을 태우고 저녁에 수도 파르남에서 출발한 와이번 곤돌라는, 중간의 도시에서 휴식을 취하며 이튿날 아침에는 라군 시티 근처까지 왔다.

"둘 다, 이제 곧 라군 시티에요."

"우응~~~ 다 왔어?"

이치하가 흔들어서 깨우자, 곤돌라 안에서 자던 유리가는 크게 기지개를 켰다.

"음냐…… 그런 모양, 이야."

마찬가지로 깬 토모에는 졸린 눈을 비비며 대답했다.

비행시간이 길었기에 세 사람 다 곤돌라 안에서 잠이 들었는데
———.

투웅

"꺅."

"토모에 씨?!"

아무래도 곤돌라가 지상에 내려선 모양이었다.

그 충격에 앞으로 고꾸라진 토모에를 이치하가 안아서 받아냈
다.

"괘, 괜찮아요?"

"고, 고마워, 이치하 군."

그런 두 사람의 모습을 유리가가 어이없다는 듯 보고 있었다.

"뭘 하는 거야. 여전히 흐리멍덩하네."

"으음…… 그렇지 않은걸."

"정말이지, 둘 다. 싸우지 말고 내리죠."

이치하의 재촉에 그들이 밖으로 나가자 바다 냄새가 코를 간질
였다.

곤돌라는 라군 시티에 인접한 해변에 내려선 듯했다.

그들이 곤돌라에서 내리고 보니 이미 그곳에는 선객이 있어서,
호위 병사들이나 차림새가 멀끔한 귀족풍 남자들에 둘러싸여서
빨간 군복을 입은 밝은 금발 여성과 메이드 드레스 차림의 드래
고뉴트가 각자 갓난아기를 안고서 서 있었다.

카즈하와 시안을 안은 리시아와 카를라였다.

"앗, 리시아. 아이들이 도착했나 봐."

"정말이네. 때를 맞춰서 다행이야."

두 사람은 그들의 도착을 깨닫고는 '여기로 와.' 라고 그러듯이 손짓했다.

꼬마 삼인조는 리시아 곁으로 달려갔다.

"언니, 배는 왔나요?!"

"아직이야. 슬슬 보일 참이라고 생각하는데."

리시아가 그렇게 말하자, 토모에는 안도하며 가슴을 쓸어내렸다.

"배…… 아, 그렇구나."

배라는 말에 유리가는 간신히 납득이 갔다.

"오늘은 소마 님이 돌아오는 날이구나."

소마는 왕국 함대와 함께 구두룡 제도 연합으로 원정 중이었다.

구두룡 제도 연합을 덮친 괴수 오오야미즈치를 왕국 함대와 제도 연합 함대가 함께 싸워서 멋지게 토벌에 성공했다는 뉴스는 이미 나왔다.

다만 전후 처리(대부분 오오야미즈치 해체 작업이지만)가 길어져서 소마는 더 늦게 귀환하게 되었다. 그런 소마가 오늘 돌아오는 것이리라.

토모에가 말한 '그 후' 란 구두룡 제도에서 벌어진 싸움의 결말일 것이다. 유리가도 오오야미즈치의 모습은 볼 수 있었지만, 싸움을 앞두고 강제로 귀국하게 됐으니까, 그 후로 일이 어떻게 되었는지 궁금했다.

그러자 토모에는 눈을 끔벅거렸다.

"어라, 말 안 했던가?"

"못 들었어! 중요한 내용은 하나도!"

"하햐하햐."

유리가는 또다시 토모에의 뺨을 꾹꾹 잡아당겼다.

그런 아이들의 모습을 보고 리시아는 쿡쿡 웃었다.

"사이좋게 지내는 모양이네, 유리가."

"윽! 아, 예. 리시아 왕비, 님."

유리가는 토모에를 놓더니 긴장한 기색으로 대답했다.

"리시아라고 부르면 돼. 너도 한 나라의 공주님이잖아?"

"그건…… 좀 무리예요."

"역시 나랑 있으면 긴장해? 그렇게나 위압감이 드러나나?"

고개를 갸웃거리는 리시아에게 유리가는 황급히 절레절레 고개를 가로저었다.

"아, 아니…… 리시아 님한테서는 저 자신과 가까운 걸 느끼니까, 어쩐지 속을 훤히 드러내고 있는 듯한 느낌이 들거든요. 뭐라고 할까…… 저한테 언니는 없지만, 언니 앞에 서 있는 동생은 이런 느낌일까…… 하고."

리시아도 유리가도 말괄량이 공주님이고, 고집스러운 구석도 있지만 유연한 사고도 가지고 있는 등등, 성격에서 닮은 구석이 있었다.

아무래도 유리가는 리시아에게 공감이 있기에 긴장한 듯했다.

그런 두 사람이 대화하는 모습을 보던 토모에가 입술을 삐죽 내밀었다.

"으음, 언니는 제 언니인데."

"따, 딱히 동생이 되고 싶다는 게 아니야."

"어머, 뭣하면 너도 동생이 될래? 아버님, 어머님도 딸이 늘어나면 기뻐하실 거야."

"노, 놀리지 마세요!"

여자 셋이 모이면 접시가 깨진다고들 하는데, 그야말로 그런 느낌이었다.

일단 이래 봬도 남자인 자신으로서는 따라갈 수 없는 세계구나, 그렇게 생각한 이치하는 홀로 바다를 바라보고 있었다. 그랬더니 수평선 너머에서 무언가 떠오르는 것이 보였다.

유리가도 그곳을 응시했다.

"저건 산? 아니, 섬?"

"후후, 저건 항모섬 [히류]야. 모두 돌아온 거야."

유리가의 입에서 나온 말에 리시아는 기쁜 듯 말했다.

이윽고 수평선에서 떠오른 그것이 가까워지자, 섬처럼 생긴 배라는 사실을 유리가도 알 수 있었다. 유리가가 히류를 본 것은 이것이 처음이라, 그 형태에 그저 어안이 벙벙했다.

그런 히류를 둘러싸듯이 많은 함선의 모습도 보였다.

대함대. 그렇게라도 불러야 할 위용이었다.

배도 시 드래곤이 견인하는 철 전함도 있고, 뿔 도르돈이 끌고

있는 철을 덧댄 목조선도 있어서 다양했다. 크기도 각각 다르니까 마치 전함의 견본 시장 같았다.

깃발을 보면 프리도니아 왕국도 있고 구두룡 제도도 있었다.

숫자를 보면 왕국 함대와 제도 연합 함대 대부분이 집결한 듯했다.

"…………."

그 광경에 유리가는 넋이 나가 있었다.

지금 그녀의 머릿속에는 물음표가 소용돌이쳤다.

눈앞에 나타난 대함대는 넷 중에 단 하나, 구두룡 제도 전투의 경위를 전달받지 못한 유리가로서는 이해할 수 없는 광경이었다.

우선 유리가의 인식으로는, 왕국과 제도 연합의 사이는 험악했을 터.

오오야미즈치라고 하는 위협적인 존재는 유리가도 목격하긴 했지만, 왕국과 제도 연합은 일촉즉발의 상태라고 생각했다.

그러니까 소마가 구두룡 제도로 왕국 함대를 파견한 것은, 오오야미즈치의 토벌과 동시에 제도 연합 함대를 궤멸시켜서 바다를 제압하기 위한 행동이라고 생각했다.

하지만 지금 눈앞에서는 왕국 함대와 제도 연합 함대가, 흡사 과거부터 동맹국이었던 것처럼 함께 바다를 나아가고 있었다. 유리가의 머릿속은 혼란스러웠다.

'뭐가, 어떻게 되어서, 이렇게 된 거야?'

마치 수학 문제를 본 다음에 갑자기 해답만 제시받은 기분이었다.

게다가 예상도 하지 않았던 해답이었다. 도중에 어떤 계산이 진행되어 이 해답에 이르렀는지, 유리가로서는 전혀 알 수 없었다.

'게다가…… 저건 대체 뭐야.'

유리가는 대함대의 선두 집단 한가운데 있는 항모섬 [히류]를 봤다.

유리가가 히류를 본 것은 이것이 처음이었다. 어째서 섬 같은 대형 함선을 만들었는지, 어째서 견인하는 생물도 없는데 바다를 나아가는지, 다른 사람들과 비교해서 때늦은 의문이 차례차례 샘솟는 가운데, 가장 신경 쓰이는 부분은.

"뭐야, 저 뼈는."

히류의 뱃머리 부분에 자리 잡은 거대한 생물의 두개골이었다.

안 그래도 섬 같은 함선이란 신비한 외양의 히류인데, 그런 신비함이 더욱 늘어난 것 같았다.

"뭐라고 할까…… 새로운 몬스터로 보이네."

"섬 형태 괴수 히류, 그런 느낌이에요."

히류 위에 실린 거대한 두개골에는, 제아무리 소마를 잘 아는 리시아와 토모에라도 어안이 벙벙한 표정이었다. 그런 분위기 가운데, 몬스터 인식법의 전문가인 이치하만큼은 소마의 의도를 정확하게 파악하고 있었다.

"저건 오오야미즈치의 두개골이네요. 거대하지만 시 드래곤의 두개골과 형상은 일치해요. 아마도 오오야미즈치가 무사히 토벌되었다는 사실을 알리려는 거겠죠."

"이유는 알았지만…… 또 이상한 소문이 돌 것 같아."

리시아는 정말이지, 그러면서 어깨를 떨어뜨렸다.

이제까지도 [인형 옷 모험가(무사시 도련님)]나, [밤에 성으로 내려서는 검고 거대한 그림자(나덴)] 등등, 소마와 그 관계자 탓에 이상한 소문이 돈 적이 있었다.

그럴 때마다 리시아는 소마에게 잔소리했지만, 이 섬 형태 대괴수도 소문이 돌지도 모른다. 괴수답게 과장이 잔뜩 달려서.

"정말로, 못 말리는 아버지란 말이지……?"

리시아가 꺄륵꺄륵 즐겁게 손을 뻗는 카즈하를 달래며 쓴웃음과 함께 말하다가, 옆에서 유리가 어쩐지 머리를 부여잡고 있다는 사실을 깨달았다.

"왜 그러니? 유리가."

"눈에 보이는 광경을, 오빠에게 어떻게 보고하면 좋을지 알 수가 없어서."

"? 딱히 네가 편지를 쓰는 걸 제한하진 않잖아?"

리시아는 어리둥절한 표정으로 말했다.

유리가 후우가에게 연락하는 것은 금지하지 않았다. 기밀 장소에는 못 들어가게 하는 데다가, 왕국의 모습을 유리가의 눈을 통해 전달한다면 후우가가 경계심을 품게 만들지 않으면서도 견제도 되겠다고 판단했으니까.

유리가에게 이제까지 기밀로 했던 히류의 모습을 보여준 것도, 구두룡 제도에서 실전에 투입했으니 더 이상 기밀이 아니기 때문이었다.

설령 지금 이곳에서 유리가에게 보여주지 않더라도 소문을 통해서 이윽고 후우가의 귀에도 들어갈 테니까, 그렇다면 '똑바로 보여줘서 보고하게 두는 편이 쓸데없는 과장이 붙지도 않겠지.'라는 것이 그들의 판단이었다.

"그렇기는 하지만…… 제대로 전달할 수 있을 것 같지가 않아서……."

이렇게 실물을 본 자신조차도 이해할 수 없는 존재를, 멀리 떨어진 후우가가 올바르게 인식할 수 있을까. 함대 행동을 취한 두 나라의 함대에 대해서도 그랬다.

아마도 그들은 싸워서 이기는 것 이상으로 복잡한 거래를 거쳐서 이 상황을 만들어 낸 것이 틀림없다. 적을 무찌르고 굴복시키는 것을 반복한 후우가와 초원 국가 말름키탄은, 싸워서 이기는 것 이외의 선택지도 가진 이 나라에 대처할 수 있을까.

'오라버님이 소마 왕에게 패배하는 모습은 상상할 수 없지만…… 이 나라와 싸우지 않는 게 좋을 것 같아. 제대로 전할 수 있을지는 모르겠지만, 주의를 촉구해야 해…….'

후우가보다도 똑똑하고 유연한 사고의 소유자인 유리가는 그렇게 결심했다.

——대륙력 1549년 2월 말, 제국 수도 바로아.

그란 케이오스 제국의 수도 바로아에 있는 성 안에서, 여제 마리아 유포리아는 국왕 방송의 보옥 앞에 서 있었다. 그런 마리아 근처에 둔 간이 수신 장치에 비치는 통신 상대는 프리도니아 국왕 소마 A 엘프리덴이었다.

"소마 왕, 우선 수고하셨어요."

마리아는 그러면서 소마를 향해 가볍게 인사를 했다.

"구두룡 제도에서는 거대한 괴물을 토벌하시느라 애를 썼다죠. 고개를 숙일 수밖에 없는 심정이에요."

[아뇨아뇨, 제국에서도 협력해 주었기에 이룬 성과이기도 합니다. 제국이 왕국의 위험성을 퍼뜨려 준 덕분에, 구두룡 제도의 섬들을 단결시키고 오오야미즈치와의 결전장으로 끌어들일 수 있었습니다. 감사합니다.]

소마도 그러면서 머리를 숙였다. 그러자 마리아는 쿡쿡 웃음을 지었다.

"그 사실로, 잔느가 조금 토라졌어요. '구두룡 제도로 함대를 파견한 목적이 괴수 퇴치라면, 사전에 말해줬으면 했다.', '침략할 생각이냐고 의심한 자신이 바보 같지 않냐.' 라면서 왈칵 화를 냈죠."

다시 생각해 보면 용병 국가 제므에서 교섭할 때도, 작은 정보를 바탕으로 소마 일행의 의도를 헤아린 마리아와는 다르게 잔느는 그들의 의도를 헤아리지 못하고 분개했다. 소마 일행에게 분개했다기보다는, 언니와 달리 의도를 헤아리지 못하는 자기 자신에게.

물론 이것은 잔느가 한심스러운 게 아니라 마리아가 지나치게 굉장한 것이었다.

[아무래도…… 가르쳐 줄 수는 없었던 겁니다. 그 시점에서 왕국은 구두룡 제도 사람들에게 가상의 적국이 되어야만 했으니까요. 정보가 샌다면 구두룡왕과 진행한 사전 준비가 헛수고가 됩니다. 그런 의미에서도, 마리아 폐하가 헤아려 주신 것은 정말로 고마웠습니다만.]

"후훗, 언니로서 위엄을 보여 줄 수 있었을까요. 그때 잔느가 토라져 버리기는 했지만요. 아마도 하쿠야 경이 달래 줬던가요."

[그럼 이번에도, 하쿠야에게 잔느 경의 불평이나 푸념을 들어달라고 말해두죠.]

"잘 부탁해요."

마리아는 이 이야기는 여기까지라며 화제를 바꾸었다.

"그건 그렇고, 저는 구두룡 제도를 습격한 오오야미즈치의 이야기를 듣고 싶어요. 산처럼 컸다고 그러잖아요. 마치 이야기에

나오는 괴물 같네요. 실제로 본 느낌은 어땠나요? 부디 이야기해
주세요."

[아, 하하…… 그렇군요. 오오야미즈치는…….]

마치 그림책을 읽어 달라는 소녀처럼 눈을 반짝이는 마리아.

소마는 쓴웃음을 지으며 직접 본 오오야미즈치의 모습이나 왕
국, 제도 연합 함대를 농락하며 싸우던 모습을 이야기해 줬다.

전함을 몇 척이나 뒤집어 놓는 물줄기를 입에서 뿜거나, 꿈틀대
는 촉수로 배나 와이번 기병을 때리는 모습 등을 이야기하자, 마
리아는 흥미진진하게 빠져들어서는 "와~.""어머, 세상에!"라
며 어린아이 같은 반응을 드러냈다.

그 이야기를 모두 들은 마리아는 뺨에 손을 대며 "휴." 하고 숨
을 쉬었다.

"세상은 참 넓네요. 그런 생물도 있다니. 위험한 거대 생물……
소마 님의 말을 빌리자면 '괴수'였나요. 고생하신 건 알겠지만,
토벌당하기 전에 보고 싶었다는 생각도 드네요."

[그렇군요. 이 세계의 불가사의를 경험한 기분이었어요. 조만간
에 이치하가 도감용 그림과 보고서를 작성할 테니까, 완성되면
그쪽으로 보내죠.]

"기대할게요."

마리아는 즐겁다는 듯 웃었다. 이렇게 보면 어디에나 있는 밝은
여성 같았다.

다만 어디에나 있다고는 할 수 없을 만큼 미인이기는 하지만.

"그러고 보니 섬 형태의 배를 썼다든지, 기계로 된 드래곤을 조

종했다든지 하는 이야기도 첩보부로부터 들어왔죠. 그쪽도 꼭 보고 싶네요."

마리아는 조금 전 이야기의 연장선처럼 가벼운 느낌으로 그렇게 말했지만, 그 말을 들은 소마는 한순간이지만 표정이 굳었다.

항모섬 [히류]와 기계 드래곤 [메카드라].

왕국으로서는 아직 완전히 공개하지 않은 무기다. 그만큼 요란하게 사용했으니까 언젠가는 다른 나라에도 알려질 것을 각오했지만, 역시나 제국(이라기보다는 역시나 마리아)이라고 해야 할까, 정보를 입수하는 속도가 보통이 아니었다.

소마는 체념한 듯 어깨를 으쓱이며 말했다.

[그건 아직 비밀입니다. 우리에게는 비장의 수단, 그야말로 몰래 키우는 호랑이 새끼 같은 거라서요.]

"어머, 소마 님도 호랑이를 키우나요?"

[호랑이를 키우는 건 후우가입니다. 기계 드래곤은 우리에게는 비장의 카드라고 할까, 감추는 게 나은 카드라고 할까…… 뭐, 비밀병기입니다.]

"비밀병기인가요. 어쩐지 두근두근하네요. 다만 우리 해군 부문은 조마조마하는 모양이지만요."

[조마조마……입니까?]

소마가 그렇게 묻자 마리아는 쿡쿡 웃었다.

"해전에서 와이번 기병을 사용했잖아요. 저는 해전의 상식에 어둡지만, 해군 부문에서 허둥대는 걸 보면 혁신적인 일이었겠죠. '지금 있는 전함에는 당장에라도 대공 연노포를 탑재해야

합니다!' 라며 서둘러 대책에 나선 모양이에요."

현재, 월등한 무기인 항모섬에 대항하기 위해서는 그것밖에 없을 것이다.

소마는 "뭐, 그렇게 되겠군요……."라고 말하며 뺨을 긁적였다.

[그렇게 대책을 세운다면, 이쪽도 또 대책의 대책을 세울 뿐이지만요.]

"그렇겠죠. 저는 왕국이 갑자기 우리 나라로 쳐들어올 일이 없다고 믿지만, 아랫사람들은 그렇지도 않겠죠. 대책을 세워서 불안을 느끼지 않는다면 그것도 괜찮다고 생각해요."

[예. 물론 침략 무기로 사용할 생각은 없습니다. 하지만 예상되는 북쪽 상황의 변화에 대응할 수 있도록, 우리 나라로서는 군비를 갖추어야만 한다고 생각합니다.]

"후우가 한 말이군요."

마리아는 웃음기가 사라진 소마를 바라봤다. 소마는 고개를 끄덕였다.

[마왕령의 땅을 차근차근 되찾고, 난민들을 귀환시키는 것과 동시에 그들의 비호자가 되어 지배 영역을 넓히는 모양입니다. 그 위업을 칭송하는 목소리도 계속하여 늘어나고 있습니다.]

"알고 있어요. 우리도 마왕령에서 토지를 탈환하자고, 일부 가신이 저를 독촉하고 있어요. 후우가 공 때문에 성녀의 존재감이 흔들려서는 안 된다며, 왠지 초조한 모양이에요."

[역시 내키지는 않습니까.]

"이미 제국은 제 손에는 버거울 정도의 크기예요."

마리아는 조금 자조하듯 물었다.

"지배 영역이 더 늘어나도, 눈이 닿지 않는 장소만 늘어날 거예요."

[저는 그 마음을 이해할 수 있지만…… 가신들은 납득한 겁니까?]

그란 케이오스 제국은 많은 인재로 나라를 부흥시키는 왕국과는 달리 광대한 영지의 지배를 마리아의 카리스마로 성립시킨다는 측면이 컸다.

가신들이 걱정하는 것도, 그 카리스마의 저하를 두려워하는 것이리라.

'바로 그렇기에 납득시키는 것도 쉽지 않을 테지……'

소마는 그렇게 생각했다. 그러자 마리아는 조용히 시선을 내렸다.

"납득시키지 못한다면, 저는 그것뿐인 존재에 불과했다는 뜻이에요."

[…………]

짊어진 것의 무게 때문인지, 마리아의 말에는 나이에 걸맞지 않은 달관한 분위기가 있어서 소마는 차마 할 말이 없었다.

그런 분위기를 떨쳐내듯이 마리아는 손뼉을 짝 쳤다.

"그러고 보니, 구두룡 제도와 해양 동맹을 체결했다고 들었는데요."

[정말로 소식이 빠르군요. 공화국에도 제안할 생각입니다.]

"어머, 우리 나라에는 제안하지 않는 건가요?"

마리아가 장난기를 드러내며 그렇게 말하자 소마는 고개를 내저으며 어깨를 으쓱였다.

[제국을 포함할 수 없다는 걸 알고서 하는 이야기겠죠? 이 해양 동맹에 인류 선언의 맹주인 제국이 가담해 버리면, 실질적으로 인류 선언의 연장선으로 여겨지고 맙니다. 우리 나라와 그쪽 나라의 강한 인연을 지나치게 공공연히 드러내지 않기 위해서라도, 지금은 아직 제국을 포함할 수는 없습니다.]

"지금은 안 된다……는 거군요. 알고는 있었지만 아쉽네요. 가능하다면, 이대로 소마 님은 인류 국가의 맹주가 되었으면 하는데요."

[제국의 무거운 짐까지 제 등에 얹으려 하지는 마시죠.]

소마는 한숨을 쉬더니 진지한 표정으로 마리아를 봤다.

[해양 동맹은 육지가 주체인 인류 선언과는 다른 짜임새로서 조직했습니다. 차라리 '제국에 대항하는 세력'으로 여겨지면 제삼국의 경계를 사지 않겠지요.]

"예, 그건 이해해요."

[게다가, 설령 세력이 다를지라도, 왕국과 제국은 여차할 때는 연계해서 큰 힘을 발휘할 수 있다고 생각합니다.]

"그러네요. 바로 그렇기에, 우리 나라는 인류 선언을 유지해야겠죠."

마리아도 수긍하며 말했다. 그런 마리아에게 소마는 물었다.

[현재 인류 선언의 세력은 어느 정도일까요. 이건 우리 측에도 원인이 있겠지만…… 아미도니아 공국이 우리 나라에 병합되며

가맹국은 감소했을 것 같습니다만. 마리아 폐하의 지도력에도 영향이 미치고 있을까요?]

"후후후, 걱정할 필요 없어요. 확실히 아미도니아 공국이 빠져나가면서 인류 선언의 가맹국은 우리 나라와 속국 둘, 용병 국가 제므, 그리고 동방 제국 연합의 몇몇 나라가 되어서 세력 자체는 감소했죠."

마리아는 태연하게 말했다.

"하지만 앞선 마나미에서도, 소마 님은 '제국의 요청으로' 동방 제국 연합에 원군을 파견해 주었어요. 이것으로 프리도니아 왕국도 가맹은 안 했어도 인류 선언의 의의를 인정한다고 해석되고 있어요. 그 사실이 제가 가진 맹주의 입장을 보증해 주죠."

[그렇습니까. 도움이 되었다면 다행입니다.]

"예, 정말로."

그리고 두 사람은 함께 웃었다. 한바탕 웃은 뒤에 마리아는 말했다.

"하지만 커다란 진영이 두 개가 생기면서, 이쪽 진영에도 그쪽 진영에도 속하지 않는 나라는 크게 당황할 것 같네요. 가란 정령 왕국이나 노툰 용기사 왕국은 애당초 폐쇄적이니까 영향은 없을 테지만, 루나리아 정교황국과 동방 제국 연합 내에서 인류 선언에 속하지 않는 나라, 그리고……."

[세력을 확대하고 있는 후우가의 말름키탄 말이군요.]

"예. 그런 나라들은 흔들리겠죠."

어느 쪽에 붙느냐. 혹은 어느 쪽에도 붙지 않느냐.

어느 쪽에도 붙지 않는다면, 어느 쪽에도 붙지 않고서 무사할 수 있도록 힘을 길러야 한다.

그렇게 다양한 이들의 생각이 교차하고, 요동칠 것이다.

소마는 작게 숨을 쉬었다.

[후우가의 움직임을 경계하고 대비하느라 도리어 그 남자를 자극하는 건······ 얄궂은 일이군요.]

소마의 말에 마리아도 조용히 고개를 끄덕였다.

──같은 시각, 북쪽 건조 지대.

이날, 후우가가 이끄는 말름키탄의 군대는 성벽으로 둘러싸인 한 도시를 탈환했다.

도시 한가운데에는 물이 샘솟는 오아시스가 있어서 그 오아시스를 중심으로 번영한 도시였을 것이다. 도시를 둘러싼 성벽은 조금 낮아서, 외적을 막는 것보다는 바람이 강한 날에 부는 모래 바람을 막는 의미가 컸을지도 모른다.

그들은 순식간에 이 도시에 만연하던 몬스터들을 일소했다.

이 도시를 탈환하기 위한 전투도 공성전보다는, 사람이 사라진 민가에 멋대로 정착한 몬스터를 구제하는 느낌이었다.

후우가의 예상대로 일찍이 인류 연합군을 궤멸시킨 마족이라는 녀석들은 마왕령 안쪽에만 존재하는지, 그들의 군대는 이제까지 비슷한 규모의 도시나 마을을 몇 곳이나 탈환했다. 그런 도시나 촌락에는 정착을 희망하는 난민들을 남기고, 동방 제국 연합에서의 보급선을 확보한 다음에 또 다른 도시나 촌락으로 향하는 과정을 반복했기에 무척 느릿한 행군이었다.

또한 마왕령이 된 토지를 탈환했다고는 해도, 영토라는 '면'의 지배보다는 사람이 거주할 수 있는 도시나 촌락을 '점'으로, 그 점과 점을 연결하는 보급선'을 지배한다는 표현이 옳을 것이다.

그런 도시나 촌락은 아직 단독으로 생활할 상황은 아니고, 또한 몬스터로부터 보급선을 지키기 위해서라도 후우가 이끄는 군대의 힘이 필수이기에 말름키탄의 산하로 들어왔다. 기동력이 뛰어난 템즈복 기병은 이 보급선 유지에 무척 중요했다.

이 때문에 탈환한 도시나 촌락은, 실제로는 후우가의 지배 영역이 되었다고 생각해도 된다.

"후우."

그렇게 탈환한 도시 방벽 가장자리에 앉고, 후우가는 석양이 지는 하늘을 보고 있었다.

지금쯤 오아시스 근처에서는, 이 도시의 탈환을 축하하는 오늘 밤 연회 준비가 진행되고 있을 것이다. 후우가는 그 탈환의 공로자라고 할 수 있었지만, 최근에는 시종일관 사람들에게 둘러싸여 있는 일이 많았기에 조금 지친 모양이었다.

딱히 동료들이 거슬리게 여겨지는 것은 아니다. 가끔은 조용한 장소에서 홀로 기를 펴고 싶었던 것이다.

"여기 있으셨나요, 후우가 님."

"무츠미인가."

그런 후우가에게 말을 건 것은 그의 아내가 된 무츠미였다.

"혼자서 훌쩍 사라지면 부하들이 걱정해요."

무츠미가 후우가 곁에 앉으며 그렇게 쓴소리를 하자, 후우가는 머리를 긁적였다.

"나도 혼자 있고 싶을 때도 있어."

"어머, 그럼 저도 없는 게 나았나요?"

"너는 별개야. 곁에 있으면 차분해지니까. ……허벅지를 좀 빌려주겠어?"

"예."

후우가는 투구를 벗더니 벌러덩 드러누워, 무츠미의 허벅지 위에 머리를 얹었다.

"타인의 기대에 응한다는 것도 엄청 피곤하네."

"후우가 님은 남들이 상상하는 것보다도 위에 있는 사람이니까요. 기대도 커져서 큰일이겠어요."

"단둘이 있을 때 정도는 평범하게 이야기하자고."

"어머, 그래? 나는 정숙한 아내 느낌이라서 마음에 드는데."

무츠미는 후우가의 조금 뾰족뾰족한 머리카락을 쓰다듬으며 쿡쿡 웃었다.

부하들의 눈이 없는 곳에서는, 무츠미도 후우가에게 허물없는 말투로 대했다. 후우가가 자신의 본래 모습을 드러낼 수 있는 귀중한 인물이기도 했다.

"부하들이나 병사들은 나도 마님으로 존중해 주는걸. 걷고만 있어도 머리를 숙이니까, 어쩐지 대국의 여왕이 된 기분이야."

"언젠가 그렇게 되겠지."

"자신만만하네. 그게 당신의 좋은 점이지만."

"말만으로 그칠 생각은 없어. 말름키탄은 더욱더 커질 테니까."

그러더니 후우가는 옆에 둔 주머니 안에서 책 한 권을 꺼냈다.

"뭐, 그런 말름키탄의 지배를 유지하는 게, 소마가 보낸 이 책이라는 게 불만이지만. 그 녀석한테 빚을 지는 것 같아서."

"그건 [몬스터 사전]이네."

후우가가 손에 든 것은 무츠미의 동생인 이치하 치마와 프리도니아 왕국의 재상 하쿠야 쿠온민이 공저로 쓴 [몬스터 사전]이었다.

소마나 마리아 등등은 마족과 몬스터가 전혀 다른 존재라고 예상하고 있었다.

그래서 마왕령과 접하는 나라들이 마족과 몬스터를 여전히 동일시하며 접촉하지 않도록, 프리도니아 왕국은 이 몬스터 사전의 내용을 공개하고 보급에 애쓰고 있었다.

특히 마리아의 그란 케이오스 제국, 후우가의 말름키탄, 율리우스가 있는 라스타니아 왕국에는 한 부씩 [몬스터 사전]을 보냈다.

후우가는 그런 [몬스터 사전]을 팔락팔락 넘기며 신음했다.

"잘 만들었단 말이지. 이 책 덕분에 탈환한 도시는 교역로의 보급에 의지하는 것만이 아니라 토벌한 몬스터의 식용과 소재 회수도 가능하게 되었어."

마왕령인 만큼 주위에는 몬스터가 우글우글해서, 보급선을 유지하기 위해서라도 사냥해야만 했다. 그런 몬스터로부터 식량이나 소재를 회수할 수 있게 되었다. 그 덕분에 몬스터의 소재를 목적으로 행상인 따위도 모험가를 고용해서 보급선을 오가게 되었고, 탈환한 도시나 촌락이 과거의 생활을 되찾을 때까지 귀중한 영양원, 자금원이 되었다.

　그러니까 이 책이 후우가의 지배 영역을 유지한다고 해도 과언이 아니었다.

　"이 책의 저자가, 그때 소마가 데려간 무츠미의 동생이었으니까 놀랐어."

　"그러네. 남들과는 다른 시선을 가졌다고는 생각했지만, 그 아이한테 이만한 재능이 잠들어 있었을 줄은 누나이면서도 몰랐어. 후후후, 아버님은 지금쯤 이를 갈고 있겠네."

　소마는 큰 목적을 위해 몬스터 사전의 정보를 공개했지만, 이 사전에 실려 있는 정보라면 푼돈으로 큰돈을 벌 수도 있었을 터.

　다시 말해 사람들이 형제자매 중에서 무능하게 여겼던 이치하는, 사실은 황금알을 낳는 거위였던 것이다. 그것을 놓친 치마 공은 무척 분하게 생각했을 것이다.

　설령 자신이 그 소양을 간파할 눈이 없었던 탓일지라도.

　"이치하는 학교를 졸업한 뒤에도 치마 공국으로 돌아가지 않겠지. 그것이 그 아이에게 행복일 거니까."

　무츠미가 그렇게 말하자 후우가는 껄껄 웃었다.

　"우리한테 와 준다면 환영할 텐데 말이야. 뭐, 이 정보를 감추지 않고 공개해 준 녀석 곁에 있다면 그걸로 됐어. 하지만 뭐, 무서운 건 소마가 사람을 보는 눈이겠네."

후우가는 웃음을 거두고 진지한 표정으로 말했다.

"역시 그 녀석은 내게 보이지 않는 걸 볼 수 있는 모양이야."

"그러네. 이치하를 올바르게 평가해 줘서 누나로서는 감사하고 있어."

"이것 참, 너는 내 아내일 텐데."

"그렇지만, 이치하의 누나이기도 하니까."

"하아…… 역시, 소마와는 상성이 영 나쁜 것 같단 말이야."

소마가 후우가를 경계하듯, 후우가 역시도 자신의 척도로는 잴 수 없는 소마라는 존재를 경계한다.

"요전번에 유리가한테서 소마의 동향 보고가 왔어."

"동향, 이라고?"

"그래. 구두룡 제도에 함대를 파견했다던데."

후우가가 그렇게 말하자 무츠미는 눈을 끔벅거렸다.

"왕국과 구두룡 제도 연합이 전쟁을 벌였다는 거야?"

"아니, 그렇지는 않다나 봐. 듣기로 함대를 파견한 목적은 제도 연합의 함대와 협력해서 거대한 몬스터를 퇴치하는 것이었다던 데. 산처럼 거대했다나."

"몬스터 퇴치. 전쟁이 아니었구나."

"그래. 왕국은 섬 하나도 빼앗지 않았다고 해. 그 녀석이 그저 고생만 사서 할까? 게다가 유리가의 보고에는 '섬 같은 배'나 '기계로 만든 드래곤' 같은 것도 사용한 모양이라고 적혀 있었어. 기계로 만든 드래곤이라는 건, 유리가 본인이 본 건 아니라 소문으로 들었다고 그러지만. 정말이지…… 영문을 모르겠어."

후우가는 "흐아암." 하고 크게 하품했다.

"말름키탄은 초원의 나라야. 나는 최근까지 바다를 본 적도 없었지. 그래도 상관없다고 생각했어. 내 목적은 말름키탄을 이 대륙에서 패권을 장악할 강국으로 키우는 거야. 그러니까 이 대륙 밖의 세계에는 흥미 없었지만…… 소마가 적극적으로 바다로 진출하는 게 신경 쓰여. 뭐, 신경을 쓴다고 해도 우리한테는 바다에 대한 지식도 기술도 없으니까 어쩔 수 없겠지. 나도 바다에는 흥미가 없고."

소마의 예상대로, 후우가는 바다를 중요시하지는 않았다.

소마가 바다로 나서는 것을 수상쩍게 느끼기는 하지만, 대륙의 국가들은 육지로 이어져 있으니까 다른 나라를 능가하는 육군 전력만 있다면 대륙을 제패하는 것도 가능하다고 생각한 것이었다. 후우가는 하늘을 향해 손을 뻗고, 주먹을 움켜쥐었다.

"이 대지를 누구보다도 더 뛰어다닌 사람이야말로, 이 시대에 패권을 장악할 수 있다고 나는 믿어. 바로 그렇기에, 힘이 있는 한은 어디까지든 계속 달려가고 싶어."

"그래. 그런 후우가니까 모두가 따라가는 거야. 물론, 나도."

"그래! ……하지만 뭐, 지금은 조금만 쉬게 해 줘."

그리고 후우가는 무츠미의 무릎 위에서 눈을 감았다.

현실주의 용사의 왕국 재건기 13

2024년 06월 20일 제1판 인쇄
2024년 07월 05일 제1판 발행

지음 도조마루
일러스트 후유유키

옮김 손종근

발행 영상출판미디어(주)
등록번호 제 2002-000003호
주소 07551 서울특별시 강서구 양천로 570 NH서울타워 19층
대표전화 02-2013-5665

ISBN 979-11-380-4924-5
ISBN 979-11-319-7219-9 (세트)

Genjitsusyugi yuusha no oukoku saikenki by Dojyomaru
ⓒ2020 by Dojyomaru
First published in Japan in 2020 by OVERLAP, Inc.
Korean translation rights reserved by YOUNGSANG PUBLISHING MEDIA, INC.
Under the license from OVERLAP, Inc., Tokyo JAPAN

구매 시 파손된 도서는 구매처에서 교환하실 수 있습니다.
기타 불편사항, 문의사항이 있으신 독자님께서는 노블엔진 홈페이지
[http://novelengine.com] 에서 Q&A 게시판을 이용해 주시기 바랍니다.

노블엔진(NOVEL ENGINE)은 영상출판미디어 (주)의 라이트노벨 및 관련서적 브랜드입니다.